U0864870

大魚讀品
BIG FISH BOOKS

让日常阅读成为砍向我们内心冰封大海的斧头。

狐狸男孩

The Wonderling

[美] 米拉·巴尔托克 ——— 著 王岑卉 ——— 译

文化发展出版社
Cultural Development Press

图书在版编目（CIP）数据

狐狸男孩 / (美) 米拉 · 巴尔托克著 ; 王岑卉译.
— 北京 : 文化发展出版社有限公司, 2018.6
ISBN 978-7-5142-2333-0

Ⅰ. ①狐… Ⅱ. ①米… ②王… Ⅲ. ①长篇小说—美国—现代 Ⅳ. ①I712.45

中国版本图书馆CIP数据核字（2018）第121631号

The Wonderling
Copyright © 2017 by Mira Bartók
Published by arrangement with Zachary Shuster Harmsworth LLC, through The Grayhawk Agency Ltd.
Simplified Chinese translation copyright © 2018
by Beijing Xiron Books Co., Ltd.
ALL RIGHTS RESERVED

著作权合同登记号：图进字 01-2018-3631

狐狸男孩
著　　者：[美]米拉 · 巴尔托克
译　　者：王岑卉

责任编辑：肖润征
特约策划：冯　倩
特约监制：魏　凡
版权支持：侯瑞雪
特约编辑：张　艳
出版发行：文化发展出版社（北京市翠微路2号　邮编：100036）
网　　址：www. wenhuafazhan.com
经　　销：各地新华书店
印　　刷：北京嘉业印刷厂

开　　本：787mm × 1092mm　1/32
字　　数：230千字
印　　张：11.25
印　　次：2018年7月第1版　2019年3月第5次印刷
定　　价：48.00元
I S B N：978-7-5142-2333-0

如发现图书质量问题，可联系调换。质量投诉电话：010-82069336

题献页

献给道格，谢谢你带来的爱与奇迹

献给杰德，谢谢你帮我打造飞行服

献给简，谢谢你给了我高飞的翅膀

我们是音乐的制造者，

我们是美梦的幻想家。

——亚瑟 · 奥肖内西（十九世纪英国诗人），《颂歌》（*Ode*）

目录

第一部分

奇迹小子的神秘身世，以及他在“杜疮小姐的顽童与弃儿之家”的不幸遭遇

在被称为“奇迹小子”之前，他有过好多好多个名字——泥巴脑袋、蠢蛋、杂种、尖牙，还有很多。但他对这些并不在意，就连“杂种”这个称呼也不例外。他真正讨厌的是记忆中的第一个名字——十三号。其实，那并不是名字，只是一个数字，用红笔写在一张纸上，搁在一个抽屉里，放在一间有成百上千只抽屉、存有成百上千份文件的房间里。在“杜疮小姐的顽童与弃儿之家”，那个名字被刻在一块锡牌上，用一根绳子挂在他的脖子上。那个名字也被缝在他破烂的灰衬衫和破旧的灰裤子上，漆在他窄小的硬板床上。那张床跟其他孤儿的小床摆在同一个房间里。那些孩子比他幸运，起码他们生来就有名字。

他看起来像只小狐狸，但不是四肢着地，而是像人一样直立行走，身后也没有尾巴。他的双眸是奇妙的栗色，掺杂着金色斑点。他的模样总让人觉得，虽然他来到人世的时间并不长，心中却藏有一抹莫名的悲伤。

他是个天真无邪的小家伙。但他究竟是什么，有谁说得清？虽然他长着一张狐狸脸，但鼻子和嘴巴更像狗，还有一些地方像兔子，比如身处危险时，鼻子抽搐的模样；比如孤儿院钟声响起时，浑身打战的模样。但最古怪的是，他只有一只耳朵。

至于另外一只耳朵是怎么不见的（还是说生来就是这样），他自己也说不清。他的右耳像狐狸的耳朵一样尖尖的，如天鹅绒一般柔软，覆满红褐色的毛。他全身的皮毛都是红褐色的，除了胸口那块叶子似的小白斑。如果没有少一只耳朵，十三号可以说是平凡无奇，至少从外表来看是这样的。因为他生活在一个人兽界限模糊的世界里。即使这样，大家还是觉得他怪模怪样的。“少只耳，倒大霉！”人们交头接耳，窃窃私语，“那家伙肯定是聋子，什么也听不见！听听这名字——十三号！真晦气！”

像全世界担惊受怕的孩子一样，他每天晚上都会安慰自己，会将手探到枕头底下，掏出一块软绵绵的蓝布。那是他的宝宝毯的残片。毯子一角绣着大写字母“M”，不过现在已经模糊难辨了。时光飞逝，曾经金灿灿的绣线早已磨损褪色。毯子里裹着一把小小的金钥匙。他不知道那是用来开什么东西的，也不知道到底能不能打开什么重要的东西，只知道钥匙和宝宝毯是家里唯一留给自己的东西。

总之，十三号只有一只耳朵，无名无姓，个头矮小（身高始终不超过一米），也不记得自己来自何方。每个人都来自某个地方，而他却来历不明，甚至连自己是谁都搞不清。他不记得爸爸、妈妈是不是每天晚上会帮自己掖被角，也不记得是否真有人爱过自己。不过，他还记得一个无比久远的声音。那是一首美妙轻快的歌谣，歌声飘过璀璨星空，落在他的心坎上。除此之外，他什么都记不得了。

别人问起他的童年时，十三号只记得自己被送到了一个可怕的地方。

十三号刚出生不久就被抛下（他也不知道是被谁抛下的）的地方，全称为“杜疮小姐的顽童与弃儿之家”，但孩子们都将其简称为“家”。它坐落在偏僻的乡下，远离城市和村镇。“家”是在几个世纪前建成的，从天上俯瞰，像个巨型十字架。它曾经派上不少用场——最开始是修道院，后来是监狱，接着是济贫院，最后才成了孤儿院。

“家”的宣传手册封面上印的是个无忧无虑的小家伙，长着兔子脑袋，却拥有小女孩的身体，身穿波点连衣裙，头上扎着蝴蝶结，手里捧着小雏菊。下方有其宣传语——您是否为意外出现的孤儿或弃儿所累？别担心！我们为您排忧解难！

广告语描述这里“温馨宜人，坐落在田园牧歌般的山谷中，芳草地环绕，开满金凤花、蓝铃花和石南花”。但自从迈进“家”的大门，就没有哪个孤儿见过一朵花，踏上过一片草地。事实上，他们唯一能见到的绿色，就是高耸石墙上的青苔。

说到“温馨宜人”，这里更是连边儿都沾不上。

从入口处往前走三十米，是一道黑漆漆的铸铁大拱门，马车进进出出都要经过这道门。门上的一根根铁栅栏全是尖头，就像中世纪长矛的矛尖。每一根都锋利无比，连小鸟都没法儿站在上头。拱门上挂着一块锈迹斑斑的金属门牌，褪色的黑字标示着这个凄惨之地的名字。经过这么多年的风吹日晒，好些字已经不见踪影。如今，牌子上只剩下“疮小姐 顽 与弃 家”几个字。

门牌两边各有一只老鹰，如今门牌也被大自然的力量摧残得面目全非，全靠一根孤零零的铁钉挂在门上。每当风吹过或有人进出时，牌子就会把铁门撞得砰砰作响。

坦白说，进的人要比出的人多。话就暂且说到这个份儿上。

大门口拴着两条愣头愣脑的大狗，体型足以和小牛犊媲美。它们咆哮不止，口吐白沫，哈喇子在脚底下积成一摊。夜晚，在煤气灯令人毛骨悚然的光晕下，它们看起来活像口水滴答的刻耳柏洛斯——守护冥府的三头犬，当然，要比它少一个头。两条大狗只听一个人的号令，那就是院长杜疮[①]小姐。她以铁腕统治着这个地方。

要想走进孤儿院，必须穿过一扇沉重的橡木门。那扇门嵌在石墙里，没有杜疮小姐的黄铜大钥匙，谁也别想打开。门上也刻了一只老鹰，利爪摁着只小老鼠，这是提醒大家别忘了自己的身份。三层楼高的建筑和周围的空地旁环绕着高墙，通过的唯一途径就是穿过橡木门。当然还有别的门——古老的拱门，绘有或刻有精美的图

① 英文名 Carbunkle，谐音“毒疮”（carbuncle），此处意译加音译为“杜疮”。——译者注。除特殊说明外，本书注释均为译者注。

案——但杜疮小姐买下这地方时就把其他的门封死了。沿着那堵令人畏惧的高墙，只能隐约看见每扇门原本在的地方——那是通往外面世界的影像残留。

高墙是几个世纪前建造的，用数千块糙石垒成，足有三层楼高，大约两米厚。就像“家”一样，孤儿们将其简称为“墙”。除了一棵高大白桦树的树梢，孤儿们看不见墙外任何东西——看不见郁郁葱葱的山谷，看不见连绵起伏的丘陵，看不见山坡那边的农田，看不见地平线附近的青山，也看不见远处白色大城“光明镇”里熠熠生辉的高塔。

只有一只耳朵、腼腆害羞的狐狸男孩就在这样的环境中一天天长大。像其他许多不知什么是爱、什么是慰藉的孤儿一样，十三号沉默寡言，总是保持低调、乖巧驯顺，别人说什么就做什么。他觉得自己根本不了解自己，也不了解高墙和大门外面的世界。他打心底深知，他想要了解某些东西。但那到底是什么，他还没找到答案。

在“杜疮小姐的顽童与弃儿之家”，每一天都开始得一模一样：清晨五点，大家伴随着震耳欲聋的钟声醒来。接着，喇叭里会传来杜疮小姐的大吼：“点名了，小杂种！起床了，天亮了！”随后，大家凑向共用的水盆，用头一天洗衣房剩下的脏水洗脸、洗手。然后，大家脱下破破烂烂、灰不溜秋的睡衣，套上破破烂烂、灰不溜秋的制服（看起来跟刚刚脱下的睡衣一模一样），和其他人一起冲出去等着点名——这一切都是以风卷残云般的速度完成的。

在人生的前十个年头，十三号就过着这样古怪又孤寂的生活。在十二月一个寒风刺骨的清晨，他和其他人一起聚在户外，像往常一样等待点名。孤儿们十个一排靠墙站好，高墙在他们周围拔地而起，构成一座固若金汤的堡垒。

那是星期一的早上，离圣诞节和十三号的生日不到一个星期。这两个日子碰巧是同一天，但十三号根本不知道这件事。其实这一点儿不奇怪。再说了，“家”里严令禁止任何形式的庆祝活动。

黏湿的雾气在院子上空盘旋，悄悄钻进孤儿们的破外套和骨头缝里。所有顽童和弃儿——孤儿、弃婴和手脚不干净被抓个现行的街头流浪儿——都立正站好。他们是这个世界的“底层贱民”——人与兽、兽与兽、鸟与兽、虫与兽的混合体，按照当地的等级标准，所处位置非常接近底层。他们或是光溜溜，或是毛茸茸，或是长羽毛，或是长鳞片。要不就是多了条鼠尾，长了只兔耳，来了张猪脸，多了双蝠翼，长了副蛙蹼，几乎能算作人类了。大多数是半人半兽，但也不是全部如此。有些孤儿的外表跟兽类、爬虫或鸟类一样，但是会说话，一举一动也像人。

除了脖子上都挂着号牌，他们还有一个共同点：每当杜疮小姐身披连帽黑斗篷、拄着鹰头手杖、嘴唇紧抿、一脸挑剔的样子出现在点名现场时，大家都噤若寒蝉。

那天早上，就像以往的每天清晨一样，杜疮小姐拄着手杖噘着嘴，低头扫视面前的孤儿们。她是一位身材高大、面孔严肃的女士，火焰般的橘色假发（这是她少有的嗜好）让她更显高大。助手蓬嚏[①]先生——戴着眼镜、一脸苦相、弯腰驼背、手长脚长——站在她身旁，眉头紧锁，油腻的黑发粘在额头上，苍白的马脸两旁也搭了几绺。

院长短促、刺耳的声音响起：

“赫谢尔！”

“到，女士。”

① 英文名 Sneezeweed 由“喷嚏”（sneeze）和“杂草”（weed）组成，此处意译加音译为“蓬嚏”。

“塞西！”

“到，女士。”

“加菲！”

“到，女士。”

“迪波尔！”

“到。”

“迪波尔！”

“到……到？”

“要说——到，女士！”

“到，女士。”

“格洛弗！”

“到，女士。”

“乔普！”

“到，女士。”

就这么一个接一个地往下喊。每个孤儿，不管是叫莫里斯还是斯坦利，内斯比还是史努克，闪闪还是奈杰尔，鲁弗斯还是崔特尔，莫尔还是蒂泽尔宝宝（他说什么也不肯长得比刺猬大），都被点到了名字。总有这么多人的名字要点，因为每个星期都会有新成员加入。大家站在原地，浑身颤抖，抬头仰望着杜疮小姐。在暗淡的晨光中，她的脸显得格外残酷无情。

杜疮小姐年轻时也算有几分姿色，但随着时光飞逝，她对周遭世界越来越充耳不闻。她的内心曾经相当充实，如今却脆弱萎缩。

她的脸也皱成一团，总是一脸怒气，显得尖酸刻薄，除了脸颊上的两朵酡红，她看起来就像个愤怒的鬼魂。

杜疮小姐停下来看了看手中的名单。她永远记不住这些孤儿的名字，虽然大家千差万别，但在她眼中都一样——奇形怪状、古里古怪、野蛮蒙昧。杜疮小姐点名的时候，她的助手一直在抚摸左鼻孔下面的几根绒毛，似乎想仅凭意志就让它们长出来。蓬嚏先生梦想着有朝一日能留起两撇神气的八字胡。哎，可惜他年届三十，除了鼻孔底下的那点儿绒毛，脸上还是光溜溜的。（只要有人愿意听，他老妈就会滔滔不绝地说："我家莫蒂默呀，脸上就像刚出生的小宝宝一样嫩！老妈最爱他了！"）

孤儿们都在背后偷偷喊他"喷嚏"。他似乎总在擤鼻涕，鹰钩鼻总埋在漂亮的白手帕里。溺爱儿子的老妈在手帕上绣了他的名字。他的个头跟杜疮小姐差不多。此时此刻，他像往常一样，时而擤鼻涕，时而抚摸那尚未长成的胡须，另一只手里握着一块长长的板子。要是谁敢踏出界外，就有苦头吃了。

不过，十三号更怕杜疮小姐的手杖。孤儿们稍有不从，后背就会挨上几下。杖柄是个阴鸷的鹰头，跟橡木大门上刻的、门外牌子上画的一样。院长和它颇有几分神似，比如那锐利的眼神和鸟嘴似的鼻子。十三号看得一清二楚，他甚至敢发誓，有时候，在令人昏昏欲睡的暗淡晨光中，那琥珀般的鹰眼还会冲他眨一眨。

杜疮小姐刚要开口说话，蓬嚏先生就打了一串喷嚏。他几乎对每样东西都过敏，比如毛皮、羽毛、霉菌、灰尘和大多数吃的。孤儿们努力憋住笑，因为笑和其他大多数东西一样，在“家”里是被严令禁止的。

院长抄起手杖，狠狠戳了一下蓬嚏先生的脚背：“看在老天的分儿上，你这家伙控制一下！”

蓬嚏先生的脸抽搐了一下，遂压低声音像是怕别人听见似的：“抱歉，女士，可……可……您懂的，全是孢子害的。孢子哪哪都是！再说了……”

“哦，闭嘴！”杜疮小姐说，然后接着点名，“西摩、佩蒂、奇格、泼齐特！毛毛、蒂莉、米莉、斯姆！”

显然，今天是“非字母顺序点名日”。

在“非字母顺序点名日”，杜疮小姐会随机点名，孤儿们得时刻保持警醒。有时候，她会把同一个名字念两遍。不过，对十三号来说，这些都不重要。就算是在“非字母顺序点名日”，他也是最后被点到的。毕竟，他的名字只是个数字，排在 X、Y 甚至是 Z 后头。

杜疮小姐扫了一眼队伍，念出了最后一个名字：“十三号！”

可他还没来得及回答，膝盖窝就挨了一脚。他一头撞上了一只兔子混血种，两个人都跌倒在地。“对……对不起。”他结结巴巴地道歉，马上扶兔子姑娘站起来。

他听见马格和奥立克在背后窃笑。马格是牛头梗混血种，“臭佬”奥立克是负鼠混血种，出于某种说不清、道不明的原因，他们的身上总是弥漫着一股烂泥塘的味道。在“家”里，他们经常折磨一只耳朵的狐狸男孩。自打他记事起，他们就总是欺负他。有一次，院长和蓬噎先生冲出庭院去抓在院长办公桌上纵火的家伙，马格趁机扯着他的耳朵大喊：“有人在家吗，蠢蛋？”事后，他的耳朵疼了好几个星期。从那之后，马格和那伙人都喊他“蠢蛋”，要么就是“傻蛋”。

不过，他早就习惯了，就像他早就习惯了周围的一切。他喃喃自语：“名字再难听，也比数字好。”

“十三号！”杜疮小姐再次大吼，吼声穿透了黏湿的浓雾。

他像往常一样努力想开口，但怎么也发不出声音，就像嗓子眼儿里堵了块石头。

就在这时，有人使劲扯了一下他的耳朵。十三号转过身，想看看是谁干的，只见马格和奥立克身边站着个新来的家伙。那是个身材高大的耗子混血种，浑身长着又粗又硬的灰毛，长长的嘴巴露出尖利的门牙。他有一双大脚，脚爪泛黄，身后拖着细长的尾巴，弯腰驼背，仿佛根本没长脖子，脑袋就是直接长在肩膀上的。耗子眯着双眼，眼睛又小又亮，漆黑如夜。

“很高兴见到你。”耗子轻声说，冲十三号的脸打了个嗝。

可怜的小家伙差点儿没被熏晕过去——那是腐肉、脏袜子、黑暗下水道里漂浮物和残骸的味道。

棒极了！现在他要担心的恶霸不是两个，而是三个了。

杜疮小姐像野兽一样咆哮着，再次吼出了他的名字。他支吾了老半天，好不容易挤出一声含混不清的“到”。

耗子换上丝般柔滑的假声，凑到他耳边低声说：“咋了？舌头被耗子叼走了？”十三号浑身打战，从耳朵尖到脚指头都抖个不停。

“十三号，你是想尝尝我手杖的滋味，还是更喜欢蓬嚏先生的板子？”杜疮小姐厉声说。他又回答了一声，声音比上次大了一点儿，但院长还是没听见。

“十三号！”她火了，“你到底在不在？赶紧决定！”

最后，十三号，这个晦气的数字，终于憋出了一句：“到，女……女士。”

孩子们都长出了一口气，跟着蓬嚏先生去吃早饭了。幸运的是，马格、奥立克和他们新交的耗子朋友走在队伍后头。

十三号像往常一样低着头，希望有顶暖和的帽子，能把耳朵遮起来。

十三号“步履蹒跚”地跟在蓬嘘先生后头，沿着红隼长廊往前走。“一、二！一、二！快跟上，你们这群没人要的怪物！”蓬嘘先生高高地把板子举过头顶，厉声吼道。

那个星期一早上，他们向每天早上都要去的地方——位于“家”另一头的阴暗乏味的食堂走去。早饭后，杜疮小姐以“底层贱民为产业进步服务的必要性”为题，做了长达两个钟头的训话，接下来是连续好几个钟头烦琐累人的杂活儿：擦地板、在刺骨的冷水中完全靠手（或是爪子，或是肉垫）洗衣服、修理损坏的桌椅、缝补毯子和短袜，通常还有压抑人性的车间作业。

星期天是唯一特别的日子。孤儿们早早醒来，点名、干活，但让他们松了一口气的是，这一天不需要听训话。可惜，十二月的那一天不是星期天，只不过是另一个星期一，所以没什么特别的。

十三号的肚子饿得咕咕叫。通往食堂的路似乎怎么也走不到头儿，因为“家”实在太大了。从十字形建筑中央辐射出四座长长的大厅，每座大厅都以一种猛禽命名——老鹰、红隼、猎鹰和猫头鹰。红隼大厅从十字架中央向后方延伸，那是孤儿们晚上睡觉的地方，也是他们每天早晨聚在庭院里点名的地方。教室和食堂都在老鹰大厅，这座大厅从中央延伸到前门。厚实的橡木大门外面，杜疮小姐的那两条大狗依旧是口水滴答，咆哮不止。

猫头鹰大厅和猎鹰大厅构成了十字架的左右两翼，里面有几十间工坊，包括“家”自己的蒸气动力工厂。在脾气暴躁的工头瓦骨[1]先生的监管下，孤儿们在工厂里忙着组装奇怪的小零件。那些零件看起来像小黑甲虫，但没人知道它们是用来做什么的。

没有人知道顶层都有些什么，因为除了杜疮小姐和她的手下，其他人都严禁入内。当然，孤儿们有种种设想：有人认为那是中世纪的刑讯室，里面摆着一罐罐滚油，调皮捣蛋的孩子会被丢进去。有人认为是黑黢黢的地牢，不听话的孩子会被迫吞下毛茸茸的毒蜘蛛。至于地下室，大家都确信，里面全是大黑耗子，最爱啃人的脚指头。要是你在下面待得太久，就会被它们啃个精光。

“精神点儿！快点儿走！”蓬嚏先生大吼。他刚才被杜疮小姐的手杖戳了一下，到现在脚还疼着呢，为此很不开心。

他们走到了正厅，也就是杜疮小姐的办公室所在地，四座长长的大厅的中央交会处。蓬嚏先生在院长办公室门前放慢了脚步，嫉

① 英文名 Bonegrubber 由“骨头”（bone）和“挖掘者”（grubber）组成，此处意译加音译为“瓦骨”。

妒油然而生。杜疮小姐的办公室宽敞极了，卧室也是如此，他的则不然。办公室完全隔音，墙是用特殊的玻璃做成的，院长从里面能看见外面，外面的人却看不见里面。巨大的办公室占据了“家”里的三层楼，里面有一段通往顶层的螺旋楼梯，上面是院长的卧室。穿过卧室，她就能登上屋顶的瞭望台，用双筒望远镜和伸缩镜观察四周，下面发生的任何一件事都逃不过她的法眼。她的卧室并不奢华，但宽敞、时尚又洁净。

蓬嚏先生睡觉的地方则又小又简陋，勉强能塞进一张床加一个衣橱。他被安置在红隼大厅，医务室隔壁，宿舍正对面，因为他的任务是每晚巡夜，这就意味着几乎没法儿睡觉。经过正厅宏伟壮观的大办公室时，他忍不住自言自语：“怪胎们的保姆，这就是我。”

杜疮小姐的办公室门外伫立着一座巨大的布谷鸟钟。十三号低下头，不想看接下来要出现的东西。他们列队经过的时候恰巧是整点，钟面上方的小门突然弹开，一只嫩黄的小鸟蹦了出来。发条小鸟叽叽喳喳直叫，又蹦又跳，足足持续了十秒钟。紧接着，一只巨大的鸟嘴弹出来，把小鸟一口吞了下去，发出可怕的“咕嘟”声。

最后，他们终于来到了食堂。“拿碗，坐下，安静！”蓬嚏先生吼完，狠狠拽了一把从房椽上垂下的油腻腻的绳索。洪亮的钟声响起，宣布正式开饭。

孤儿院只为可怜的孩子们供应早、晚两顿饭，每天吃的几乎一模一样：早上是燕麦粥，晚上是稀豌豆汤，加上一片不新鲜的粗面包。晚饭可能会有生芜菁、小胡萝卜或者水煮土豆，但那些都是罕见的奢侈品。每到吃早饭的时候，十三号都会饿得前胸贴后背。

他在一张木头长桌旁坐下，个头儿小的孤儿们都挤在这张桌边，比如蒂泽尔宝宝（好心肠的小家伙）、闪闪（一半像猪，一半像巴哥犬）、奈杰尔（大部分像腊肠犬）、内斯比和史努克（兔子双胞胎）、莫里斯和莫恩（树懒兄弟），还有鲁弗斯（大部分像袋熊）。内斯比和史努克友好地看着他，用嘴型对他说“你好”。十三号勉强笑了笑，埋头吃起了碗里灰扑扑、冷冰冰的粥。树懒兄弟莫里斯和莫恩也跟他打招呼，但他们光是张开嘴就花了好半天，所以十三号压根儿没发现。

食堂上方有高大的拱顶和微微弯曲的墙壁。很久很久以前，这个房间里有五彩斑斓的壁画，修道士们会在这里练习大合唱。但墙壁和天花板早就被涂成了阴郁的暗灰色。除了每堵墙上挂着白色大钟，“家”里其他地方都毫无装饰，但食堂有自己与众不同的装饰品。

从地板一直到天花板，到处挂满了标语口号，上面印着杜疮小姐最喜欢的话：搞清楚你的地位——最最低贱！时间不等人——尤其是你！顺从的人有福气！音乐乃万恶之源！

十三号瞄了一眼挂在自己这边桌子上方的标语：何必梦想伸手摘星，反正繁星遥不可及！他对自己说，这真是个好问题，然后叹了口气。

他的两个死对头和死对头的新朋友坐在附近一张桌子的旁边。

那个眼睛漆黑、满嘴臭味的家伙是谁呀？十三号能感觉得到，他们三个盯着自己的后脊梁，这害得他耳朵发痒。就假装别人看不见我好了，他边这么想边安安静静地喝粥。

反正他也得保持安静，因为这是“杜疮小姐金律”的头一条，也是最重要的一条。

任何噪声，包括聊天，都是严令禁止的。除非万不得已，否则食堂里严禁发出声音。这对某些孩子来说很难做到，因为只要他们把嘴、爪子或肉垫伸进稀粥里，就会发出窸窸窣窣的声响。吃饭时说话或行为不端的家伙，或是蠢到求姚包[①]先生（总是不停抱怨的厨子，大脑袋光溜溜的，活像一块粉嫩可人、油光发亮的火腿）多给点儿吃的家伙，后背都会挨上好几下。

唱歌、哼小曲或者搞出任何形式的音乐，都是严令禁止的。事实上，在杜疮小姐看来，音乐是最令人发指的罪行。肇事者会被关进地下室（也被称为“耗子地牢”），单独关上一个月的禁闭，然后还要刷好几个星期的厕所。

十三号发现旁边两个孤儿在桌子底下传纸条。就算在这个可怕的地方，孤儿们依然会想出办法进行交流。他们会匆匆忙忙地咬耳朵、挤眉弄眼，或是用手、脚和爪子打拍子，用密码的形式沟通。他们会互传小纸条、故事和图画。大家不可能不私下说笑逗趣，因为对伙伴的渴望远远超过对责罚的恐惧，不管那些责罚有多严厉。

① 英文名 Bunmuncher 由“面包”（bun）和“大嚼”（muncher）组成，此处意译加音译为“姚包”。

只有一只耳朵的狐狸男孩也想要伙伴。但每当他鼓起勇气接近别人时，说话都轻声细语的，还动不动就犯结巴，别人压根儿听不懂。有些孤儿（更别提院长和蓬嚏先生了）甚至以为他是聋子。因为那个叫十三号的可怜小结巴只有一只耳朵，怎么可能听得见呢？

但他一直在聆听。

他在聆听周围的一切声音。如果他集中精神，沉下心来，进入某种安静隐蔽的状态，有时候能听见奇妙的声音。

他能听见小虫子在地板底下和墙壁里头忙忙碌碌的声音。他很好奇，它们能不能听见他的声音。他能听见马厩里的老驴晚上哼哼着进入梦乡，两匹驾车的骏马夏天甩动长尾驱赶蝇虫的声音。他从来没见过它们，但知道它们在哪里。冬天，他甚至能听见庭院里雪花飘落的声音。最糟糕的天气带来了最美妙的声音：噗、噗、噗、呜，噗、噗、噗、呜，噗、噗、噗、呜……他很好奇，雪花飘落的旋律算不算一首歌。

如果是春天，恰巧有小鸟在高墙外的树林里唱歌，在十三号听来，那声音就像“家”里的钟声一样清晰可辨。小鸟在枝头蹦跶时，他能听见树枝噼啪作响，也能听见最轻微的振翅声。最妙的是，当小鸟展翅飞向新家时，他能听见它们柔情万种的筑巢之歌。每当这时，这些歌声都会勾起他心中难以抑制的渴望，他觉得心胀得快要裂开了。

自打他记事起，这种能力——要么是天赋，要么是诅咒，他也搞不清楚到底是什么——就这么在他体内滋长。为什么他会这样？

别人也这样吗？他不这么认为。所以，他不敢说出口，没告诉过任何人。

尽管有杜疮小姐“保持安静”的金律，食堂里还是充斥着种种声响——桌上锡碗叮叮当当的碰撞声，朋友间被严令禁止的窃窃私语声。蓬噎先生每隔几分钟就会大吼一声“安静”，然后掏出手帕使劲擤鼻涕，当然还有每层楼、每间屋、每堵墙上永不停歇的时钟嘀嗒声。

吃完早饭后，十三号闭上双眼，集中精力，侧耳倾听。他想听的不是周围的喧嚣，也不是几百面钟的心跳声，而是楼里深处的某种东西——在墙间窜来窜去的小老鼠发出的声音。

十三号早就习惯了它们的窸窣作响和吱吱尖叫，但那天不一样。那天，他听见了某种特别的声音——某种非常新奇的声音。

他这辈子第一次听见老鼠聊天。

我疯了吗？他告诉自己，不，那绝对是老鼠发出的声音，我能听懂它们说的每个字。

这又说明什么呢？十三号还以为只有人类和混血种会说话。但老鼠呢？人们说它们是“世上最蠢的畜生”，地位比混血种还低。如果它们能说话，是不是就证明它们也是混血种？如果不是，为什么他能听见它们说话，别人却听不见？似乎没有人发现老鼠在墙后面聊得热火朝天。

他靠近墙边，侧耳倾听。

老鼠似乎正在讨论它们最喜欢的话题——吃的。它们互相打趣，十三号听得着迷。不出几分钟，他就发现那些老鼠：（1）是法国奶酪鉴赏大师，尤其是对布里奶酪。(2)(对别人的缺点)非常宽容。(3)对某个名为“诗歌”的东西很感兴趣。老鼠们似乎非常热衷于那个玩意儿，不管那到底是什么。

过了一会儿，墙后面展开了一场全新的对话。声音越来越大，盖过了窜来窜去的小老鼠的吱吱尖叫。据他猜测，聊天的是两只耗子，就是会穿过下水道的那种大黑耗子。它们会钻进杜疮小姐关调皮孩子的阴暗潮湿的地下室。十三号偷听它们聊天。它们聊的内容很邪恶，但口气还是蛮亲切的。

耗子甲：嘿，你瞧见俺上礼拜找到的那玩意儿了吗？味道真不错。

耗子乙：哦，瞧见了，不错的猎物！好样的，伙计，好样的！

耗子甲：嗯，俺也这么觉得，但不是每个人都这么想，你懂俺的意思吧？

耗子乙：当然！照俺说，他是个爱眼红的家伙，对吧？你知道他们是咋说的：眼红乃是无知！

耗子甲：说得对！

耗子乙：那么，好伙计，你是咋办的？俺敢说，像他那样的耗子，得给点儿颜色瞧瞧才行。

耗子甲：对呀！你懂的，俺只有一条路可走，就是把他吃了。他活该。

耗子乙：没错！真棒！好样的，老伙计！好样的！

十三号打了个寒战。他们说的可能是那个可怕的耗子朋友——就在这时，他感觉后脑勺上挨了一记冷冰冰、黏糊糊的东西，顺着自己的脖子缓缓往下淌。他转过身，看见马格和奥立克咧嘴大笑。他们的新朋友坐在两人之间，幸灾乐祸地嘿嘿直乐。他刚朝十三号射出了一勺冰冷的燕麦粥，现在正放下勺子，打了个哈欠，露出尖如剃刀的利齿。

十三号用袖子擦了擦后脑勺。这一下，他的袖子变得脏兮兮、湿答答的了。他叹了口气。他只有这么一件衬衫，根本没办法换洗。

别想他们了，他告诉自己，想想别的。

他把脑袋搁在桌上，接下来的几分钟，脑海里充斥着自己最喜欢的声音——雪花飘落、鸟儿啁啾、细雨敲打屋顶。周遭的世界消失了，阴暗、残酷、自卑和恐惧全都不见了。那首来自很久很久以前、如今仍深藏在他心底的歌谣再次浮现。他真希望自己明白这一切究竟意味着什么——那首歌是怎么来的？他为什么无名无姓？为什么会有神秘超能力，能听见别人听不见的声音？

刺耳的钟声响起，硬生生把他从美梦里拽了出来。他和其他混血种一起排好队，走出食堂，前往教室，去上杜疮小姐星期一的早课，蓬嚏先生走在队伍的最前头。

现在，没有时间做无谓的幻想，没有时间回想鸟鸣或飘雪之歌，没有时间惦记可爱的小老鼠，还有他们的法国奶酪和诗歌了，因为这毕竟不是个特殊的日子，只是“家”里又一个星期的开端。跟到目前为止的每一天一样，还有好多事等着他去做呢。

在“家”的四面高墙环绕中，时间百无聊赖地缓缓流逝；但在无法逾越的高墙之外，生活正朝着精彩的未来大步迈进。战火点燃、帝王登基、改变历史进程的新发明出现……人们造出了神奇的机器，能在墙上投映出会动的画面。他们造出了以蒸气驱动的飞行车，还有计时器、气压计、气量计（还有许许多多名字里带“计”的不可思议的小玩意儿）。其中最神奇的是一台奇妙的机器，它能捕捉世上最美妙的声音和歌谣，然后在梦境中放给你听。

除了从“家”里的新成员口中听到的只言片语，十三号对外面的世界知之甚少。因为他所在的世界一成不变：点名、喝粥、上课、干活、组装零件、喝汤、上床睡觉。

不过，星期天，噢，星期天！吃完早饭后，孤儿们不用听两个钟头无聊的训导，可以去红隼大厅外面放风。每座大厅都有自己专属的庭院，但孤儿们只能去红隼大厅的院子里。每星期有那么一天，他们可以享受一个钟头宝贵的自由活动时间。（接下来一个钟头是额外的车间作业时间，但这是意料之中的。）

星期天，他们甚至可以追跑打闹（在合情合理的范围内）。尽管院子里没有任何近似秋千、沙坑或球类的东西，但孤儿们自己发明了许多游戏——虽说“杜疮小姐的顽童与弃儿之家”极力阻止大家发挥想象力。

那天是圣诞节——虽然根本瞧不出节日的气息，因为没有挂满饰品的圣诞树，也没有闪闪发亮的礼物堆，更没有搁在大托盘里的蛋糕和糖果。那天也是十三号的十一岁生日。但他对这两个重要事情一无所知。所以，他没有吃生日蛋糕和圣诞馅饼，没有拆礼物，也没有唱圣诞歌，而是在红隼庭院的角落里瑟瑟发抖，假装自己是只小甲虫。

他想象自己是住在宿舍地板底下的那些小家伙，不声不响地藏在阴影之中。他告诉自己：这就是我。我只是一只小甲虫，小到别人懒得理。

接着，他想起了墙后可爱的小老鼠，遂决定做一只老鼠，跟另一只老鼠分吃奶酪，边喝茶边聊诗歌（不管那到底是什么玩意儿）。

院墙外面大雪纷飞，红隼庭院里却下起了雨。院墙里几乎总在下雨，并且总是暴雨倾盆，没有七色彩虹，也没有灿烂的阳光。

究竟是什么古怪的魔法让好天气跳过了某个地方，让一个地方天气晴好，另一个地方却气候恶劣？没有人知道答案。当然，十三号觉得是自己的错。毕竟，他的名字这么晦气。

很快，院子里就泥泞不堪，但孤儿们毫不在意。有些人在泥坑里蹦跳踩水，有些人在玩捉人游戏，还有些人扮成了探险家、海盗、仙女、小绿妖、热气球驾驶员和海上冒险家。

简言之，他们终于能像孩子一样尽情玩耍了。

在十三号的狭小世界里，这样的日子已经够好了。他头顶正上方是一尊巨大的滴水石像鬼，石像投下的阴影将他罩得严严实实。屋顶溢出的雨水打在石像鬼身上，顺着它的双眼和脸颊流向庭院，落在离十三号很远的地方。他藏在石像鬼制造的水幕后面，既安全又干燥。水瀑一侧有条窄窄的缝隙，足够他钻进钻出，不会淋湿身子。

四座庭院各有四尊中世纪的石像鬼，是孤儿院悠久历史的遗迹。它们不是猛禽，更不是杜疮小姐那无处不在的老鹰，不过确实和鸟类有几分相似。它们看起来像悲伤的怪兽，有怪异的长嘴、大大的耳朵、耷拉的眼睛和下垂的双翼，面孔因为风吹雨淋、年久失修而模糊不清。雨下得特别大的时候，水流会从老鹰、红隼、猎鹰、猫头鹰庭院的十六尊石像鬼脸上奔涌而下。

就像“家”在伤心落泪。

十三号从衣兜里掏出一小块奶酪，小口小口地啃了起来。那是他上个星期天省下来的。那天是个令人开心的“奶酪星期天”，意味着“顽童与弃儿保护部”（简称 D.P.W.M.C.）的官员会来“家”里走访。他们时常会过来一趟，确保一切安然无恙。走访快结束的时候，每个孤儿都会收到一块奶酪。奶酪通常已经发霉变绿，硬得要命，不少孤儿吃的时候都崩掉过一两颗牙。不过，不管怎么说那也是奶酪。更何况，偶尔也会有不那么硬、不那么绿的，几乎能算得上新鲜。

如果奶酪是新鲜的，有些孤儿会拿来以物易物：一块奶酪可以换两根胡萝卜，或者换一张纸片、一支铅笔、一块玩具残片、一把用来铺床的稻草。它还可以用来换故事，换外面的消息。

但没人敢用它来换歌儿，因为那实在太危险了。

杜疮小姐和光明镇的某位神秘高级官员在进行重要会谈，留下蓬噎先生全权负责。他好想回家陪老妈，大嚼特嚼圣诞烤鹅和布丁，但那显然是不可能的。所以，他憋了一肚子气。

虽然蓬噎先生当着混血种的面脾气暴躁，经常骂骂咧咧，但他其实很怕他们，简直是避之唯恐不及。他不喜欢看着“那群肮脏的家伙”，就像他不喜欢闻到他们的气味，也不喜欢跟他们在同一个房间里吃饭。老天啊，瞧瞧他们狼吞虎咽的样子！简直太没规矩了！不过话说回来，他们到底是什么玩意儿啊？一半这个，一半那个？臭虫，他们就是臭虫！是谁在没日没夜地盯着他们，连圣诞节也没得歇？还不是我——莫蒂默·蓬噎！

蓬噎先生迅速瞄了一眼院子就钻回屋里了，他找了个暖和的好地方，远离冰冷刺骨、寒风飕飕的大门，又拖来一把摇摇晃晃的旧椅子。大门位于正厅尽头，就在他的卧室旁边。通常来说，杜疮小姐不在的时候，他都会溜进自己房间，挤出几分钟看看书，或者抹点“密弗鲍姆教授牌神奇生须膏”。

就短短一个钟头，他们能惹多少麻烦？这么一想，他就懒得搭理在院子里疯玩疯跑的孤儿了。他擤了擤鼻子，把精致的白手帕塞回干净硬挺的袖口里，翻开一本名为《会计师的秘密生活》的大厚书，津津有味地读了起来。

此时此刻，十三号正假装自己是只小老鼠。他多想跟别人一起玩啊！但他只能缩在角落里。毕竟，他不过是只小老鼠。他吃完了最后一点儿奶酪，紧张地拍了拍耳朵，似乎这样就能把它压下去，让它变得不那么显眼——这样一来，别人就不会瞧见他藏在水瀑后面了。

不过，他从藏身之处向外窥视，发现马格、奥立克和那只耗子站在一扇曾经的大门（如今早已被高墙封死）前面，一边来回抛东西一边哈哈大笑。他们抛来抛去的东西看起来像个褐色的小球，跟蒂泽尔宝宝差不多大，也就是说有刺猬那么大，或者也可以说，跟小卷心菜差不多大。十三号很好奇他们是从哪里弄来这个球的——难道是某个好心人给的？这种好心人真的存在吗？还是墙那边某个孩子不小心踢进院子里的？

他心想：真奇怪，我听说过足球，可没听说过毛茸茸的球。但话说回来，我没听说过的东西多着呢。不过，他还记得关于猫咪的事，知道它们会呕出一小团乱糟糟的玩意儿，也就是所谓的“吐毛球”。他思忖着，哪种猫有这么大，能吐出比他脑袋还大的毛球。紧接着，他又想到，为什么他从来没见过猫咪混血种？最后，他得出结论：说不定猫咪混血种本来就不多见，毕竟，他不就是“家”里唯一的狐狸混血种吗？

马格那伙人的笑声越来越大了。

耗子赞许地冲马格点了点头，马格就把球抛得越来越高。毛球每次飞上天，都会发出吱吱的叫声。十三号心想，那是个会吱吱叫的球，外面的人做的球真是五花八门。

“扔过来！”奥立克大喊，瞄了耗子一眼，像在征求他的同意。球就这么飞过来飞过去，每次扔都会发出尖叫。几个混血种都抬头望向耗子——他们的新头领。

小球每次飞上半空或被人抓住，十三号都会听见那个声音。他意识到，那更像是叽叽叫，而不是吱吱叫。对，那肯定是叽叽叫。

游戏持续了几分钟后，耗子走到那圈人中央，轻巧地打了个手势，就像要指挥乐队似的。那伙人马上停下手里的事，立在原地，满怀期待地望着他。他说话的时候，覆满灰毛的双手不时挥动，显得颇为优雅——同时也令人心惊胆战。

“谁能把她扔到墙那边去，嗯？谁想试试？第一个成功的有奖，奖品很丰厚哟——伙计们，奖品就是——新鲜的奶酪。”

那伙人欢呼起来。

“我来试试！”

“不，我来！

“我！”

“我先来！”

大家都跃跃欲试，但马格站了出来。“滚开，你们这群呆子！她是我找到的，她是我的。”

耗子同意了。

电光火石之间，十三号突然灵光一现——那个小绒球根本就不是球，也不是消化不良的猫咪吐出的毛球，而是个可怜的小家伙，像惊恐的刺猬一样蜷成一团。但那不是刺猬——他现在终于意识到了——而是其他某种东西，或者说某个人。某个像他一样的，脖子上挂着号牌的混血种。

十三号探头张望，寻找援手。蓬嘘先生踪迹全无，其他孤儿似乎都没意识到这边发生的事。有生以来第一次，十三号竟然希望杜疮小姐在，因为她肯定会阻止这种残酷的游戏，就算只是为了维持秩序。

他迈出一只脚，穿过水瀑的缝隙，但马上退了回来。毕竟，像他这样的人能做些什么呢？

奥立克把蜷成一团的小家伙扔给马格，马格一把接过，高高举起，准备抛出去或者一脚踢出去，鬼才知道他到底要做什么。

十三号惊恐万状，眼睁睁地看着马格把那个可怜的小家伙朝高处抛去，可惜没能越过墙头。马格用脏兮兮的爪子接住了她。耗子让他把小毛球传给排在下一个的奥立克。马格冲奥立克吼了一声，奥立克接过，高高举起，准备用力扔出去。

“住……住……住手！”十三号结结巴巴地大喊，但隔着水瀑、笑声和雨声，根本没人听见。

奥立克把小家伙高高抛起，但还是不够高。

最后，十三号把脑袋完全伸了出去，声嘶力竭地大喊："住……住手！放……放开她！"

他从来没这么大喊过。

大喊的感觉棒极了。

耗子转过身，举起一只手，笑声戛然而止。十三号心想，大事不妙。他赶紧溜回自己的藏身之处。

"是谁？"耗子冷笑一声，"谁敢挑战歪尔？"

十三号躲在阴影中瑟瑟发抖。此时此刻，他只想去上厕所。"看不见我，看不见我，看不见我……"他喃喃自语。

"大声点儿。"歪尔说，接着若无其事地补了一句，"不然我就吃了你。"他的脸像磐石一般冷酷无情、捉摸不定。

十三号的心怦怦直跳。这家伙跟在墙后面说话的耗子有关系吗？就是那些吃了自己朋友的耗子。他浑身直打战。紧接着，他想到了那个可怜的小家伙。要是他们把她扔过墙头，她肯定会摔得浑身青肿的。"你能行的！加油！"他深吸一口气，从水瀑的缝隙走了出去，尽可能地挺直腰杆儿。他向前走了几步，说道："把……把她放……放下！马上！"

"哟，哟，这不是十三号吗？"歪尔走上前来，"小白痴原来会说话呀！这里的人都喊你什么来着——蠢蛋，是吧？小崽子，你的真名叫什么？还是说老爸、老妈只给你这个小怪胎选了个号码就把你丢在路边等死了？"

那伙人爆笑不已。

十三号什么也没说。他能说什么呢？说他的名字确实只是个数字——还是最晦气的那个？说他根本不认得自己的爸爸、妈妈？说不定他们真的只是选了个号码，就把他丢掉了。

歪尔叹了口气："真没劲，赶紧搞定吧。"他打了个响指，冲奥立克点了点头。奥立克还抓着那个蜷成一团、浑身打战的小家伙。"要想把事办好，还得自己出马。我来给她一脚，怎么样？"

奥立克把小家伙抛给歪尔，歪尔一把接住。

"住……住手！"十三号大叫，"不然我……我就……我就……"

"不然你就怎么样？"歪尔漆黑的小眼睛闪闪发亮，"接着往下说呀，我们倒想听听你要说什么。真的，我们挺好奇的。"

"就……就……放开她！你弄疼她了。"

"哟，还想英雄救美呢！"耗子扭头对其他人说，"我想我们该帮他一把，对吧？"那伙人慢慢拍起巴掌，在泥地里跺着脚，甩着尾巴，慢慢凑上前来。十三号缓缓后退。

"拜……拜托了，放……放开她吧！"他哀求道，"拜……拜……拜托了。"

"小崽子还挺有礼貌的！"歪尔冷酷地咧嘴一笑，"是你老妈教你的吗？"他嘴里啧啧有声，眼珠一转，"哦，我忘了！她把你丢在路边了。呃，不好意思，我对这玩意儿还有别的安排。"他低头看了看手里的小家伙，"这个恶心的小毛球。"他的大长腿往后一甩，准备狠狠踢上一脚。

“踢！踢！踢！”那伙人齐声大喊。

就在这时，十三号听见了世上最美妙的声音——“家”里响亮的钟声，提醒大家自由活动时间只剩几分钟，他们最好现在就去排队。蓬嚏先生回到院子里，正朝他们所在的方向走来，催大家快去集合。

歪尔一脸厌恶地看了看可怜的小毛球，放手让她掉在地上。她“扑通”一声摔进了泥坑里。歪尔转身看着十三号，“蠢蛋，我给你起了个新名字！我们以后就叫你泥巴脑袋了，因为你只配待在泥坑里。”

歪尔冲他的两个小跟班点了点头，马格和奥立克马上把十三号脸朝下扔进了泥坑。

“噢，对了，”歪尔说，“老子盯上你了，泥巴脑袋。不管你去哪儿，老子都会在那里等着，听明白了吗，伙计？”

说完，他就转过身，朝院子另一头走去。马格和奥立克就像两只小绵羊，乖乖跟在后头。

十三号硬撑着站起来，拍了拍耳朵。谢天谢地，她没被啃掉——起码今天没有。

他小心翼翼地把那个小家伙从泥坑里捞起来。完全看不出她的头在哪里，也看不出她有没有尾巴。她伸出小尖嘴，不再蜷成一团，肚皮朝天，毫无生气。不过，她还活着。十三号能听见她微弱的心跳声。

他轻轻地摸了摸她的小脑袋。她没有皮毛，全身覆盖着褐色羽毛，浸满了泥水。她是一只小鸟——但没有能飞的翅膀，只有一对发育不完全的小残翅，尾部也没长羽毛。一边的残翅在流血，但情况还不算太糟糕，毕竟她被抛来抛去了好半天。她的小嘴又细又长，微微弯曲，两只小脚爪是芥末黄色的，各有三根长长的脚趾。

小鸟眨了眨眼，睁开眼睛，抬头望着只有一只耳朵的小狐狸，小狐狸也低头看着她。那一瞬间，十三号感觉双方交换了某种东西，虽然他也不知道那是什么。不过，那种感觉美妙极了——温暖、神秘、无以名状。“现……现在没事了，”他小声说，“他们走了。”

钟声又响了，提醒大家自由活动时间结束。“要……要我抱你吗？”十三号问。小鸟摇了摇头，他就把她放了下来。她的一条腿微微打战，但总体看起来还可以。

十三号在她身边跪下：“你没事吧？”

“我会没事的，真的。”

“真……真希望我能……能多做点什么。”

“噢，不。”小鸟说，“你太勇敢了！对了，我叫小可[①]，你叫什么？”

“我……我没名字。大……大家都叫我十……十三号，要……要么就是……”他犹豫了，“我……我想，现……现在他们该叫我泥……泥巴脑袋了。你是新来的吗？早上点名的时候我没看见你。”

“哈，别人经常看不见我，我个头小嘛。”

“哦，对，你是挺小的。我是说……这样挺好的。”十三号说，“要不要送……送你去医务室？”

“别麻烦了，蹦跶几下就好了。”小可说。

最后一阵钟声响起，这意味着“赶紧排好队，不然有你好看的！”大多数孤儿，包括歪尔和他那伙人，都在门口站好了。蓬噗先生挥舞着木板子，驱赶着拖拖拉拉的家伙。

“咱们得走了！”十三号说。

“呃，我肯定不能叫你泥巴脑袋，也不能喊什么傻号码，对吧？

① 英文名 Trinket 意为“小装饰品、小玩意儿”，此处意译加音译为“小可”。

等我想想……”小可还在絮絮叨叨，仿佛时间还多得很。

“我们得赶紧了！我们——”

“你的家人叫你什么？”小可打断了他。

“我——我真的不知道，我不认得我的家人。不……不过，我们可以等会儿再说，因为——”

“不好意思！我五年前也没了家人。从那时算起，这已经是我待的第三家孤儿院了。呃，没关系。你需要一个适合你的名字，让我想想，我就叫你……对了！我就叫你‘亚瑟’吧！这名字不错！”小可拍打着她的小残翅，显得兴奋极了。如果那是一对发育完全的翅膀，她就该飞上半空了。

“当……当心！”

“已经不怎么疼了。”小可说，“话说回来，你现在有名字了！你喜欢吗？我觉得这名字完美极了，但也得你喜欢才行。”

“亚瑟？为什么叫亚瑟？”

“他是最伟大、最英勇的国王！”

“他是吗？”

“当然了！你没听过那个故事吗？”

“什么故事？”

“亚瑟王的故事啊，有魔法师梅林、卡美洛城堡、伟大的兰斯洛特、英勇的圆桌骑士、王者之剑，还有寻找圣杯的历险——呃，那是个很长的故事——其实吧，有好多好多故事，一口气说不完。”

十三号完全摸不着头脑：“什……什么是历……历险？”

蓬嚏先生在院子另一头冲他们大吼，指着大门。

“下回再告诉你吧。”小可说，“不过，以后我就喊你亚瑟了！”他们开始朝门口走去。

“说……说真的，我觉得你不……不该那么叫我。我是说，我又不是国……国王，也不英勇，叫泥巴脑袋不好吗？这名字也不坏。”

“因为你不是泥巴脑袋。”小可一字一顿地说，“你挺身而出，对抗那些小混混！所以，你就是万民之王——或者说，万兽之王。”

十三号耸了耸肩：“呃，我觉得，这两个名字也差不多。”

“才不是呢，这两个名字差多了。就这么说定了，我就喊你亚瑟了，就这样。”

虽然蓬嚏先生正高高挥舞木板子，但小可突然停下脚步，蹦到十三号面前。“亚瑟，要是你手握宝剑、身披盔甲，我会把你当作骑士的。”她边说边深深地鞠了一躬。

十三号有点不好意思，但心里乐开了花。他觉得筋疲力尽，因为他这辈子从来没跟别人聊这么久。“我……我们还是赶……赶紧走吧！”

在滂沱大雨中，两个伤痕累累、备受欺凌的小家伙——一个个头很小，另一个个头更小——一瘸一拐地并肩往回走。

在“杜疮小姐的顽童与弃儿之家”的孤儿中，有个小道消息广为流传——杜疮小姐没有头发。她那顶足有半米高的假发（跟受她管制的许多孤儿差不多高）两侧各有一排小香肠似的卷发，颜色就像刚摘下的克莱门氏小柑橘（“克莱门”恰巧是杜疮小姐的闺名，虽然没人敢大声说出来，免得遭到重罚）。那顶假发唯一的优点大概就是它的颜色了。虽然它丑得要命，但怎么也算是这个灰暗世界里的一抹亮色。

杜疮小姐有时候心情特别好，就会戴一顶兔毛小白帽，上面插着深褐色的老鹰羽毛。（不用说，兔子混血种一见那顶帽子就犯恶心。）

要是杜疮小姐在黑板前面动作幅度太大，那顶丑陋的橘色假发和它的“搭档”小白帽就会微微滑向一侧。每当这个时候，孤儿们都兴奋不已。那是他们难得的欢乐时光。大家都期待有朝一日假发会彻底掉下来，露出他们想象中的玩意儿——杜疮小姐粉嫩闪亮的秃头。

孤儿们偷偷在背后喊杜疮小姐为“假发”，仿佛她就是那顶可怕的玩意儿。那顶假发，加上她挂在脖子上的大号铜哨、她的鹰头手杖、她用来监视大家的望远镜，还有她那装满粉笔（她经常明确指出，那是她的粉笔，其他人都不许碰）的小皮包，就是她冲锋陷阵的全部装备。孤儿们绝对不许在黑板上随便写写画画，除非是做算术题，或是抄写《违规底层贱民职业培训基础手册》。这本书是杜疮小姐亲自编写的，可谓“家”里的“圣经”。

杜疮小姐深信，每个人生来都肩负使命。她认为，那些邋里邋遢的孤儿、那些吃穿用度都靠她的小家伙既然是底层贱民，就该为吃苦和劳动做好准备。无怨无悔地辛勤劳动——这正是杜疮小姐打算教给他们的。

二月初的一个星期三上午，院长——也就是“假发”——站在巨大的钢板讲台前，怒视着受她管制的孤儿们。（以前的讲台是木制的，但一年前被人放火烧了。）如今，讲台用螺丝固定在地板上，后面是一块又窄又长的黑板，占据了墙上的大部分空间。跟“家”里其他地方一样，那间空荡荡、冷冰冰的教室里，每样东西都是暗灰色的。天花板上有好几处漏水，这天刚好在下雨，雨水滴答滴答落在大家的课桌上。

院长举起手杖，在地板上顿了三下，示意全班人坐下。大家都乖乖服从，像军人般整齐划一。

“假发”喜欢严明的军纪。

亚瑟像其他人一样乖乖坐好，毛茸茸的双手交叠搁在桌上。不幸的是，他的课桌在教室前排正中央。可人生就是这么不公平。他唯一的安慰是，现在他在教室里有个朋友了。小可就在他后面，站在别人的课桌上。因为她个头太小，没有自己的桌子。

虽然他和小可刚认识几个星期，但他们一见如故，成了莫逆之交。小可跟他讲了自己家里的事。她五岁的时候，爸爸、妈妈、六个兄弟姐妹和爷爷、奶奶、外公、外婆全染上流感，一命呜呼了。

跟小可在一起的时候，亚瑟觉得安心又自在，而且特别快乐。如果他知道遇见她的那一天是自己的生日也是圣诞节，他肯定会说小可是最棒的礼物。首先，她给了他一个真正的名字——亚瑟；其次，她每天都会给他讲从妈妈那里听来的奇妙故事。

那天早上吃早饭的时候，她就在他耳边轻声细语，讲亚瑟王的童年故事。小时候，亚瑟王有个傻傻的绰号——“瘤子”（至少在某个故事版本里是这样），魔法师梅林把他变成了猎鹰，让他了解做飞鸟的感觉。

她在喝粥的间隙小声说：“在我们那里，我妈妈讲故事很有名。”

亚瑟想了想，微微一笑。但他抬头看见院长，笑容顿时消失了。

在杜疮小姐的学校里，根本没有讲故事这回事。没有故事，没有画画，没有演戏，没有跳舞，最重要的是，没有唱歌。小可告诉亚瑟，有些学校允许做这些事——有些课甚至是从唱歌开始的——但他一直觉得难以置信。

在“家”里，每堂课都是从“通告”开始的。杜疮小姐会逐一宣读所有的新守则、新条例。事实上，由于新规矩实在太多，她不得不为神圣的《手册》做无数次增补。通告宣读完毕，她就开始训话，每天都用同样的问题折磨大家，大家则每天都给出同样的答案。

她总是这么开始的：

“小杂种，你们为什么会来这里？”

大家齐声作答，声音机械：

“来接受教育。”

“还有什么，小杂种？”

“学习有用的手艺。”

“还有什么，你们这些下贱的小崽子？”

“辛勤劳动。”

“还有什么？”

“吃苦耐劳。”

“还有呢？你们这些只会偷懒的小混混，你们这些忘恩负义的小臭虫，还有什么？”

每当这个时候，整个教室就会陷入令人讶异的沉默。有些个头小的孩子，比如亚瑟，会在座位上瑟瑟发抖。他们觉得应该回答那个问题，可是——他们又知道大家不该同时作答。真是太让人纠结了！

最后，杜疮小姐会露出残忍的笑容，说：“没错，小废物们，使人恶心的渣滓们。安静，保持安静。辛勤劳动，闭嘴吃苦。这就是最重要的一课。”

那个星期一，杜疮小姐小心翼翼地摸了摸假发，稍稍调整了一下。接着，她像过去三十年里的每个星期一那样，翻开巨大的黑色笔记本，开始宣读这一天的新规矩。

亚瑟坐在座位上，强迫自己别打瞌睡。他的胡须微微颤抖——似乎有些东西不一样了。他抽了抽鼻子，闻到一股熟悉的混合气味：霉味、猎鹰香水（杜疮小姐最爱的香水），还有后排“臭佬”奥立克散发的恶臭。他也闻到了歪尔的气味——只要是有鼻子的人，都不可能闻不到。但还有别的东西，至于是什么，他也拿不准。不过，他很快就把这个念头抛在脑后，让思绪飘向别处，任由杜疮小姐（也就是“假发”）在那里滔滔不绝。

教室里只有一扇窗户，总是关得紧紧的。外面在下雨，大雨滂沱，已经下了好几天。不过，他喜欢聆听雨点落在窗户和屋檐上、落在石墙和房顶上的声音，还有天花板上滴答滴答的漏水声。

那天，他听见了四种不同的声音——雨点砸在墙上的砰砰声、落在天花板上沉闷的啪嗒声、敲在屋檐上清脆的噼啪声，还有打在窗户玻璃上轻快的滴答声。

就像歌儿似的，他心想，我要告诉小可。

亚瑟跟小可说了他从没告诉过别人的事，给她看了宝宝毯残片和金钥匙，跟她说了关于那首歌和星星的奇怪记忆，但还没告诉她自己最大的秘密——他能听见别人听不见的声音。这让他觉得既奇妙又快乐，有时也会伤心难过，虽然他也不知道为什么。他旁敲侧击地提到过，但还是不敢直接告诉她。要是她觉得自己很奇怪怎么办？要是她不相信怎么办？尤其是关于老鼠和耗子的那些事。他把所有事都藏在心底，有时感觉自己憋得快要爆炸了。

杜疮小姐还在滔滔不绝地念着严格的新规定，这是这一年里好几次严重违规的后果，包括去年秋天那起臭名昭著的“火烧讲台事件”。肇事者南希是个爬虫混血种，没有人知道她后来怎么样了，因为大家再也没见过她。

亚瑟暗下决心，今晚睡觉前就把自己的秘密告诉小可。他心想，跟自己最好的朋友——可以这么说吗？——促膝长谈，那是多么美妙的事啊。

“这是给你们所有人的教训。”杜疮小姐用刺耳的声音结束了训话，“现在，开始上课。”

大家都聚精会神、正襟危坐，有一个人除外。

我会把一切都告诉小可，尤其是小鸟和它们唱的歌。她会喜欢那个的。就连那些不愉快的事，我也会告诉她。我会说，小可，有时候我会听见墙后头的耗子说话，它们真的好吓人。

杜疮小姐——也就是“假发”——扫了一眼名单，打算随便找个人来折磨。那天，她不想拿全班人开刀，觉得吓吓某个人也不错。

为什么不挑名单上的最后一个人呢？

“啊哈，十三号？”她叫道。

呃，耗子也不总是那么吓人，亚瑟还在想心事，它们也挺有趣的。其实呢，那天有只耗子说……

“十三号！”杜疮小姐一字一顿、咬牙切齿地说。

小可紧张地叽叽叫了起来。但此时此刻，在十三号的幻想中，他已经变成了一只鸟。确切来说，是一只猫头鹰，就像小可讲的亚瑟王故事里的“瘤子”。小可说“瘤子”变过猫头鹰、白鹅、鱼、蚂蚁和其他飞禽走兽，能变成那么多不同的东西真好啊！

院长在他的课桌前俯下身子，但他还飘在云端，正在俯瞰林间城堡。在他的幻想中，自己变成了雄鹿、大水怪，还有穿越森林的独角兽。

那天，杜疮小姐的心情特别差。因为前一天夜里，发生了一起跟啮齿动物有关的事件。她睡觉前把假发搁在了一个特殊的抽屉里，有只小灰老鼠爬了进去，在里面生了一窝粉嘟嘟的小崽子。她早上戴假发的时候，那些粉嫩的小肉球倾泻而下，顺着她的裙子骨碌骨碌往下滚。

至于她是怎么处置它们的，还是不说为妙。

杜疮小姐又大吼了一声亚瑟的号码名字，把手杖使劲砸在课桌上。亚瑟吓得差点儿蹦起来，他看见杜疮小姐手杖上的鹰头眨了眨眼睛，眼中透出一抹红光。现在，他总算回过神来了。

他战战兢兢、支支吾吾地小声说：“到……到，女士。”

“你是聋了还是傻了？”

他听见马格、奥立克和歪尔在教室后面窃笑。

“我……我……不，我不……不……”他的声音越来越小。

“好，那我们开始吧。告诉我，十三号，”杜瘡小姐故意提高嗓门，放慢语速，仿佛他不是脑子有毛病，就是耳朵有问题。“为、什、么、你、会、来、这、里？”

“接……接受……受教育。”

“还有呢？还有什么？”

小可在后面叽叽叫了一声，给他加油打气。于是，他鼓起勇气接着说：“学……学……学手艺？”他咽了口口水，告诉自己马上就完了，马上就完了。

“还有呢？还有什么，十三号？你还有什么要告诉我的？”

“辛勤劳动？”

“接着说！接着说呀！”

“辛勤劳动……还有……”

“还有什么，你这个贱骨头！”杜瘡小姐紧紧握着手杖上的鹰头，指关节都泛白了，“还有呢？”

十三号抬起头，恰好瞧见杜瘡小姐头上的橘色发卷中间有只小老鼠在向外偷窥。原来这就是闻起来不一样的东西！小老鼠从发卷中探出脑袋和半个身子，开始嗅杜瘡小姐的耳朵尖，似乎打算钻进去。杜瘡小姐心不在焉地伸手在耳边扇了扇，像在驱赶小飞虫。

“抱……抱歉，女士……您……您有个……”

“什么？我有个什么？”

“呃，是……是这样……呃……有个，呃，不……不好说，我……我是说……”

“你到底在说什么呀，十三号？”

“是……是您的耳朵。”亚瑟说，“呃……您有个……呃，老……老……”

“假发”压低了声音，这可不是什么好兆头。“你说什么？”

“老……老鼠……您的耳朵……我……我猜……”

“老鼠？我的耳朵？”她几乎是细声细语了，其实更像是威胁式的嗞嗞声。这意味着火山即将爆发，什么也无法阻止。“你说我长了老鼠耳朵？回答我！马上！”

大家都意识到大事不妙，等着看接下来会发生什么事。

后排有个高个子清了清嗓子，举起一只长满灰毛的爪子。杜疮小姐用余光瞥见了他。“嗯？”她咆哮道，“什么事？”

“打扰一下，女士。”歪尔说，嗓音充满虚伪的谦卑，“关于这只小狐狸，小的有些事不吐不快，他犯了大罪。”

“好，说来听听。”杜疮小姐仍然瞪着亚瑟。

“请恕我直言，女士，这个叫十三号的家伙拿您的耳朵开玩笑，已经有好几个星期了。他拿来开玩笑的还不止这个。”

杜疮小姐的脸上阴云密布，预示暴风雨将至。她俯下身子，冲亚瑟大吼：“你个白痴，你个怪胎，好大的胆子！你这一只耳朵的家伙，竟然敢取笑我的耳朵！真没礼貌！你这恶心的小臭虫，会付出代价的！”

“哦，亚瑟……”小可轻声叹息。

亚瑟的耳朵打起战来。他浑身上下瑟瑟发抖。

杜疮小姐伸出比他脑袋还大的巴掌，扯住他那覆满红毛、蓬松可爱的耳朵，狠狠拧了一把，又用力晃了晃，然后才撒手。有那么一瞬间，他以为自己的耳朵被扯掉了，因为真是痛极了。他伸出双手想要阻拦，但杜疮小姐挥手拨开，又扯住了他的耳朵，这一回拧得更狠。

“停下！拜……拜托了！”亚瑟哭喊着。

“让你长点儿记性，看你还敢不敢取笑上级！”杜疮小姐吼道。

她又拧了一把他的耳朵，然后扯着不放，把他拽过课桌，拎到半空中。他悬在那儿，几乎跟院长四目相对。院长直勾勾地盯着他，压低声音说：“你这个小怪物，你……你……这个臭狗屎——看我怎么收拾——”

藏在院长假发里的小老鼠被吓了一跳，突然从藏身之处蹦了出来，正好落在杜疮小姐丰满的胸脯上。为了保住小命，它死死地趴在上面。

它抬头仰望杜疮小姐，眨了眨眼睛，惊恐万状地吱吱叫起来。

杜疮小姐——也就是“假发”——低头看着小老鼠，尖叫出声。

她用力一挥胳膊，把亚瑟甩了出去，使劲去拍趴在胸口上的小家伙。小老鼠飞到了教室另一头，亚瑟则先扑到了“假发”的讲台上，然后摔在了地板上。

他记忆中的最后一件事，就是耳朵传来撕心裂肺的痛，小可在哭喊他的名字。在那之后，一切都陷入了黑暗。

“亚瑟！亚瑟！是我，小可。”

亚瑟悠悠醒转，只看见一双蓝宝石般的眼睛盯着自己。此时太阳刚刚升起。他肯定误了点名！他惊慌失措。他会被杜疮小姐狠狠揍一顿的，这个他很肯定。哎，小可怎么会在这里？

这里？

小可站在他的胸口。“这……这是哪里？”他问。

“医务室。”她的声音听起来闷闷的，很奇怪。“太好了，你终于醒了，我都担心死了！我一整晚都在这里。”她开始上下蹦跶。

“拜……拜托，别蹦了，小可，害得我头晕。”

“抱歉！”

“我听不清你在说什么，小可，发生什么事了？”

“别担心！会好起来的！只是小伤。呃，也许不该说是小伤，可是……噢，真烦人！太可怕了，太可怕了！”

亚瑟感觉耳道深处传来灼烧般的剧痛，就像有人往里面倒了滚烫的炭灰。他伸手摸了摸，发现头上有层厚厚的绷带，将耳朵和头顶全给裹了起来。“哦，”他说，“我明白了。”有些东西怪怪的，但感觉棒极了。他发现，自己这辈子头一次躺在软绵绵的东西上——那是一张四柱床，下面垫的是真正的床垫，身上盖的东西又温暖又软和。在红隼大厅的宿舍里，要是你能给自己的硬板床（其实是个旧猪圈）找到一小把稻草，那已经算幸运的了。亚瑟跟其他孤儿一样，睡在没暖气的大房间里，拿装满鹅卵石的麻布袋当枕头，身上盖着粗糙扎人的薄毯子，毯子充斥着浓浓的煤灰、臭脚丫味和尿骚味。

但这个——这个简直是奢侈！他在毯子底下蜷起毛茸茸的脚趾，有生以来第一次觉得这么暖和。

“还不错吧？”小可说。她跳下他的胸口，站在床沿上。

亚瑟迅速扫了一眼房间。他是在做梦吗？他听说医务室糟糕透顶，非常恐怖，大家就算生病了也不敢吭声。他一辈子都对医务室避之唯恐不及。如果传说是真的，那他现在在哪里？

他左手边有张小桌子，上面摆着个公鸡形状的红罐子。罐子上附了张卡片，写着：尝尝饼干！好吃极了！

“小可，饼干是什么？”

“饼干是什么？哦，亚瑟，你还有好多东西要学呢。我还没跟你说馅饼呢。”

“馅饼？”亚瑟喃喃自语。他打开罐子，取了块饼干，先闻了闻，然后小心翼翼地啃了一口。

“好好吃！”他大声宣布。

那不过是一块普普通通的葡萄干燕麦饼干，但亚瑟从来没有尝过这等美味。他欣喜若狂，慢慢咀嚼，细细品味。吃完后，他发出了一声满足的叹息，又开始四处打量。

桌子对面是一扇窗户，挂着蓝白相间的窗帘。窗台上有个蓝花瓶，里面插满绸缎做的假花。一切都是那么多姿多彩、温馨舒适。房间角落里有一把摇椅，上面搭着一块红蓝相间的漂亮毯子，另一个角落里摆着一张床，跟他现在睡的床一模一样，不过上面没有人。墙纸上全是金凤花，踢脚线则是红樱桃，房椽上还挂着一束束草药。亚瑟深深吸了一口气，屋里的气味神秘而美妙。

屋里甚至挂了一幅画，就在他床边的墙壁上。那是一幅纯手工上色的美丽版画，画的是两个微笑的小女孩。她们是双胞胎姐妹，戴着蓝色宽檐帽，手牵手站在苹果树下。整个画面似乎沐浴在金灿灿的阳光中。那是亚瑟见过的最漂亮的东西。他在“家”里待了这么多年，从没亲眼见过真正的画——也就是，真正的艺术家绘制的油画、素描或版画。他见过一些画——孤儿们私下偷偷画的小涂鸦。但这幅画完全不一样。他觉得自己好像能走进画里，跟树下的两个女孩打招呼。

“亚瑟？”小可用嘴轻轻啄了一下他。

“不好意思，小可，我不是故意不理你的。”

“你还好吗？”她问。

“你介意大声点儿吗？还有——你到……到底是怎么进来的？宿……宿舍晚上都锁门呀。”

小可又啄了亚瑟一下：“用嘴撬锁呀。当然啦，光靠我一个人可不行，还有其他人帮忙——蒂泽尔宝宝、奈杰尔、内斯比和史努克，你懂的，好心的那些——大家一起叠罗汉，让我能够看到锁眼。”

亚瑟想象了一下那个场景，不禁咧开了嘴。“以后我会统统讲给你听的。”小可接着说，“但我得赶紧去报到了，不然你也知道会发生什么事。”

就在这时，门口出现了一个身穿蓝白护士服、头戴护士帽的年轻姑娘。她的红发编成长辫拖在脑后，上面绑着天蓝色的蝴蝶结。亚瑟抬头望着她，她的脸上满是善意。“我的小病人感觉怎么样了？”她大声问道，好让裹着绷带的亚瑟听见，“哦，不好意思，忘说了，我是你的护士，丽奈特。我还不知道你叫什么名字呢。”

她低头扫了一眼手里的写字夹板。“我从姨妈那里收到的便条上只有个数字，我是说杜疮小姐。”小可和亚瑟对视了一眼。“上面写着‘十三号’，”她接着说，“但肯定是哪里搞错了。”

亚瑟还没来得及开口，小可就跳了起来：“他叫亚瑟，我叫小可。我是来看朋友的。他的名字叫亚瑟，哦，我刚才已经说过了。对，没错，现在你知道了！”

“谢谢，很高兴弄明白了。对了，小可，我不知道你昨晚是怎么进来的……不过我不会说出去的。”她朝他们俩微微一笑，伸出一只又软又凉的小手，搁在亚瑟的脑门上，测了测他的温度。“亚瑟，你有个忠实的好朋友。”

丽奈特轻轻解开绷带，帮他检查了耳朵，然后换上干净绷带，不过这回留了一个小口子，好让他听得清楚一些。包扎完毕后，她说：“你很快就会好起来，然后就能回去了，所以别担心。”

“不……不好意思……那……那幅画……”

为什么他第一次见到陌生人都会犯结巴？亚瑟指着那幅树下女孩的版画。他没法儿想象杜疮小姐竟然会批准在“家”里挂画，更别提蓝白窗帘、艳黄墙纸和绸缎做的假花了。

“哦，那个呀！”丽奈特笑了，“你瞧，这些全是新的。”她用手指了指周围。“以前的医务室嘛——总之不是个好地方。我听说，以前的护士是个暴君，不过现在我来了，再说杜疮小姐从来不进来。我觉得她永远也不会进来。我姨妈不大喜欢医务室。话说回来，生活中总得有点美好的东西嘛，不然怎么活呀，对吧？”

“她……她，我是说，杜……杜疮小姐，她是你姨妈？”亚瑟问。

“对，她是我妈妈的妹妹。”丽奈特指了指那幅版画，“她是左边这个，我妈妈是右边那个。”她摇了摇头，“其实挺悲哀的，她们俩有三十年没说过话了。她竟然会雇用我，我还挺吃惊的。毕竟，她特别恨我妈妈。妈妈说，杜疮小姐雇用我是另有所图，不过我倒愿意想成这是和解的前兆，至少我希望是这样。”她略带忧郁地说，拍了拍亚瑟的枕头。他觉得那是世上最软和的枕头。

“不……不好意思，可……可她看起来那么——”

“开心？我知道，一点儿都不像现在的她。”

“她……她是怎么变得这么……”亚瑟尴尬地低下了头，“抱……抱歉。”

小可接过话茬儿："对呀，跟我们说说吧！"

丽奈特坐在床沿，小手搁在亚瑟的手上。"小家伙，你们要记住，哪怕是庞然大物，曾经也是无名小卒。记好了，这能帮你们面对世上许许多多的杜疮小姐。你们总有一天会明白的。"她凑上前来，轻轻抚摸亚瑟毛茸茸、软乎乎的脸颊，"好了，难过的话就说这么多！你们肯定都饿坏了！"

亚瑟完全摸不着头脑——护士丽奈特口中的杜疮小姐，还有她的善意，都让他满心困惑。以前从来没人对他这么好过。丽奈特走了出去，几分钟后带回了两只托盘——一只大托盘，一只适合小鸟用的小托盘——上面堆满了新鲜出炉的面包，面包上还抹着厚厚的黄油。这一回，亚瑟更是惊讶得嘴都合不拢了。

"吃早饭了！"她大声宣布，然后补充了一句，"小可，点名和今天接下来的事都别担心了，我会帮你找个借口的。亚瑟今天早上得有人陪，你也算帮我的忙了。"

亚瑟从来没有尝过黄油，也没吃过这么新鲜的面包。他一口咬下去，只感觉软绵绵、油乎乎的，那微咸的滋味让他从头到脚都暖和了起来。他好想永远待在这个房间——就算裹了绷带、卧床不起也值得——这样就能每天吃到黄油，看到护士丽奈特那美丽、善良的面孔了。小小一口面包驱散了他所有的痛苦。

"我真该经常受伤。"丽奈特离开后，他对小可说。

"哈，"她用尖嘴啄了啄朋友的胳肢窝，"我有个更好的主意！"

亚瑟在医务室舒舒服服地住了一个星期，不用组装零件，不用聆听训导，不用辛勤劳动，没有木板子，没有人欺负，也没有鹰头杖。小可每天晚上都会溜出宿舍，给他讲睡前故事。他住院的最后一晚，小可送了他一件礼物，那是她趁他睡觉的时候，三更半夜偷偷做的。那是一只发条玩具老鼠，是她用花了好几个星期才找到或换来的小零件拼凑出来的，那几个星期一直藏在她床底下。老鼠肚皮底下有轮子，一拉绳子就会四处乱转，吱吱直叫。“我想你可能会喜欢。”她说，“我知道你有多喜欢小老鼠。”

他给玩具老鼠取名“梅林”，以纪念小可给他讲的魔法师梅林的故事。在丽奈特的精心照料下，到出院的那一天，他的耳朵已经差不多痊愈了。要离开明亮舒适的医务室，他其实很舍不得。那里有柔软的床铺、美味的热汤和面包、两个小女孩的奇妙版画，当然还有温柔体贴的小护士。

“家”里的生活像往常一样枯燥乏味，日子一天天过得慢极了，但有一件事不同了——现在，亚瑟有了一个可以分享生活点滴的朋友。小可用奇妙的故事向他打开了通往新世界的大门，那些故事里有勇敢的公主和骑士、火鸟、飞马、美人鱼、巫婆、仙女，甚至还有聪明的狐狸，听起来跟他一模一样。他还知道了“外面的人”平时做的许多奇妙的事。最让他着迷的是冰激凌、旋转木马、奶酪吐司、音乐厅和馅饼。

“馅饼是最棒的，”小可一口咬定，“里面有黄油，甜丝丝的，塞满了各种各样你能想到的好吃的。但那东西没法儿形容，你得亲口尝了才知道。”

尽管有杜疮小姐的“安静金律”，但他们还是一找到机会就聊天。一天晚上，狐狸男孩终于向朋友敞开了心扉，说出了他与众不同的天赋。其实迈出这一步并不难。他急急忙忙地小声说，小可则聚精会神地听着，小小的脑袋歪向一边。他还告诉小可，他能听懂老鼠和耗子说的话。

“你也听得懂吗？”他问。

小可摇了摇头：“听不懂。亚瑟，这是一种很特别的能力——真的、真的很特别。我确定，这跟你的宿命有关。”说完，小可又兴奋得上下蹦跶。

“总有一天，”亚瑟说，“你会兴奋过头，蹦得太高穿过天花板，要么摔下来，要么……我也不知道会怎么样。但这么做真的很危险。”

小可哈哈大笑，接着指出，他跟她说话的时候，基本已经不结巴了。事实上，他犯结巴的情况越来越少。随着时间一天天过去，他对别人说话的声音也变大了。当然，对杜疮小姐、蓬嚏先生和歪尔除外。

四月一个晴好的星期天晚上，和煦的清风轻抚着田野和山丘。院墙外面的神秘世界里，天变得越来越明亮，越来越暖和。那天晚上，“外头”弥漫着春日的麝香味和潮湿的泥土气息。但在“家”里，亚瑟只能闻到发霉的墙壁和臭脚丫的味道。在院墙里面，感觉还是冬天，温度依然是零下。没人能解释这种现象，但大家都默默接受了现实。

不过，还有声响，奇妙的声响。

亚瑟躺在床上，聆听白桦树在风中沙沙作响，青蛙在呱呱大叫。他听见猫头鹰、蝙蝠和夜行动物的呼号，充满春天的气息。他听见了它们的歌声，它们的夜狩之歌，它们的冒险、寻欢与求偶之歌。

那天晚上，在红隼大厅的宿舍里，孤儿们像往常一样上床睡觉，躺在排成行的冰冷硬板床上。小可的床——其实只是个简陋的木盒，因为她个头太小，用不着真正的床——就摆在亚瑟对面的地板上。他希望她能靠得更近些。他相信，小可能帮自己赶走噩梦。

小可来之前，亚瑟睡觉的夜晚充满了孤独和恐惧。他会从噩梦中醒来，大汗淋漓、瑟瑟发抖。他的梦里净是些阴暗、疯狂的画面，充斥着喧嚣、烟雾和灰烬，飞禽走兽在他的周围打转，然后号叫着跑开。细节总在变化，但有个场景始终如一：一根闪着红光的大柱子朝他逼近，就像从火焰中诞生的无名怪兽。

那天晚上，亚瑟躺在黑暗之中，听见可怜的蒂泽尔宝宝在啜泣。小可来之前，有多少个夜晚，亚瑟都在强忍泪水？他会蜷缩在宝宝毯的残片里，盯着光秃秃、冷冰冰的房间里唯一能给他安慰的东西——床对面的一扇小圆窗，就在靠近天花板的位置。小窗总是关得严严的，但至少透过窗户玻璃能看见一小片天空。

那天晚上，他看见了闪耀的群星和银月，月亮表面的阴影像只兔子。他把宝宝毯紧紧抱在胸前，另一只手搂着梅林——他心爱的发条老鼠，不知不觉进入了梦乡，在粗糙扎人的薄毯下面瑟瑟发抖。但他有月光的安慰，而且心中深知，他的朋友也在同一间屋子里进入了梦乡。

大半夜，亚瑟突然被人戳醒了：“小可？是你吗？”

小可从床沿蹦上了亚瑟的胸口：“亚瑟！你绝对不会相信的！”

“相信什么？”他揉了揉眼睛，眯眼望向屋里的挂钟，“小可，现在才凌晨两点。”

“走运！真走运！”

“嘘！”亚瑟说，“小声点！”

小可拼命拍打她的小残翅，月光洒在上面闪闪发亮。“万岁！万岁！瞧瞧我找到了什么！”

“嘘！你想害得我们被抓……抓住吗？”

屋外传来脚步声，门后有烛光闪烁。亚瑟屏住呼吸。脚步声在长廊里回荡。

“好险！”他紧张地拍了拍耳朵。熄灯后不许说话，违者会受到手杖、木板子或禁食一周的惩罚。歪尔和年纪大点的孤儿睡在隔壁，但这并不意味着小孤儿就不会告密。

亚瑟试图坐起身来，但小可还站在他的胸口。透过薄薄的毯子，他感觉到了她又长又尖的脚爪，忍不住沮丧地嘟囔了一声。他的感觉很奇怪，他刚刚做了个美梦，梦见医务室和一大块抹了黄油的面包。

“告诉我，你到底在说什么呀？不过你得小声说，行吗？”他说。

“那好，”小可说，“听好了。重大新闻是……”她抑制不住激动的心情，又开始上下蹦跶。“我找到了一个洞！一个洞呀，亚瑟！你能相信吗？就在墙上！”

亚瑟再一次试图坐起身来，但小可蹦得实在太厉害，害得他倒回硬邦邦的枕头上。“小可，真的别蹦了。”小可从他的胸口上跳下来，坐在他的身边。“这样就好多了，”亚瑟说，“现在，告……告诉我，不就是个洞嘛，你干吗这么激动？”

“那是条隧道，真的，这意味着一件大好事。猜猜它能通向什么！”

亚瑟眼睛一亮。“通向……馅饼？”

“馅饼？”小可摇了摇头，“不，亚瑟，不是馅饼！比馅饼还好。”

亚瑟的眼睛瞪得溜圆："比馅饼还好？那是什么？"

"它能通向最神奇的地方，亚瑟，一个奇妙的地方，超乎你的想象。"

他冥思苦想了好一会儿，说："医务室？"

"不，亚瑟！不是医务室！"

小可努力伸长脖子，凑到他耳边小声说："是外头。"

亚瑟惊呆了。除了白桦树的树梢和天空，他从来没有见过"外头"，至少记不得"外头"是什么样子了。因为自打他有记忆以来，就一直住在"家"里。他小时候肯定见过"外头"，努力回想，但脑海里一片空白。

小可解释说，她是在乱石堆后面发现那个洞的，就在被杜疮小姐封掉的旧门旁不远。她现在才意识到，那个洞能通往墙下面的隧道。"亚瑟，"她说，"自由活动的时候旁边没人，我就钻了过去，偷偷往外瞧。我都忘记外头的世界有多美了！"

他们又听见长廊里传来脚步声，有人在宿舍门外停下了脚步。亚瑟拿毯子盖住小可，闭上眼睛，假装睡觉。

门嘎吱嘎吱地开了，一个朦胧的人影高举蜡烛站在门口，往屋里瞧了瞧，然后退了回去，关上房门。那人哼了一声，打了个喷嚏，沿着长廊慢慢走远了。亚瑟长出了一口气。"好险，"他小声说，然后催小可，"接着说呀。"

小可滔滔不绝地往下说："到处都是绿色，亚瑟！闪着金光的绿色，不像我们被逼着喝的那些恶心的豌豆汤。你还记得医务室里的假花吗？”

“当……当然了。”他说。

“想象一下，一大片一大片的真花，一眼望不到边儿。”

“但那……那是不……不可能的，怎么可能呢？”

小可接着小声说：“墙的另外一边，有一条通往光明镇的路。我听说，那里的尖塔和街道都是用一种神奇的石头造出来的。在集市上，奶酪和馅饼堆成了山——足足有两层楼那么高！到处都是玩具店，有玩杂耍的、变戏法的、会飞的机器，还有我跟你说过的音乐厅，还有……还有一条大河，上面漂着好多大木船，扬着彩色的帆。那条河一路奔向大海。奔向大海呀，亚瑟！想想看！”

亚瑟只觉得心烦意乱。小可不会对他撒谎的——可是，这听起来像她编的故事，但如果不是编的……

他能听见酣睡的孤儿们平稳的呼吸声，还有大钟持续不断的嘀嗒声。他听见两张床开外有个小家伙在梦中喊妈妈。他想，这才是现实——他们所有人，睡在这间屋子里，待在这个寒风刺骨、充满苦难的地方。现实就是，明天早上，杜疮小姐会喊出排在名单末尾的晦气名字，蓬嚏先生会挥起木板子，歪尔、马格或者奥立克，管他是谁呢，会在吃早饭的路上绊倒他，把黏糊糊的玩意儿抹在他的裤子上。现实就是刷厕所、用冰冷的脏水洗衣服、下半辈子都忙着组装小甲虫。至少在“家”里，他知道接下来的每一分钟、每一天、每一周、每一年会发生什么事。

可是……他不是也听见过鸟儿唱歌、筑巢吗？他不是也听见过蜜蜂采蜜、夏日微风和远方的绿树之歌吗？他不是也想象过遥不可及的“外头”是什么模样吗？

小可又滔滔不绝了好一阵子，描述她听说过的那个地方的其他神奇玩意儿。说完，她长出了一口气。“好了！我讲完了！全讲完了！”

“棒极了，小可，棒极了。”

“还有件事。”她说。

“什么？”

“我想我在外面还有亲人。事实上，我很确定。”

“什么？”

“我有个舅舅，是个修补匠。我妈妈的哥哥。他住在光明镇西边，靠海边的地方，起码他以前是住在那儿的，我们一家是从那边搬来的。我该不该去找他？”

亚瑟想了想，要是在“外头”，在广阔的城市和群山之间，在遥远的城镇和田野之中，他还有亲人，那会怎么样？要是在难以逾越的院墙和大门另一边，真的有一件神奇的东西——比如说一条通往故乡的大路，那会怎么样？如果那条路能揭示他的身世，通向他的目的地和宿命，那会怎么样？

他真的有所谓的“宿命”吗？

他的心被恐惧攫住了。这种想法是行不通的，这么想是危险的，再说了——梦想就是希望，希望是百无一用的，就像他和其他人每天组装的甲虫一样。他摇了摇头。

“哦，小可。”他半天只挤出这么一句。

小可蹦到他耳朵旁边。“亚瑟，”她小声说，“我们该不该呀？”

“该……该干吗？”

“去呀！”

“去……去哪儿？”

“当然是去外头了！”

“你是说……我也一起去？怎……怎么去？”

“那个洞呀，亚瑟！把我找到的那个洞想象成一扇门，门是用来进进出出的。我们绝对出得去。”她暂停片刻，然后补充，“再也不回来。”

亚瑟目送月亮消失在云彩后面。他能听见大风呼呼吹过树林，吹过他看不见的大树。从他所在的阴暗角落里，也许永远也看不见那些大树。再过不久，寒冷刺骨、阴暗潮湿的清晨就要来了。他想起了红隼庭院，石像鬼在雨中哭泣。他试着想象，那不是乱石堆后面的一个洞，而是墙上一扇真正的门，能够通往某个神奇的地方。可是，他脑海里只浮现出一座巨大的石头堡垒，铁将军把门，还有无穷无尽的黑暗。

过了好一会儿，他才开口：“很晚了，我们该睡了。外头听起来很棒，真的很棒。我知道你会是个出色的修补匠。可我……出……出去……”他无比艰难地挤出了下面的话，“请……请别再问我了，抱歉，我办……办不到。”

“可是，亚瑟……为什么？”

他低头看着小可，嗓音里充满悲伤和遗憾："抱歉，可我……我不想去。何必梦想伸手摘星……呃，后面的话不用说你也知道了。"

"我可不确定，亚瑟。"小可说，她的声音里有失望、沮丧、愤怒，也有浓浓的爱。

"什么？什么意思？"

"昨晚，我听见你在梦里唱歌了。"

这是真的吗？他真的在梦里唱歌了？他是不是不知不觉违反了禁令？杜疮小姐对这种事深恶痛绝，会将他扔在耗子地牢里足足关上一个月！如果是真的，那他唱了什么？因为他只知道一首歌，还不记得歌词——至少醒着的时候不记得。

如果他被抓了现行，那这一切都不重要了。无论哪种音乐，在“家”里都是严令禁止的。所以，晚上睡觉前，他会诚心许愿，希望自己别再唱歌了。但四月的每个早晨，小可都会告诉他，昨天晚上又听见他唱歌了。

这有没有使我们年轻的主人公梦想逃离？他有没有想象过白色大城的模样？当然有。可他能拿什么来做比较呢？在他看来，那不过是小可编出来的故事场景。他把它想象成亚瑟王的卡美洛城堡——一座神奇的堡垒兼城镇，矗立在小山顶上，四周环绕着魔法森林，林中有独角兽、夜莺和恶龙。不错的幻想，他心想，但全是泡影。

亚瑟说什么也不肯走，这让两人的友谊出现了裂痕。小可有时候会沉默不语，喜怒无常，一点儿也不像她平时的样子。但她不肯就这么放弃，偷偷开始制订逃跑计划。她从早到晚都忙着做计划，不断修改调整，终于拿出了一套宏伟又大胆的计划。到四月底，她已经想好具体该怎么实施了。

五月翩然而至。孤儿们虽然看不见“外头”，但能感觉到蓬勃的生机。在星期天的自由活动时间，院墙另一边飘来了丁香花的香味，把大家引到了院子最偏僻的角落。可怜的小家伙们站在那儿，尽情嗅闻芬芳的气息，脸上浮现出少有的快乐表情。有些人压根儿不知道那是什么味道，但香味会让他们心痛如绞，涌起难以抑制的渴望——尤其是亚瑟，因为他不但能闻到墙那边的丁香香味，还能听见蜜蜂在花丛中采蜜。他听见鸟儿在离白桦树很远的树林里高歌，还听见树干里的汁液向上奔涌，就像小溪绕过巨岩，涓涓流淌。空气就是他的图书馆，里面充斥着各种各样的声响。当他的耳朵捕捉到这些声响或“歌谣”（他私下里这么喊它们）时，还能听见自己体内的鲜血像树干里的汁液一样向上奔涌，涌入心脏。他把自己想象成一棵大树，两只胳膊是树枝，上面站满了歌声婉转的小鸟。

然而，小可还是没法儿说服他离开。每次一提起这件事，亚瑟就会别过头去，清清嗓子：“抱歉，小可，我就是办不到。”

有一天，他们在巨大无比、没有窗户的组装车间里干活，肩并肩站在一条长长的传送带末尾。他们身后的钢板墙根下有一大堆废弃的甲虫，它们不符合工头瓦骨先生的标准。那看起来就像一座由死虫子堆成的小山，仿佛“终结者”刚来“家”里转了一圈似的。

跟“家”里的其他房间不一样，组装车间里总是闷热潮湿，只可惜热得人不舒服。孤儿们不得不长时间作业，滚烫的蒸气扑面而来，害得他们既看不清也听不清。

小可和亚瑟头顶上方的牌子写着“零件质检”。他们的工作是在组装好的甲虫掉进“怪兽”的大嘴之前，检查传送带上那些闪闪发亮的小黑虫。

孤儿们给那台蒸气驱动的大机器取了个绰号，叫作“怪兽”。它每天都要吞下成千上万只小甲虫。“怪兽”的外形跟它吞下的小黑甲虫一模一样，只不过是它们的蒸气驱动的加大版。

那台机器伫立在车间正中央，它的血盆大口让孤儿们时刻处于恐惧之中——要是他们中的哪一个掉下传送带，被吸进那条黑黢黢的死亡隧道该怎么办？这是唯一一间听不见钟声的房间，因为“怪兽”的声音震天响，而且永不停歇。

“怪兽”时而吸气，时而吐息，时而尖叫，时而咆哮。孤儿们必须手脚不停地工作，才能跟上它的节奏。每隔五分钟，“怪兽”就会发出汽笛的尖啸，喷出浓稠的蒸气。等它的大嘴里塞满甲虫，就会“嘭”的一声合上。那声巨响震耳欲聋，不管之前听过多少次，亚瑟都会吓得蹦起来。随后，“怪兽”像往常一样左右摇晃，大嘴上方的两个灯泡发出刺眼的红光。等红光变成隐隐泛绿的白光，机器又发出一声恐怖的巨响，两只“眼睛”火花飞溅。一只灯泡突然掉落，就像火焰中滚烫的余烬一样，朝孤儿们的头顶砸下来。

虽然这种事时有发生，但大多数孤儿每次都吓得要命。所有人，包括小可和亚瑟在内，都转过身往那边瞧，就像人们会目不转睛地盯着闪电瞧。尽管最安全的做法其实是寻找掩护。但孤儿们又能跑去哪里呢？一股强大的电流射向“怪兽”的肚皮，震得整个房间嗡嗡作响。在那一刻，不管身上披的是什么（皮毛、羽毛还是鳞片），所有人都汗毛倒竖。

随着另一股蒸气喷出，另一声尖啸响起，大嘴重新张开，“怪兽”的另一头（也就是屁股后头）冒出一张金属大网。网里有好几百只小黑甲虫，就像刚从海里拖上来的小黑鱼似的，浑身不停颤抖。除了眼睛发出古怪的泛绿白光，那些甲虫看起来跟之前一模一样，只是现在充上电了。

亚瑟很好奇，它们是不是白色大城里孩子的玩具？如果是，什么样的孩子才会想跟它们玩？

瓦骨先生（孤儿们都直接喊他“挖骨”）在车间里踱来踱去，不时冲童工们大吼：“快点儿，快点儿！腰弯下去，你们这帮臭虫！”大家都拼了命地干活，组装好一只又一只甲虫，然后放到传送带上。

瓦骨先生是个矮墩墩的男人，张着罗圈腿，大脑袋活像个卷心菜。在组装车间刺眼的灯光下，他的头顶似乎泛着淡淡的绿光。他只吃豌豆，只喝卷心菜汤，总是待在室内。对此，他的说法是：“外头只适合不开化的野人。”由于常年不见阳光，他的脸色活像萝卜。

他的言行举止也挺像萝卜——尖酸刻薄，夸夸其谈[1]。

每隔一刻钟，“挖骨”就会巡视一圈，监督童工们干活，吼他们加快速度。巡视完一圈，他就会回到办公室，从顶层抽屉里掏出棕色瓶子，凑着瓶口痛饮一番。几个钟头后，他就变得步履蹒跚，东倒西歪，“快点儿……快点儿”听起来更像“快乐……快乐”。

说起干活，没有人能比小可更麻利。她的尖嘴和脚爪异常敏捷，干起活来速度惊人。有时候，她看起来就像一团模糊的褐影。

“你是怎么做到的？”亚瑟低声问，“你连手都没有。”

“就跟手很重要似的。”小可边说边啄了一下他的胳膊。亚瑟憋住没有笑出声来。

过了一会儿，等“挖骨”彻底醉醺醺的时候，小可又试着提起逃跑的事。车间里巨大的噪声令人难以忍受，但正适合跟朋友讨论秘密计划，前提是她能说服亚瑟加入。

小可站在亚瑟身边的高脚凳上。亚瑟站在靠近传送带的地方，努力加快速度，但他已经很累了。他们已经站了三个钟头，接下来还有五个钟头。“这样，别人就听不见了。”小可开了口，“现在，亚瑟，听我说……”

“我知道你要说什么，我不想聊……聊那个。”

小可瞥了他一眼，把话咽了下去。两人继续干活。亚瑟拿起甲虫检查一番，然后放回传送带上，让它们朝着“怪兽”的血盆大口

① 原文 gassy 本意“多气”，既指萝卜“通气”，也指人“夸夸其谈”。

前进。小可用尖嘴做着同样的事。

汽笛尖啸声再度响起，发出警告，这意味着“怪兽”嘴里又满了。它的大嘴鼓鼓囊囊的，似乎用来固定的螺母和螺栓下一秒就会崩开。他们脚下的地面开始晃动，亚瑟觉得噪声如开闸的海水一般朝他涌来。

他一手捂住自己的耳朵，一手护住小可褐色的小脑袋。

“地震”结束后，小可道了声谢，然后用嘴轻轻啄了他一下：“亚瑟，拜托了！你是世上最厉害的顺风耳，但就是不肯听我说话。你就不能听我说一回吗？”

亚瑟低头盯着面前的一大堆甲虫，突然感觉糟糕透顶了。小可说的没错。他制定了自己的“安静金律”，就跟杜疮小姐一样坏。所以这一回，他认真听了。

他们假装埋头工作，小可将全套计划娓娓道来——她负责转移视线，亚瑟趁机从乱石堆后面的洞逃出去。然后，她也会逃出去，但要用别的方案。不过，她对那部分言之不详。

“太危险了！”亚瑟听得直摇头，“我很可能会钻不过去。再说了，你还没告诉我你要怎么出去。话说回来，我们肯定会被抓住的。”

“我觉得不会。”小可蓬起全身羽毛，在凳子上蹦跶了一下，“只要按计划来，就不会。”

“可……可是，‘假发’的望……望远镜怎么办？她能看到一英里开外的地方呢。小可，你怎么就不能安分点？你来了以后，一切都好多了。再说了，等我们到了年纪，她就会放我们走的。”

瓦骨先生踉踉跄跄地走出办公室，站都站不稳了。他巡视了一圈，随口骂了两句，又钻回了办公室。

“亚瑟，你还没看出来？”小可说。

“看出来什么？”

她朝一群年纪比较大的孤儿努了努嘴。

其他人都喊他们“嘟囔鬼”——那些一出生就待在“家”里，现在已经快满十八岁的孤儿。他们很少说话，就算开口，也只会嘟嘟囔囔的，就像疲惫不堪的老人。

“他们在这里待得太久，已经麻木了。”小可说。

“得了吧，我们又不会永远待在这里。”亚瑟说。

“你还不明白吗？”小可说，“我们永远没法儿离开。就算能离开，也是被她送去更糟糕的地方。过去几个月里，有好多孤儿失踪了，你没发现吗？”

“发现了啊，可是……”

“可是什么？你来解释解释呀！”

“呃……”亚瑟说，“他们肯定是被人收养了，对吧？起码我……我希望这样。不管怎么样，那些大孩子，呃，他们可能只是……只是去了某个地方，我也不知道。我猜，是去工作了吧，等……等我们长大了，也会去某个地方——对……对吧？”他的声音越来越小。他从来没有认真考虑过他们年满十八岁后会去哪里。“我是说，你从来没见过超过十八岁的孤儿，对吧？对，这就是证明。”

“亚瑟，这什么也证明不了。”小可一口咬定，“说不定‘假发’把到了年纪的‘嘟囔鬼’都变成了奴隶，要不……要不就是杀掉了！”

“别傻了。”

“那年纪小点的呢？光是上个星期就有五个人不见了。他们发傻犯了禁，然后呢？我敢肯定，都被她抓走了，锁在某个地方，说不定耗子现在就在啃他们的脚指头呢。我们再也不能待下去了，绝对不能！”

亚瑟环顾四周。周围是一排排孤儿，疲惫不堪地站着，一只接一只地组装甲虫，把虫子的身体、腿脚和触须拼到一起。他想象着自己下半辈子都做这种事，又想象了一下被锁进黑地牢里，脚指头被耗子当饭吃……想到这里，他不禁从头到脚发起抖来。他放下手里的活儿，抛下刚刚拿起检查的甲虫。

他中止了作业流程，面前的甲虫顿时堆积成山。他看也没看，就把那堆东西统统推进了“怪兽”的血盆大口，希望没人看见。尖啸响起，蒸气喷出，他再次捂上耳朵，护住小可的脑袋。

他想到，小可虽然不能飞，但怎么说也是一只鸟，应该自由自在、无拘无束，就像高墙那边树林里的小鸟一样。他想起汁液流过树干的声音，还有别的一些东西，泪水顿时顺着他的脸颊流了下来。那是他很久以前听过的一首歌，当时他脖子上还没挂上晦气的号牌。那首歌深藏在他心底，像钻石一样熠熠生辉。

“亚瑟，”小可轻声说，“还有件事你应该知道，我之前一直找不到机会告诉你。”

“什么事？”

“廷塔杰尔[①]路十七号。”

“什么？”

“你的出生地，亚瑟。你是十一年前的十二月二十五号生的，在光明镇的廷塔杰尔路十七号。抱歉，你出生时的名字不在档案里，姓也不在，只有地址和日期。但起码你现在知道自己是在哪里出生的，是什么时候出生的了。你想不想去找找那个地方？”

当天晚上，亚瑟躺在床上翻来覆去睡不着。小可早上提起的那些事在他的脑海里挥之不去。她说，在内斯比和史努克的大力协助下，她头天晚上溜进了杜疮小姐的办公室，花了好几个钟头翻阅杜疮小姐的档案，终于找到了他的出生地。她觉得，要想说服他逃出去，这是唯一的办法。为了他，小可冒了很大的风险。要是她被抓住了怎么办？杜疮小姐的卧室就在办公室正上方！一想到可能发生的事，他就忍不住浑身发抖。

就在他躺在床上想心事的时候，墙后面突然传来一阵古怪的对话。他能听得出，那是两只意气相投的耗子，跟食堂墙后的那两只不一样。于是，他竖起耳朵，听它们到底在说什么。

① 传说中，亚瑟王的出生地就是廷塔杰尔城堡。

耗子甲："嘿，老兄！啥子风把你吹来这鬼地方呀？还真是人往高处走呀，是吧？俺不是老说嘛，啥也比不上自我提升！"

耗子乙："你说得对——这才是门道呀。人往高处走嘛，俺这不是上来见世面了！"

两只耗子哈哈大笑。

耗子乙接着说："下面地窖里整天乒乒乓乓的，俺跟老婆、孩子可待不住了。那婆娘绝对是要干票大的。"

耗子甲："那头上顶个鬼玩意儿的婆娘？"

耗子乙："对啊。她又在造大怪物，害得俺老婆、孩子都睡不好觉。那玩意儿长得跟另外那个一样，可有它的三倍那么大。他们说还要再造一个！她这是要造工厂呢！"

耗子甲："啊，真没想到！这世道变得可真快！老兄，别担心，听到没？那是人类的事，又不是咱们的。好了，等你安顿好了，来俺家里坐坐，让俺老婆给你弄点好吃的。俺家大门永远向你敞开着，进来门都不用敲。"

亚瑟坐起身来，盯着无边的黑暗，手里紧紧攥着玩具老鼠和宝宝毯，想从它们身上寻找安慰。那天晚上寒风刺骨，连月亮都没露脸。他反复思索耗子说的话："她又在造大怪物……他们说还要再造一个！她这是要造工厂呢……"

他不是经常听见底下传来怪声，并且已经持续好长一段时间了吗？总有乒乒乓乓的敲击声，还有东西被砸倒的声音，但他从来没往心里去。他的脑袋已经麻木了，连摆在眼前的东西都看不见。杜疮小姐根本不打算等他们到了年纪就放走。可是她为什么要那么做？这里还有好多活儿等着他们干呢。

廷塔杰尔路十七号，就在墙外的某个地方。他不禁念出声来——“廷塔杰尔路”，听起来真美妙。

他轻手轻脚地走到小可睡觉的地方，轻轻摇晃她。“醒醒！”他小声说，“小可，你说得对，我们得逃出去。我想通了，我们必须走，接下来该怎么办？”

在院墙外面，五月意味着悠扬的鸽哨和清晨的露珠，意味着瓢虫在明媚的春光中起舞，蓝铃花和毛地黄在沃土中绽放，意味着羔羊在山丘那边的草地上跳跃追逐。五月意味着天高云淡，碧蓝的苍穹映衬着下方的灌木和田野，映衬着通往白色大城“光明镇”的大道。

五月，以它的精彩纷呈，召唤着两个年轻的孤儿逃出生天。

小可让亚瑟为他们的旅程准备一些必需品。他把能找到或能换来的食物全塞进了破烂不堪的旧毯子里，加上他仅有的几样宝贝——蓝色的宝宝毯残片、金钥匙和发条老鼠梅林。他找了根绳子，把包袱捆在腰上，藏在破破烂烂的外套下面。

星期天，自由活动时间一到，亚瑟就站在他最喜欢的石像鬼下面等待小可发信号。小可说，点名结束后，她会找个地方躲起来，等自由活动时间再溜进院子。“我得到最后关头再现身，到时候你就明白了，会是个惊喜的！”

她会吸引大家的注意，作为给他的信号。收到信号后，他就要躲到乱石堆后面，钻进墙上的洞里。他偷偷给那个洞起了个名字——“我肯定会卡住的洞”。小可说好会在墙外的隧道出口跟他会合。

“相信我！”她说，“肯定会成功的！”接着，她上下蹦跶了一阵子，兴奋得叽叽直叫，“我都等不及、等不及了！”亚瑟轻轻抚摸她的小脑袋，抚平蓬起的羽毛，她才慢慢冷静下来。

庭院里一如往日。杜疮小姐和蓬嚏先生在红隼大厅入口附近踱来踱去，监视爱惹麻烦的小家伙们。歪尔和他的那伙人在庭院中央游荡，时不时出于无聊推搡一番。“家”里年纪比较小、心肠比较好的孤儿们在玩小游戏，离歪尔和那伙人远远的。

一切都跟往常一样，直到小可神不知鬼不觉地从蓬嚏和院长身边溜了过去。几乎可以说是“神不知鬼不觉”，因为只有亚瑟看到了。当时，他正躲在一尊表情悲伤、眼皮耷拉的石像鬼投下的阴影里。

亚瑟看见疯狂又大胆的小可，忍不住露出了灿烂的笑容。小可穿着一件非常奇特的外套，亚瑟简直不相信自己的眼睛——小可说过，她发明了一件“秘密武器”。计划说不定能成功呢，亚瑟喃喃自语着，盯着小可蹑手蹑脚地靠近庭院中央的那群小霸王。

马格正在跟他的朋友们吹牛，说他在某个新生枕头底下藏了只死耗子。小可伸出尖嘴，啄了一下他的脚，然后赶紧蹦到旁边。

“你干吗呢？”马格对身边的奥立克说。

“干吗？”奥立克摸不着头脑。

小可又啄了马格一下，接着啄了奥立克一下，然后迅速跳开，继续猛啄那伙人里的其他人。

“你干吗拿棍子戳我？”

“我才没！”

“就是有！”

就这样，混乱一发不可收拾。

小可上下翻飞，啄了这个啄那个，直到歪尔的每个小跟班都火冒三丈，觉得别人在跟自己过不去。歪尔站在一旁，饶有兴味地看着场面渐渐陷入混乱。

庭院中央乱作一团，马格、奥立克那伙人你拉我扯，长尾、尖牙、利爪漫天翻飞，尖叫、咆哮、哀号此起彼伏。时不时响起“你会付出代价的！”“等我抓到你！”，还有许许多多的咒骂和脏话。至于小个头的孩子们，像是蒂泽尔宝宝，都吓得缩在一旁。蓬嚏先生扬起板子，杜疮小姐抄起手杖，急急忙忙冲上前去。

这肯定就是小可发出的信号了。

亚瑟开始朝院墙走去，努力装作淡定自若。离墙根下的乱石堆越来越近，他的信心却慢慢消退。希望洞足够大。要是不够大怎么办？要是我被卡住了怎么办？要是里面有蛇怎么办？他的耳朵开始打战。他想到了杜疮小姐。要是我被抓住了怎么办？她会把滚烫的热粥倒进我的耳朵眼儿，抄起手杖狠狠揍我，然后抓我去喂“怪兽”的。在那之后，要是我还剩一口气，她也会把我活活饿死。更别提她会怎么对小可了!

他回头望了一眼，不知是不是该放弃。但小可的计划奏效了，短短几分钟，她就搅得天下大乱。很快，她就要启用秘密武器了。他告诉自己:“冷静点，会没事的。”他能听见小可的声音在脑中回荡:“勇敢点！想想跟你同名的那位——亚瑟，永恒之王。”

他环顾四周，确保没人看见，然后定下心来，溜到乱石堆后面。那儿有个洞，跟小可说的一模一样。它看起来挺宽的，足够他钻进去。小可说得对。墙底下确实有条隧道。他很好奇，在他之前有没有人试着逃出去？他们成功逃脱了吗？

此时此刻，蓬噻正在院子中央左右挥舞着板子，逮到谁就是劈头盖脸一顿打。

“这是造反！”杜疮小姐大吼，“停下，听见没！快停下！”

她抓起挂在脖子上的铜哨，使劲吹了一下。尖利的哨声震耳欲聋。马格和其他人都愣在当场，看起来晕乎乎的。歪尔则趁乱溜走，转眼没了踪影。

杜疮小姐伸手扶了扶假发，因为它有点歪向左边了。“是谁起的头儿？快说，不然所有人都得遭殃！”

地下传来一个细小的声音:“是我起的头儿，你个大坏蛋！是我，小可！就是我！”

杜疮小姐环顾四周，搞不清声音到底是从哪里传来的。

“在这边呢，女士。”蓬噻指了指脚下的小可，“是这只笨鸟干的。她总跟那个一只耳朵的家伙混在一起，瞧瞧，它身上还穿着……”他弯下腰去仔细打量，“呃，我也说不清是啥玩意儿。”他问小可，“你这是唱哪出戏呢，披盔戴甲的骑士？”

“别傻站在那儿，你个白痴！抓住她！”杜疮小姐尖叫。

蓬噫先生想要抓住小可，但小可一下就蹦到了他够不着的地方。现在，包括杜疮小姐在内，所有人都盯着小可。他们眼前是一只没长翅膀的小鸟，身披怪模怪样的盔甲，那是用金属、皮革、钟表零件和其他小玩意儿拼起来的，胸口有四个按钮，分别是红、绿、黄、蓝四种颜色。

“来抓我呀！”她大叫一声，往后一跳。

她用微微弯曲的长嘴按了一下蓝色按钮。只听“咔嗒”一声，随着轻柔而有节奏的齿轮转动声，她的头盔上方升出了类似折叠伞的玩意儿。她按下绿色按钮，伞打开变成了螺旋桨。

令人惊奇的是，不能飞的小鸟竟然升上了半空——虽然动作有点笨拙。

小可在杜疮小姐眼前盘旋了一阵子，然后在她的头顶打转。螺旋桨掀起呼呼大风，把杜疮小姐头上插着老鹰羽毛的小白帽都吹飞了。

杜疮小姐苍白的脸颊顿时涨得通红。她抄起手杖，疯了似的朝小可乱挥。蓬噫也想把小可打下来，可她的动作太快了。

小可在他们的头顶绕着圈，螺旋桨像巨型蜜蜂一样嗡嗡作响。就在这时，周围响起了呼喊声。

“打！打！打！”马格和他那伙人齐声高喊，就像他们想把小可抛出墙去的那一天。

亚瑟听见了外头的骚动，从石堆后面向外窥探，想确认朋友没事。他看见小可在杜疮小姐的头顶盘旋，院长歇斯底里地挥舞着双臂，蓬嘘先生想抓住小可的脚，可怎么也抓不到。

好样的，小可！她马上就能飞过墙头了。亚瑟缩回石堆后面，准备往洞里钻。突然，一只利爪抓住了他的肩膀，硬生生把他拽了出来。

下水道的气味，腐肉的味道，脏袜子的臭味。

“赶着去度假吗？”歪尔的声音响起，“老天呀，老天呀，咱们的小泥巴脑袋还真调皮，是吧？”他把亚瑟拽到院子中央，杜疮小姐和蓬嘘先生正在那里大战披盔戴甲的小鸟。

“打扰一下，女士。”歪尔轻轻拍了拍杜疮小姐的胳膊，躬身行礼，“小的找到了另外一个，他正要从墙底下逃出去呢。”

小可惊恐万分地看着下面发生的这一幕。

“是你！”杜疮小姐彻底爆发了，“我早该想到，你才是幕后黑手！你一向是个偷偷摸摸的小跳蚤。”她转身对蓬嘘说，“这只小飞虫留给我，你去把这家伙关起来，你知道该关在哪里。确保他有人做伴，你懂我的意思。”

蓬嘘先生一把抓住亚瑟的后脖颈儿，拽着他朝大门走去。

杜疮小姐细细打量了一番眼前的灰耗子。两人四目相对。那一瞬间，他们缔结了一种难以言喻的纽带——那是一种惺惺相惜的感觉，即使身处黑暗之中也一样。

尤其是正身处黑暗之中。

“干得不错，小杂种。”杜疮小姐说，“我没带名单，你叫？”院长一向不擅长记别人的名字，就连一出生就待在“家”里的“嘟囔鬼”也记不得。

“小的叫歪尔，女士。”耗子又鞠了一躬，“很高兴能为您效力，也许您还记得那桩可怕的‘老鼠耳朵’事件？小的还记得，那只小狐狸当时就侮辱了您。”

“不幸的是，我还记得。说实话，记得有点太清楚了。好吧，歪尔，你刚为自己赚到了一块新鲜奶酪。”

“恕小的直言，女士，我不需要奶酪，能帮上您的忙，就是最好的奖赏。”耗子又鞠了一躬，转身走进了围观的人群中。此时此刻，所有孤儿都聚在一旁，围成一圈。

亚瑟被蓬嚏拖向大门时，刚好听见歪尔和“假发”的对话。他觉得都要呕吐出来了。杜疮小姐什么时候开始赏别人奶酪了？而且不是别人，偏偏是歪尔！亚瑟开始胡思乱想，想象自己被搁在大托盘里，赏给歪尔和地牢里的耗子吃。现在，他相信小可说得没错了——杜疮小姐要么是出于某种邪恶目的把孤儿关在耗子地牢里，要么是在做更糟糕的事。他一步步走向自己的悲惨宿命，膝盖开始瑟瑟发抖。

就在这时，发生了一件不寻常的事。

小可落在了杜疮小姐的头顶上！

“蓬嚏！”杜疮小姐低吼一声。

周围的孤儿全目不转睛地盯着她看。

蓬嚏先生放开亚瑟，丢下木板子，跑去帮杜疮小姐。

亚瑟紧随其后，跑去帮小可，只希望自己别再被抓住了。

“我会抓住她的！”蓬嚏大叫着，一把抓过杜疮小姐的手杖。他同时按下杖柄上的两只鹰眼，手杖另一头就弹出一根带网兜的长杆。他后退了几步，因为手杖变长了。“蓬嚏来救您了！如果您不介意的话，女士，请千万、千万别动……”他往上推了推眼镜，把网兜高高举过头顶，瞄准了目标。

亚瑟挤进围绕杜疮小姐的人群中，正好看见小可伸出脚爪，紧紧抓住杜疮小姐的假发，同时按下胸前的另一个按钮。她头顶的螺旋桨开始加速转动。

杜疮小姐咬牙切齿，嘴角喷出点点唾沫星子。“快点儿，你个白痴！”不过，那听起来更像“快你白”。

蓬嚏的荣耀时刻到了。他一脸自命不凡，仿佛在说：“这就是能让人升职加薪的大事。”

站在旁边的歪尔窃笑了一声。蓬嚏瞄准目标的时候，歪尔低声骂了句“蠢猪”。蓬嚏身形一晃。

网兜还没落下去，小可就飞离了杜疮小姐的头顶。网兜只兜住了杜疮小姐的假发。人群中发出一阵嘘声。令人震惊的是，蓬嚏把网兜往上一扬。

假发顿时飞上了天。

杜疮小姐发出了一声压抑的尖叫。大家都抬头望天的时候，她拼命抓住自己的兜帽，遮住脑袋，边冲蓬嚏大吼“抓住他们！”边仓皇逃出了院子。

风越来越大，吹得橘色假发飞呀飞，越飞越高。蓬嚏跟在后面追，想用网兜抓住它，可惜天不遂人愿。

显然，假发也有自己的意志。

大家都难以置信地抬头望天，眼睁睁地看着假发越飞越高。只有一个人除外。歪尔看着杜疮小姐冲向大门，露出了一丝微笑。她戴上兜帽之前，歪尔瞥见了她的脑袋。不是他和其他人想象中粉嫩嫩、亮闪闪的秃瓢，而是个苍白的光头，覆盖着毛茸茸的灰褐色羽毛，活像老鹰宝宝的小屁股。

他把这个新发现记在心底，回到了他所谓的“朋友”中间。

一个蓝白相间的苗条人影跟杜疮小姐擦身而过，冲到院子中央，红色长辫在身后飞舞。护士丽奈特刚才在医务室凭窗眺望，恰好看见院子里发生的事。她把一样东西偷偷塞进了亚瑟外衣的右兜里。包括亚瑟在内，谁也没有发现。“亚瑟，快走！”她大喊，“机会难得！”

小可在空中盘旋，“亚瑟，”她也大喊，“她说得对，我们得走了！我可以带你翻过墙去，抓紧了！”

“什么？”

“我的脚！抓住我的脚，快点儿！”

“不行！我太重了！我们会摔下来的！你快走，别管我了！”

“我不会丢下你的！”小可说，“快点儿，抓住我的脚！摔死也比下半辈子都待在这里强！”

亚瑟瞄了一眼蓬噫，他还在绕圈子跑动，挥舞网兜上蹿下跳，仿佛这样就能让假发落下来似的。但假发看起来很高兴能在云端飞舞。孤儿们也为假发高兴，纷纷鼓起掌来。随着越来越多的孤儿加入，掌声也变得越来越响亮。亚瑟发现，有些人看起来似乎挺开心。

他用眼角余光瞥见歪尔、马格和奥立克正朝自己走来，不客气地把挡道的人统统推开。现在不走就来不及了！

他踮起脚尖，伸出手去，抓住了小可嫩黄的脚爪。

小可头顶的螺旋桨噗噗直转，亚瑟的小心脏怦怦直跳。他们开始上升，朝石墙飞去。小可的速度变慢了，动作也有点别扭，毕竟下面多了一个人的重量。亚瑟紧紧抓住她的脚，生怕掉下去小命不保。不过，他们俩还是顺利升空了。

飞过墙头之前，小可和胆战心惊的亚瑟低头俯视下面的孤儿们。大家都惊讶不已地盯着他们。

“再见，拜拜！”小可大喊，“加油，找出去的路吧！永远别忘了伸手摘星！”

院子里爆发出一阵欢呼呐喊。让亚瑟惊讶的是，许多人不但在喊小可的名字，还在喊他的名字。“走吧，亚瑟，走吧！”他们大叫着。

他们为他欢呼。

他们喊他“亚瑟”。

戴帽子的孤儿都把帽子高高抛起。在伙伴们热烈的欢呼声中，两个好朋友越过院墙，来到了“外头”。远处，亮橘色的假发在空中翻飞，像气球一样飘在空中。如果事先不知情的话，你也许会以为那是只奇形怪状的飞鸟。

它原地盘旋了一会儿，然后飞向高空，向着太阳飞去。

第二部分

奇迹小子了解旅人、小贩、混混和盗贼的危险生活

杜疮小姐径直跑回卧室，把自己反锁在里面，从梳妆台上拿起各种各样的东西——每个都是她失败的小发明，某种从未造出来的机器，往房间另一头抛去。只有一样东西她碰都没碰——那台“甲虫怪兽”的迷你模型。

从来没人试着逃出去！杜疮小姐为此很不高兴。

“我会抓到那些怪胎的，”她喃喃自语，“他们会后悔来到人世的！蓬嚏去哪儿了？那个鼻涕哧溜的癞蛤蟆还拿着我的手杖呢！”

过了一会儿，她打开左边的壁橱，看了看里面的东西。一边的搁板上摆满了橘色假发，跟飞上天的那顶一模一样。另一边摆满了一模一样的兔毛小帽。她选了一顶新帽子和一顶新假发，然后关上了橱门。

她完全无视右边的壁柜，她已经三十年没开过那个柜子了。接着，她一屁股坐在床上，气不打一处来，边梳理假发边低声嘟囔：“流氓！臭虫！好大的胆子，敢挑战我的权威！”

这时，门口响起了迟疑的敲门声。“女士？”伴着呼哧呼哧的抽鼻涕声，“小姐……杜疮小姐？”

蓬嚏站在院长的卧室门外，吸溜着鼻涕，搓着双手。

杜疮小姐走到门边，但没有开门。“你把他们关哪儿了？”她咬牙切齿地问，“我希望你把他们关进地牢了，得好好教训教训他们！手杖给我，快点儿！”

“遵命，女士。马上，女士。您的手杖在这儿呢，平平安安的。我可以……”

“放在门口，你个臭虫！好了，跟我说说，你是怎么治他们的。”

“我，呃，女士，您瞧……其实嘛……我——”

“有话快说！”她的吼声透门而出。

“抱歉，女士……”蓬嚏清了清嗓子，“我得承认……我……我没抓住他们。不过，请容我解释——”

“什么？没抓住他们？两个傻愣愣的小杂种？老天爷啊，那你来这儿干吗？去抓他们啊！赶上马车，快去！”

“可是，女士……厨子姚包先生，他赶马车去集市了，再说……”

“呃，那就赶驴车去！带上我的那两条狗，吓吓那两个小怪胎。咱们这儿绝对不允许出这种事！得让其他人瞧瞧，我绝不姑息任何造反行为。要是不把它扼杀在摇篮里，它就会像病毒一样蔓延开来。好了，快去，抓不到他们就别回来，听明白了没有？”

"可是，杜疮小姐，我们就不能……我是说，为了满足您的需要，我们可以多弄点小杂种来。丢了两个，就再买两个来，他们又不值钱。您最明白事理了，拜托了，女士，求求您……"

"赶上驴车，现在就去！不然你就等着进地牢吧！"

"可是……可是……我过敏啊，女士！我是说——对驴过敏！还有狗！还有……还有……大自然。拜……拜托了，我们就不能——"

屋里传来一阵古怪的咆哮声。那是啥玩意儿啊？恍惚之间，蓬嚏先生还以为院长把大狗带进屋里了呢。

"蓬嚏！"

"小的在，杜疮小姐。"他卑躬屈膝地说。

"快去，把那俩叛徒抓回来！别浪费我的时间了，手杖放门口！"

蓬嚏放下手杖，冲下楼梯，直奔马厩，一路上都在狂擤鼻涕。

杜疮小姐取回手杖，把它轻轻搁在地板上。她坐在床沿，等待她心爱的声音传来。她深深爱着那个声音，觉得它比绝对的寂静还要美妙。那是某个生灵，某个属于她的生灵从手杖里挣脱出来的声音。他的头最先露出，像破茧而出的蝴蝶一样湿润而多彩，挣扎着脱离狭窄的囚室。他是种古老的生物，有大山猫那么大，双翼有叶子般的纹路，呈现森林般的绿色。现在，他的脸看上去不像杖柄的鹰头，更像庭院里的滴水石像鬼。他是一头蝎尾狮——半人半兽，鹰钩鼻子，漆黑小嘴，里面是两排细小的尖牙，像匕首一样锋利。他身上的皮肤，连同四条短腿和细长的尾巴，看起来像树皮一样疙疙瘩瘩的。他的背脊上长满了乌黑的棘刺。

他的尾巴尖储存着致命的毒液。

恢复自由后，他晃了晃身子，伸展开腿脚，抬头望着杜疮小姐，眼睛闪闪发亮。“主人！”他的声音轻柔而嘶哑。

他跨过丢在地上的空心手杖，跳到杜疮小姐的膝盖上，发出一阵轻柔的声音，介于咕噜声和咆哮声之间。

“马多克！”杜疮小姐松了一口气，抚摸着怪兽的双翼，挠了挠他的大耳朵，“我都担心死了。”

“好了，好了，主人。”蝎尾狮说，“我在这里呢，出了什么事？说给马多克听听吧。”

夜幕降临后，丽奈特来到了杜疮小姐的房门前。“克莱门姨妈？”她轻声问，“您还好吗？我给您送晚饭来了，有人吗？”杜疮小姐没有作答。丽奈特只听见姨妈在里面嘟囔着什么。“可怜的女人，”丽奈特叹道，“又在自言自语了，她真该好好休个假。”

她把一托盘吃的搁在杜疮小姐的卧室门外，转身下楼去了。

当正厅的布谷鸟钟敲响十二下，鹰嘴吞下最后一只发条小鸟时，杜疮小姐温柔地拍了拍自己的新假发，就像大家轻拍好朋友的手背一样，然后把它搁在壁橱里。壁橱里有专门的一层来放置，还放置了其他假发。随后，她跟蜷在被子里、躺在自己脚下的蝎尾狮道了晚安，很快便进入了梦乡。

第二天清晨，名叫“马多克”的蝎尾狮钻回了杜疮小姐的手杖里，琥珀色的双眼变得迟钝呆滞，毫无生气。杜疮小姐头戴全新的橘色假发，搭配小香肠般的卷发，顶着全新的白色小帽，帽边骄傲地翘着一根老鹰羽毛，像往常一样开始了新的一天——只有一点儿不一样：她给蓬嚏先生留下指示（他出去执行任务，尚未归来），他回来后要把两名“逃犯”关进地牢，再把那只耗子——闻起来像粪坑一样的家伙带到她的房间，因为她“有事要跟那家伙商量”。

“外头”给亚瑟的第一印象是春光灿烂。他在阴暗的角落里长大，现在感觉全世界都沐浴着金光，大地真的在闪闪发光。他在短暂的一生中，很少感受到如此温暖的阳光。如今，阳光洒满了他的全身，也赋予了他力量。

他注意到的第二样东西是地平线。他以前从没见过地平线，头一次看还觉得挺吓人。远处的一切——山坡上的绵羊、田野中的男女——看起来都小得像蚂蚁一般。世界是如此宽广，他不得不时常闭上眼睛，才能适应这个巨大变化。

小可在天上飞，亚瑟在地下跑。他们沿着小径，穿过郁郁葱葱、树林掩映的山谷，向山顶奔去。只要登上山顶，他们就能看见向北通往白色大城的主干道了。至少他们是这么指望的。毕竟，他们没有地图，也不了解地形，设计路线完全根据“家”里孤儿们的口耳相传。

他们赶了一个多钟头的路，亚瑟觉得需要休息一会儿了。他在山顶上停下脚步，气喘吁吁，小可则在附近盘旋。他们眺望着身后的小径，看杜疮小姐或“家”里其他人有没有追上来，可是后面人影全无。

亚瑟完全糊涂了。杜疮小姐肯定会派人来追他们的，要么是蓬噎，要么是瓦骨，为什么现在还没看见人呢？她现在是不是在瞭望台上盯着他们？不过，话说回来，他和小可能有多重要？她一转眼就能找到两个奴隶替代他们。

亚瑟遥望脚下山谷中的石堡，心中突然感到一阵绞痛。远远望去，他过去的家，有那么多痛苦回忆的家，如今看起来不过是个可怜兮兮、摇摇欲坠的地方，似乎几个世纪前就被废弃了。但它并没有被真正废弃，还有别人困在里面，而他对此，无能为力。

在他的头顶，小可的螺旋桨嗡嗡作响，好似一群愤怒的蜜蜂。亚瑟仰起头，冲她大喊：“我觉得你该下来了，别人会听见的。再说，我什么也听不见了。”

“我怎么这么傻！”小可立刻表示，“我们不该走大路的。我都不知道混血种能不能外出。我待在外面的时候还太小，好多规矩都不懂。”

“你说得对。”亚瑟点头称是，“我们什么都不懂。”

“等到了山脚下，我们就沿着树篱和水沟走。我这就下来。”

小可用尖嘴按了一下胸口的黄色按钮，头顶上的螺旋桨就越转越慢，带着她缓缓下降，落在金雀花丛中。“哎呀！”她尖叫一声，亚瑟连忙扶她站起来。“亚瑟，我得穿着这身盔甲，以防万一。你弄好了吗？”

“马上就好。”他说。

亚瑟找了根结实的木棍，把破毯子绑在上面，做成一个小包袱。接着，他抓住脖子上印着“十三”的号牌，狠狠扯了一下。吃奶的劲儿都用上了，他还是没法儿把号牌扯下来，便把整条绳子从头顶上拿了下来。他低头打量自己长满红毛的手心，小小的号牌静静躺在手心，上面的数字已经模糊不清。他很好奇，如果自己还是“十三号”，没有逃出来，以后会变成什么样子？“我有真正的名字，”他轻声说，“我叫亚瑟。”

他偷偷抹掉一滴眼泪，把号牌从山顶上使劲抛出去。它落在了脚下山谷中的某个地方。他心想：希望别人捡去，让它派上用场，说不定乌鸦会将它衔去筑巢呢。

亚瑟托起小可，放在肩头，让她歇会儿。亚瑟累得跑不动了，就小步快走。小可的爪子深深陷进他的肩头，有点儿疼，但他不是爱抱怨的家伙。

现在，小可的螺旋桨不转了，亚瑟听见鸟儿在歌唱、小动物在田间奔跑，还有其他美妙的声音。他还听见了一种奇怪的声音，像是某种大型动物在穿过田野。

等他们走到山脚下，他终于明白那是什么声音了。

“是蓬噓！”亚瑟指着右边大喊。

蓬噓正赶着驴车穿过高草地，所经之处泥土翻飞，离他们已经不到四百米了，这个距离正在不断缩短。

亚瑟撒开腿拼命往前跑，小可则紧紧抓着他的肩膀。但蓬噓已经发现了他们，离开草地，上了大路。他很快就会赶上他们的。这时，亚瑟发现，前方路边有一大片野花，蓝黄相间的花朵在风中摇曳。看见那些鲜花，他突然灵机一动。

“小可，”亚瑟大喊一声，“抓紧了！”

他跳下大路，直奔花丛。

双眼红肿、鼻涕哧溜的蓬嚏扬起长鞭，驱赶毛驴不断加速。因为手腾不出空儿擤鼻涕，他整个人都不好了。他一只手握着缰绳，另一只手往背后扔了几块牛排，好让车厢里杜疮小姐的两条大狗保持安静。大狗分别拴在左右两边的钩子上，现在都在拼命挣扎，想要逃出生天。

“好了，你们这俩臭杂种！”蓬嚏冲大狗嘟囔，“马上就有点心吃了，再忍忍吧。”他一只手握着缰绳，把驴车赶进花丛，一只手探到背后给大狗松绑——在颠簸的驴车里做这件事可一点儿也不容易。他刚摸到第一条狗的绳子，就突然好想打喷嚏。此时此刻，驴车已经深入花丛，情况比刚才穿越高草地时还要糟糕。就在这时，最糟糕的事情发生了。驴子尥起了蹶子，扬起一大团花粉，蓬嚏突然打了个大喷嚏。

绑在车厢里的两条大狗朝相反的方向冲去，疯了似的嗷嗷狂吠，使劲挣扎，害得车厢开始嘎吱作响。驴子拼命尥蹶子，害得蓬嚏狂打喷嚏。

这个时候，他不小心松开了缰绳。

就在那一瞬间，原本就脆弱不堪的驴车突然“四分五裂”了。驴子往前一蹿，拖走了挽具，蓬噓则摔倒在地。大狗没有向两名逃犯冲去，而是兴奋地咆哮着，消失在了田野中。

蓬噓两眼一抹黑，倒在花丛中的一大堆破木板和歪车轮上。他昏昏沉沉地躺在那里，直到第二天早上才悠悠醒转。他醒来的时候，身上沾满了狗毛、花粉和排泄物，还得了脑震荡，两手手腕扭伤，并且瘸了一条腿。

“噢，亚瑟，真是太棒了！”小可大喊。

“谢谢！”亚瑟咧嘴一笑，“不过，我们最好趁他醒过来之前离开这儿。”

“我觉得他现在这样，不可能再追上来了。”小可说。

他们爆发出一阵大笑——响亮、美妙、被严令禁止的大笑——然后继续前进，心情比之前畅快多了。

前方的道路越来越宽，两名旅人走进了另一条山谷——亚瑟从没见过那么多不同的色彩，看得眼花缭乱。一路上，小可向他介绍每种花叫什么。就这样，他认得了蓝铃花、西洋樱草、地黄连、金盏花和紫丁香。

四周弥漫着浓郁的春日气息。亚瑟闻到丁香的香味，摘下一朵小花，塞进衣兜里，当作纪念品，就搁在当天早上丽奈特塞给他的东西上面。丽奈特塞给他的是一张小纸条，里面裹着一枚金币，不过他还没发现这份礼物。

他们离开第二条山谷，走进农场的时候，天色已经不早了。亚瑟闻到了小山羊和羊羔的奶香味、牛粪的辛臭味，还有干草的甜香味。他真希望能待在那儿，躺在草地上好好休息，侧耳倾听，做个美梦。自从蓬嚏先生的驴车四分五裂后，没有迹象显示后头还有追兵。但他们知道，自己必须继续前进，以防万一。

一路上，亚瑟看见了许多奇妙的动物——两只刺猬在树丛后面刨坑，敦实的耕马拉着犁正开垦沃土，牛群在篱笆后面慢悠悠地吃草……亚瑟出神地看着牛伸出厚厚的黑舌头，如灵蛇般把牧草卷进嘴里，鼻头黑乎乎、湿漉漉的，在微风中喷着鼻息。他很好奇，自己能不能听懂它们说话，就像他能听懂老鼠和耗子说话一样。

亚瑟一路走过，聆听着大地的旋律——牛铃叮当作响，羊倌召唤牧羊犬回家，公牛发出低沉的哞叫，远处林间传来野性的呼唤。

他听见远方有只乌鸦嘎嘎叫，不禁浮想联翩，想象自己的号牌静静躺在它的老巢里，那是她送给伴侣的礼物。他想到，有朋友真好。

“亚瑟，”小可说，她还站在他的肩头，“我想把这东西关了，你能帮帮我吗？”

小可用尖嘴按了一下红色按钮，飞行服就从背后敞开了。

亚瑟帮她脱了下来，“说真的，你是怎么做出这玩意儿的？”他把小可的飞行服塞进包袱里。

“全靠嘴呀，亚瑟，全靠嘴！”

他们对视一眼，哈哈大笑。

他们觉得，如果杜疮小姐要派别人来追他们，肯定早就派了。于是，他们停下脚步，坐在干草堆的背阴处休息。

“你到底是怎么做出来的，小可？”亚瑟问。

小可说，她无师自通学会撬锁后，经常半夜溜进组装车间，搜集了不少金属废料和多余的零件。“我有人帮忙。”她解释说，小个头的孤儿——尤其是兔子双胞胎内斯比和史努克——偷偷带来了许多从某车间找到的碎皮革，还有其他杂七杂八的小零碎。“我把它们都藏在甲虫堆底下。”小可说，“瓦骨一个多月才清理一次。”

“要是没有你，我可怎么办啊！”亚瑟叹道。

“不是跟你说过嘛，又不全是我的功劳。”小可说，“还有内斯比和史努克，其他人也帮了忙。他们都为我保密，为我们保密。”

亚瑟不知该说什么才好。

“你一直都有朋友，只是没有意识到。好了，走吧，”小可用尖嘴轻轻啄了啄亚瑟，“我们该走了。”

他们再次踏上了旅程，沿着篱笆和水沟往前走。

前方的道路似乎看不到尽头。这条路通往群山、城市和大海，通往他们的宿命——无论那到底是什么。他们要一直往北走，走到大路分岔的地方。据他们推测，走到那里还得花上两天。到时候，小可要往西走，去海边找她的舅舅；亚瑟则继续前行，去光明镇。走去那里至少还得两三天，但他俩都不大确定。等小可见过舅舅，他们再在城里碰头。至少目前的计划是这样的。

两人都埋头赶路。亚瑟的脚好疼，肚子也饿了，好想吃东西。“小可，”他把头朝右一歪，因为小可站在他的右肩上，“我觉得该吃晚饭了。”

“等我看看现在几点了。”小可回答。

“又没有钟，怎么看几点？”

“亚瑟，看时间的方法多得很。”

她向他介绍了日晷，又解释了蒲公英钟——算算要几口气才能吹完一朵蒲公英的花絮，就能知道现在是几点了，还有鲜花钟——看看哪些花开、哪些花谢，就能知道此刻的时间。

亚瑟开始神游天外，这是常有的事。他的脑海里突然浮现出了那个挂着几百面钟的可怕地方，还有他和小可抛下的孤儿们。他想象自己去救大家——冲回去，推开黑黢黢的大门，那扇沉重的橡木大门，把大家都救出来。但他知道，那只是幻想。他也知道，面对前方道路未知的风险，他可能连自己都救不了。他只知道，必须继续前进。

没过多久，太阳就下山了。亚瑟听见男男女女在田间召唤牧羊犬和牲畜回栏，看见农夫、农妇回家吃晚饭，但他和小可还在继续前进。在白昼活动的小鸟回巢休息了，为夜间活动的鸟儿和蝙蝠腾出了空间。大地陷入了沉寂。夜幕低垂，是时候找地方歇脚了。

亚瑟听见了水淌过石头的声音。他们沿着小道离开主路，走进一片寂静凉爽、小溪蜿蜒的树林。一路上，亚瑟用木棍在地上画“×”做记号，以便沿途返回。

他焦渴难耐，连话都说不出来了，一看见小溪就跪倒在地，像野兽似的埋头舔水——说真的，他身上确实有一些兽性。

两个小伙伴四下寻找着适合过夜的大树。他们小心翼翼地跨过浑身斑点的小蝾螈、厚实柔软的青苔和密密麻麻的蘑菇。蘑菇太多，很难避开，难免会踩烂一些。不过，那湿湿凉凉的触感缓解了他的脚疼。

最后，他们终于在一棵高大的老橡树下找到了合适的避难所。小可解开一块红色的小手帕："我只找到了这些。"手帕里包着几片面包皮，还有一块纽扣大的奶酪。亚瑟也拿出自己搜集的食物：三根硬邦邦的小胡萝卜、两片不大新鲜的面包，还有头天晚饭剩下的半颗水煮土豆。他们狼吞虎咽地吃起了这顿简易晚餐。亚瑟担心，在接下来很长的一段时间里，这可能是他们吃的最后一顿饭了。

两人在盘曲虬结的树根中间舒舒服服地安顿下来，选了一块长满柔软青苔的地方当床铺。那比"家"里的大多数床铺都要软，除了医务室的那几张，但这一点儿也不奇怪。亚瑟和小可紧紧挤在一起，因为一过正午，天就转凉了，而他们只有亚瑟那条薄毯子可盖。

两人仰面朝天躺着，透过上方树梢的缝隙仰望星空。这让亚瑟想起了"家"里床对面墙上的小窗，想起他有那么多个晚上仰望明月，内心充满渴望。

他听见一个令人不安的声音，那是猫头鹰的叫声。他和小可望着它的身影一闪而过，翅膀划过靛蓝的天空，一转眼就消失得无影无踪。

"杜疮小姐毁了它们的名声，"小可朝天上努了努嘴，"猫头鹰、老鹰、猎鹰什么的。就连魔法师梅林都有个猫头鹰朋友呢。"

一阵清风拂过树林，两个小伙伴都有点害怕，缩在脏兮兮的毯子底下。夜幕四合，他们静静躺着，仰望点点繁星。

突然，小可从毯子底下蹦了出来，"亚瑟！许个愿！赶紧地！"

"什么？"

“许个愿。今晚很适合许愿，快许一个！”

“不，我才不要！”亚瑟拼命摇头，“不……不是个好主意，绝……绝对不是。”他坐起身来，背靠树干。小可也在他身边坐下。

她一口咬定，如果他真心想要什么，就该许个愿。亚瑟从没这么想过，所以沉思了一会儿。他很想有个朋友，就有了朋友。也许小可说得没错。但他现在该许什么愿呢？他真心想要什么呢？

他想了好一会儿才开口：“那好吧。我想我有个愿望，可是……可能挺傻的。”

“别这么说！愿望都不傻。选颗星，许个愿，就这么简单。你都不用大声说出来。”

亚瑟和小可躺在毯子底下，透过树梢的缝隙仰望苍穹。天上的星星那么多，要选一颗实在不容易。最后，亚瑟终于选定了一颗，但不知道它叫什么，也不知道它属于哪个星座，因为他在“杜疮小姐的顽童与弃儿之家”从来没学过星座。他指着天空，说：“就那颗吧，那边那颗。”

“好样的，亚瑟！你选的是天狼星，天上最亮的星星。现在，诚心诚意地许个愿吧，来吧。”

“哦，好吧。”亚瑟使劲咽了口口水，“我希望——我希望能……能知道……”

他停了下来。他想知道的东西太多了。他都没意识到，自己想要的东西那么多。现在，他知道自己是在哪里出生的了，又想知道自己在世上还有没有亲人。他还想知道，自己为什么无名无姓？为什么只有一只耳朵？那首美妙的童谣是谁唱的？为什么他能听见别人听不见的声音？为什么，为什么，为什么？他想问的问题实在太多了，但如果全都揉成一个，那就是，他想知道自己为什么要来到人世。

亚瑟深吸了一口气，抬头望天，“我希望——我要大声说出来，小可，因为你是世上最好的朋友——我希望——”他又深深吸了一口气，“我希望能知道，为什么我要来到人世，我来世上是要做什么——我的宿命是什么。好了，我说出来了。”

“好样的，亚瑟，棒极了！”

一阵凉风吹过，两个小伙伴把毯子裹得更紧了。

“轮到你了。”亚瑟说。

小可扫视天空，很快找到了一颗星，它在天鹅座的尾部一闪一闪的。显然，这可不是她第一次向星星许愿。她闭上双眼，轻声呢喃，然后陷入了沉默。

“好了吗？”亚瑟问。

“好什么？”小可问。

“许好了吗？你许愿了吗？”

“当然许了。”

“许了什么？”

“亚瑟……”小可抬头望着他，眼睛闪闪发亮，月光在她的眼眸中闪烁，“我是给你许的。”

第二天一早，亚瑟是被惊醒的。他面前站着个五官精致，有着精灵尖耳的小男孩，正俯身看着他，手里的木剑直指他的脸。

男孩鼻子尖翘、眼眸碧绿，乌黑的卷发中夹杂着绿叶和小树枝。他身穿拼布衬衫和拼布长裤，都是用深浅不一的绿布头拼起来的。纽扣全是橡子形状，每颗颜色都不一样。男孩缺了一颗大门牙。

“哈啰！”男孩爽朗地打了个招呼，然后努力装出严肃的口气，“你是修补匠、做生意的、找吃的，还是敌人？要是敌人，我得跟你决一死战！”

亚瑟抬头盯着男孩，小可突然从毯子底下蹦出来。男孩吓了一大跳，先看看这个，又瞧瞧那个，“你们是什么人？快告诉我——我才好报告头儿……呃……头儿她杀过一万人！”

亚瑟双眼瞪得溜圆，紧张地拍了拍耳朵，忍不住浑身打战。男孩看起来并不危险，但也说不准……

“别怕嘛！”男孩皱起眉头，伸手拉亚瑟起来。男孩（或者说精灵男孩，因为他看起来跟其他人类不一样）跟亚瑟差不多高。

“我们是……”亚瑟边说边用眼神向小可求助。

“我们是来旅行的！”小可说，“如果你真想知道的话，我们其实是探险家。不过我是修补匠——呃，更像是发明家——起码我希望有一天能成为发明家。说真的，我最近发明了——”

“我喜欢探险家！”男孩打断了她，歪着脑袋，一脸疑惑，“探险家具体是干吗的？”

“这个也做点儿，那个也做点儿。”小可说，“我们到处旅行，做有意义的事，坐船去未知国度，探索未知领域。你懂的，差不多就是做这些。不过，你瞧，”她补了一句，“探险需要很多吃的，可我们没吃的了。”

黑发男孩的嘴巴张得老大，都能飞进一只鸟了。“我懂了，你们就像罗宾汉，要么……要么就是……圆桌骑士！要是这样的话，勇敢的探险家们，我会给你们找吃的！”

听到吃的，亚瑟顿时两眼放光。

男孩叫他们不用担心头儿。“她其实是我阿婆啦。”小脸涨得通红，“现在她是管事的。其他人昨天都出去找吃的了，明天才能回来。当然啦，我不能去。我年纪太小，只好留下来看着树。这可算不上什么重要任务，是吧？”他叹了口气。

“我倒觉得这任务挺重要的。”小可说，“树林很危险的。”

男孩顿时神采飞扬。“对了，我叫松果，你们叫什么？”

“松……松果？”亚瑟说。

“我知道，这名字傻死了。”他晃了晃脑袋，青苔从头上噗噗落下。“我们都是这么起名字的——栗子、漆树、白蜡、榛子、沙棘——我叫他小沙——还有松果，就是我。这下你明白了吧？”

“她叫小可，我叫——我叫亚瑟。”

“亚瑟？就像著名的亚瑟王？哎呀！很高兴认识你们！拿上你们的东西，这个就是我家。”

亚瑟抬头仰望华美壮观的树冠。大橡树似乎向空中无限伸展，飞鸟轻快地掠过树梢，松鼠在枝头你追我赶。他静下心来聆听，甚至能听见汁液像河水一样奔向树心。这棵造物主的杰作竟然是别人的家。

亚瑟和小可收拾东西的时候，松果采下几朵淡橘色的蘑菇，塞进兜里。“我阿婆——我是说头儿——她会喜欢这些蘑菇的！你们准备好了吗？”他朝树干伸出手，在一丛浓密的常春藤后面摸来摸去，直到摸着他想找的东西，然后低声说，“阿婆说，‘要记得感谢树’。”他闭上眼睛，保持肃静，像在祷告。接着，他按下一个嵌在树皮上的橡子，一扇沉重的拱门突然敞开。那扇门比他们都要高得多。

松果打了个手势，请他们进去。“欢迎！”他骄傲地说，然后冲屋里大喊，“阿婆！来客人了！快出来瞧瞧呀！”

他们走进一个宽敞的圆形房间，原来是粗大的树干中间被掏空，变成了温馨舒适的家。这棵树从外面看就令人惊叹，从里面看似乎更大了。屋里的气味是亚瑟从没闻过的——松木花环、雪松木箱、迷迭香和采自密林深处的蘑菇。不过，他有种奇怪的感觉，也就是人们常说的“似曾相识”——仿佛他以前就来过这里，或者到过类似的地方。这种熟悉感让人安心，而且无比美妙。

虽然大树的根部被掏空了，但整棵树还活得好好的，亚瑟能听见枝叶在风中轻轻呻吟。所以说，真正的家就是这样的。他走到房间中央，站在原地，一时语塞。小可则蹦来蹦去，四下探索。

树屋里有几个供人睡觉的小树洞，门帘是跟松果的衣服一样的绿色拼布。弧形的墙壁上挂着几张树皮画，有些画着各种各样的树木，有些画着穿拼布绿衣的孩子。有一张画的是松果小时候，抓着一个小桦树瘤吮吸，就像吸奶嘴似的。屋子中央摆着一张大圆桌，旁边有几个抛光的树桩，当作椅子。

松果发现亚瑟在看画，顺口说道："老妈是家里的艺术家。老爸这个也做点儿，那个也做点儿——找吃的啦，卖东西啦，当木匠啦。我猜他偶尔也做做修补匠。"

虽然他们在大树里，但屋里一点儿也不昏暗。屋里到处都是雕成松鼠和小鸟形状的透光孔。靠近天花板的地方，还有弧形的树皮墙上，都开了许多小洞，好让室外的光照进来。外面还加了树皮做的雨篷，免得雨水打进屋里。

房门正对着一座大壁炉，壁炉架上挂着各式各样的厨具，有木头的，也有锡皮的。炉膛上方拴着条铁链，上面吊着个铁锅。松果掀开锅盖，在里面搅了搅。屋里顿时弥漫着韭菜、土豆、蘑菇、奶酪混合在一起的美妙气味。一位矮小丰满、白发蓬松的老太太从一个树洞里走出来，腰间系着拼布围裙。

"松果，别动那汤！那是晚饭要吃的。"

“阿婆，他们是我的新朋友……他们是探险家！”接着，他扭头对两位客人小声说，“她就是头儿。其实，她没有杀过人——起码我觉得没有。”

“噢。”亚瑟松了口气，冲阿婆躬身行礼，老人见了很开心。

松果拽了拽阿婆的围裙，恳求说：“能让他们留下来吃早饭吗？拜托了，拜托了！”

阿婆揉乱松果的黑发，冲亚瑟和小可点点头，“当然可以了，你这傻小子。”

松果激动得上蹿下跳，“你们听见头儿说的了！你们可以留下吃早饭、吃早茶、吃午饭……还可以吃下午茶、吃晚饭、吃睡前点心。等明天，我们就出去探险，因为我也是个探险家……只是还没去过别的地方。不过，我很快就会去探险的！现在嘛，我们可以玩游戏。你们爱玩什么？我是说，我用带上剑吗？还是玩‘找橡子’‘设树标’‘抓松鼠’‘抛木棍’？”他突然停下来，不再蹦跶，眉头紧锁，“我只知道跟树有关的游戏，”他叹了口气，但接着又眉飞色舞起来，“我敢打赌，你们肯定知道好多游戏。你们最爱玩哪个？”

亚瑟只好结结巴巴地转移话题：“好……好漂亮！我是说，你们家。”

男孩眉开眼笑，望向阿婆。老太太说：“寒舍虽然简陋，但这是我们的家。对我来说，这就够了。好了，快坐下吧，你们仨。”

阿婆端出一块大蘑菇挞、一罐新鲜的冷牛奶和一碗南瓜子，摆在大圆桌上。“汤还没好，小家伙们，先拿这些凑合一下吧。好了，吃起来吧，赶紧地。”

小可站在桌沿上，因为椅子对她来说太大了。她一看见瓜子激动极了，马上埋头啄了起来。他们吃东西的时候，阿婆在炉边忙前忙后，松果则滔滔不绝地说起林中生活——可爱的动物们怎么找吃的，还有他的兄弟姐妹。

吃完早饭后，一直出奇安静的小可问阿婆：“您知道去白色大城的近路吗？噢，就是光明镇。亚瑟要去那里找他的宿命，我要去西边找我的舅舅。”她看了亚瑟一眼，好让他安心，“但在那之后，我们还会再见面的，很快就会。”

“松果，把旧地图拿过来。”阿婆说，“先提醒你一下，”她转身对亚瑟说，“它很旧，上面的信息可能已经过时了。”

小男孩在雪松木箱里翻找了一会儿，拿来一个长长的纸卷，用皮绳扎得牢牢的。他把碗碟推到一旁，把地图铺在桌上。那是一张非常古老的羊皮纸，边缘都烂了。亚瑟、小可和松果趴在地图上，仔细查看。亚瑟以前从来没见过地图，但发现不难看懂。小可朝北边的一个地方努了努嘴。

“那就是我们要去的地方，”她说，“看起来路是在这儿分岔的。”她用尖嘴敲了敲另一个地方，“一条通向大海，一条通向城市。”

“可……可是城市——”亚瑟说，“看起来好远，有……有没有近点儿的路？”

通往光明镇的路确实很长，比他和小可想象的长多了。那条路弯弯曲曲，绕过一片大森林。从地图上不难看出，那绝对不止两三天的路程，走过去起码也得一个星期，说不定时间还会更长。“我办不到。”亚瑟边说边滑坐下来，双手捂脸，好想大哭。

阿婆把手搭在他肩头，善意地捏了捏。“好了，好了，我相信你会想出办法的。”

“要不，你也可以跟我走。”小可说，“我们可以一起去找我舅舅！然后再一起进城。我们一起去，亚瑟，我可以帮你找廷塔杰尔路。”

“那是什么？”松果问。

“那是我……我想我出生在那里。”亚瑟说。

“噢，”松果说，“我就生在这棵树里！”

亚瑟看了看松果，又看了看小可。跟她一起走怎么样？那接下来呢？他沉默了一会儿，这个想法在他脑海里打转。要是跟她一起走，他们就不用分开了。但紧接着，他心中涌起了一股奇怪的紧迫感。这么多年来，他一直不知道自己来自何方，现在终于知道了，他想马上就去。他想跟松果一样肯定地说，我就生在这栋房子里，这条街上，这个镇上。这就是我。如果他能弄清这个，说不定也能弄清自己的宿命。

最后，他终于开口了：“我必须去，小可。我必须这么做。”他抚平了小可头顶上蓬起的褐色羽毛。她一直是他的好朋友。亚瑟衷心希望她说得对——他们很快就会再见面的。

“等等！”松果说，他还在想亚瑟的问题，“我知道该怎么办了！看见图上那片大森林了吗？你可以直接穿过去呀！它叫‘大野林’，不过别担心，老爸去城里卖东西的时候一直那么走，每次都能平安回来。”

“没错，”阿婆点头称是，“确实是的。”

小可啄了一下亚瑟的胳肢窝，亚瑟终于露出了笑容。小可说：“这不就行了，亚瑟。瞧见了吗？车到山前必有路。说不定我还没找到舅舅，你就已经走到城里了。”

松果掏出一块桦树皮，给他们画了一幅简单的路线图，然后卷起旧地图，放回木箱里。“给你。”他把树皮地图递给亚瑟，亚瑟小心翼翼地塞进包袱里。

松果若有所思地皱起了眉头。“现在我想起来了，”他说，“几年前有个旅行家来这里，老爸对他说了句什么话。那个旅行家，他……”他瞄了一眼亚瑟，“他有点儿像你。”

“也是混血种？”亚瑟问。

松果耸了耸肩，“也许是吧。总之，老爸告诉他，只要戴好帽子，保持低调，就会一切顺利的。还有些别的，可我记不清了。”

亚瑟的耳朵微微颤抖了一下。“谢谢你的建议，”他说，“可我办不到，我又没帽子。”

亚瑟一脸渴望地盯着炉上的汤锅，真希望能多待一会儿。但小可映入了他的眼帘。他看得出，她也觉得应该尽快上路。蓬嚏先生失败后，杜疮小姐和其他人暂时没有追上来，可这并不意味着他们逃离了魔爪。谁知道“假发”还有什么鬼把戏。

“抱歉，松果，我们真得走了。”亚瑟边说边打起包袱。小男孩一脸沮丧。

“别难过！我们还会再见的！”小可说，“我是说——你不是探险家吗？探险家出去……探险，总归会碰上的。”这话似乎让松果打起了精神。

阿婆给他们准备了好些吃的，足够坚持两三天——有坚果、树莓、瓜子、栗子面包，还有一些新鲜的羊奶酪。“出门在外，多加小心啊。”她说。

“等等，”亚瑟和小可正要出门，松果突然碰了碰亚瑟的袖子，“带上这个，以防万一。”

他从墙边的挂钩上摘下一顶红色羊毛帽，递给亚瑟，“你戴正好……呃，你也知道我老爸说的，只要保持低调，就会一切顺利的！拜拜！”

亚瑟谢过他和“头儿”，把帽子塞进包袱里，然后就跟小可一起出发了。

他们按照做的标记穿过树林，不一会儿就走回了大路。不久，其中一个人就要往北走，前往白色大城；另一个人则要往西走，奔向海边。

那天，两个小伙伴没说几句话，只是默默地朝北走，经过一座座农场，一片片田地。他们跟好几辆车擦肩而过，其中有赶集的驴车、马拉的货车，还有一辆白金相间的驿车，拉车的是六匹白马。小可和亚瑟只要看见有人走近，就赶紧躲在干草堆或树篱后面，要不就是有什么就藏在什么后头，因为他们还不清楚外面的世界会怎么看待混血种。

前方的路变成了上坡。他们走进一座静谧的小村庄，随处可见茅草屋和小商店。他们好想停下来歇歇脚，但最终还是决定保持低调，继续赶路。他们可不想被抓回杜疮小姐的孤儿院。

傍晚时分，他们终于走到了岔路口。亚瑟帮小可穿上飞行服，开始分配剩下的吃的。

“只要瓜子，亚瑟。”她说，“我只要瓜子。”亚瑟把她托起来，让她站在他的手心里，就像两人在红隼庭院里初次见面一样。小可抬头望着亚瑟沮丧的小脸，“噢，亚瑟，别担心！一切都会好起来的。你会明白的。”

亚瑟挪开视线，生怕眼泪会掉下来。

“你确定不想先跟我一起走？你懂的，你不用一个人去的。”

“我知道。”他说，“我只是觉得……在做别的事之前，我必须先进城，弄清楚我到底是谁。我也说不清楚。我只是害怕……怕我们……”剩下的话卡在了他的嗓子眼里，但小可明白他想说什么。

“我们一定会再见面的，亚瑟。我保证，我会尽快找到舅舅，然后马上捎信给你。然后，我们就可以一起做计划，我就可以进城去找你了。”

“怎么可能呢，小可？城里那么大，你怎么找得到我？”

“我们一起经历了那么多，你觉得这么简单的事还难得倒我？”

亚瑟想挤出笑容，但怎么也笑不出来。

“别哭丧着脸了。”小可说，“我飞上天的时候想看见你的笑脸。那才是我想记在心里带去西边的。”

亚瑟勉强笑了笑，觉得心像裂成了两半。

两人互道珍重后，亚瑟看着好朋友全副武装，往上一蹦，然后缓缓升空。她头顶上的螺旋桨呼呼直转，搅动了周围的落叶和泥土。

“亚瑟，”小可低头朝他大喊，“勇敢点儿！记住，永远别失去希望！我们很快就会再见面，我保证！”

亚瑟挥手作别，目送小可消失在远方，像鸟儿一样朝西飞去，飞向无边无际的大海。

少了小可，接下来的时光静得让人难以忍受。亚瑟好想小可，但有某种东西促使他继续前进。

他也说不清楚，但那个东西一直存在——他来到人世时听见的那首歌，飘在繁星之间的那首歌。当他独自走过漫漫长路，内心越来越阴郁的时候；当他回想起孤儿院、杜疮小姐、蓬噎、瓦骨、姚包和歪尔的时候，那首歌一直陪伴在他左右。

虽然他心中满是悲伤，但每次看见美好的事物——飞鸟、绿树，或是路边的野花——他都能感觉到那首歌悄然浮现。

幸亏有松果画的地图，夜幕降临之前，他就找到了“大野林”的入口。他蜷在一棵大树下，蜷缩在毯子里，侧耳倾听。孤零零地待在幽暗的树林里，他听见“黑夜之歌”倾泻而出：蛤蟆和耗子在落叶堆里穿行，鼹鼠在地下打洞，蝙蝠在空中俯冲，还有土拨鼠、刺猬和田鼠——似乎都在呼唤亲人回家，回家，回家……

他在“大野林”里足足走了两天，心里直犯嘀咕，不知能不能走出去。毕竟，松果在旧地图上指给他看的那条路，很可能因为年深日久消失不见了。但到第三天，他看见阳光从林间空隙照进来，终于松了一口气。透过林间空隙，他看见阳光普照的草地中央长着一棵大树。像那样的大树，他以前只见过一次——在医务室里。医务室墙上的版画中，大树枝头挂满了沉甸甸的苹果。这棵树则开满了淡粉色的花朵。

他钻出幽暗的森林，穿过果园，走上大路。正午时分，浑身泥泞、疲惫不堪的亚瑟，终于来到了白色大城光明镇。

大城高高盘踞在小山之巅。

远远望去，它在阳光下熠熠生辉——闪闪发亮的白塔和尖顶构成了一幅胜景。很久很久以前，这座城市是用光明石建成的。这种石头洁白无瑕，似乎从内到外发着光。人们相信它是从光明中诞生的，认为它坚不可摧。

亚瑟站在巨大的白色拱门前——那是进城的入口——抬头看着门楣上刻的字：

光明镇

IN LUCUS A NON LUCENDO①

城市名称下面的那行小字让他看得云里雾里。他在“家”里没学过拉丁语，只学过“有用”的东西，像是怎么用冰冷的脏水洗

① 这是一句拉丁语。lucus是“小树林”，和它形似的lucendo指“发光、明亮”。整句话大意是：“小树林”（lucus）之所以叫这个名字，是因为它“不亮”（non lucendo）。这句话常用于讽刺某件事物名不副实。

干净衣服，怎么迅速算出甲虫的数量，怎么书写重要的词语，比如“驯顺”“肃静”“服从”。说不定别人能向他解释这句话是什么意思。说不定他能在这个奇怪的新地方交到朋友。

他站在拱门下面，一只脚在城里，一只脚在城外，不确定下一步该怎么走。

在他正前方，大约三十米开外，有一座露天广场。广场中央矗立着一座高耸的白色方尖碑，它的尖顶似乎消失在了云端。碑的基座上雕着一群弯腰驼背的人类、兽类和贱种，看起来像在共同扛起那座丰碑。碑两侧各有一座喷泉，喷泉中央立着雕塑。亚瑟左手边的雕塑描绘的是勇士屠龙，右手边是一个男人弯弓射箭，箭矢直插鹰头狮身有翼兽的心脏。

亚瑟说不清哪个更可怕——是那两个男人，还是那两头怪兽。他开始犯嘀咕，自己跑到这里来是不是疯了。他躲在拱门旁的阴影里，在继续探险之前，先仔细观察周围的情况。

广场对面是一条林荫大道，也是光明镇的主干道。光明镇四通八达的大街小巷也是用白色石头铺成的，在午后阳光的照耀下闪闪发亮，令人眼花缭乱。亚瑟不得不抬手遮眼，从指缝间往外看。

林荫大道两旁都是华丽的白色建筑，栋栋都有高耸的尖顶。有些还设有空中花园，露台边垂下鲜艳的红花，楼下雪白的石板路上落英缤纷，宛若点点血迹。

每栋建筑都饰以雕塑，描绘了人兽神祇交战的神话场景。屋檐边立着滴水石像鬼，高高在上扮着鬼脸。这让亚瑟想起了“家”里可怜兮兮、无人关注的石像鬼，想起雨点如泪珠般从它们悲伤的眼眸中滑落。在年轻的狐狸男孩看来，光明镇上闪闪发亮的白色石像鬼既吓人又迷人。他身无分文，孤苦无依，呆呆站在原地，看得入迷。

广场和街边人头攒动，但没有一个是混血种。女士们头戴镶嵌珠宝的发网和造型复杂、饰以鲜花的无边软帽，或是手持遮阳伞，或是推着婴儿车，车里躺着胖乎乎的小宝宝，或是挽着丈夫或朋友的手臂悠然前行。亚瑟发现，有些女士帽子底下戴着精巧的假发。这让他想起了杜疮小姐，不禁打了个寒战。

绅士们则头戴洁白的高礼帽、身穿昂贵的乳白色外套，一面闲庭信步，一面叼着长长的象牙烟嘴吞云吐雾。每位绅士帽顶上都栖着一只小白鸽，一边脚爪上系着细细的金链。从亚瑟站的地方望去，看不清那是真鸟还是假鸟。他马上想到了小可，好希望她在身边。

有些人手里牵着毛色油亮的白猫，猫咪脖子上戴着钻石项圈。那些猫高贵而冷漠，跟它们的人类同伴步调一致。亚瑟试着想象那些猫私底下会怎么聊天。他想，说不定有一天他也能听懂猫说的话，就像他能听懂老鼠和耗子说的话一样。说不定他还能跟猫咪和其他动物聊天呢。他不清楚自己的天赋意味着什么，也不晓得这种天赋以后会不会变，只知道自己注定要弄个明白。

这时，有个男人骑着个怪玩意儿从他身边经过。那是一辆脚踏车——亚瑟以前从来没见过别人骑车。那玩意儿造型古怪，前轮极大，后轮极小。在亚瑟看来，它的样子虽然奇怪，速度却相当了得。

接着，他看见一米开外，另一个男人驾驶着一台更奇怪的机器。他的脚踏车后面背着个蒸气发动机。只见他一拉操纵杆，车子就腾空而起。亚瑟敬畏地看着男人越飞越高，从街头漫步的绅士、淑女们头顶掠过，身后留下一道蒸气形成的白烟。

亚瑟深吸一口气，轻轻拍了拍耳朵。他想起松果的建议，便掏出新得来的红帽子，戴在头上。这个天气，戴帽子已经有点热了，但又热又难受总比遇上麻烦好，因为亚瑟确信，就算不顶着毛茸茸的红耳朵招摇过市，自己也会遇上不少麻烦。他早就习惯吃苦了，跟那些糟心事比起来，在闷热的五月天戴羊毛帽根本算不上什么。

亚瑟脱下外套，卷了起来，塞进包袱。他也不知道跨过那扇大门后该去哪里。但他能听见脑海里回荡着小可银铃般的声音，叫他勇敢点儿，那个声音让他安下心来。

他走出藏身之地，竖起衣领，低下脑袋，径直穿过拱门，走进了白色大城光明镇。

他的宿命就藏在这座光明之城里的某个地方。他希望能找到它——而且一切顺利。

亚瑟穿过广场，向北走去，走向城市的心脏。起初，他紧张极了，但奇怪的是，似乎根本没人注意他。仿佛那么多年假装隐形人，他终于成功了。绅士、淑女不是自顾沉思，就是沉浸在客套的寒暄中。孩子们则个个安静乖巧，要么玩气球，要么放风筝，要么舔着比自己脑袋还大的棒棒糖。大家都沿着闪闪发光的道路怡然漫步，神情恍惚，一脸满足。

唯一注意到亚瑟的是一只猫。猫咪和主人在街头跟他擦身而过，突然眯起眼睛打量他，发出威胁的嗞嗞声。虽然亚瑟听不懂猫说话，至少现在还听不懂，但光听那嗞嗞声，也知道它说的绝对不是“哈啰，很高兴认识你！”于是，他继续往前走。

他从林荫大道拐进了一条僻静的小路，路旁繁花似锦，芳香四溢。除了几条街外的车轱辘声和从地底深处传来的微弱敲击声，一切都是那么寂静，放眼望去人影全无。

道路两旁是带立柱的豪宅，由白色和玫瑰色大理石建成。每座院落前都有一扇精美的铸铁大门，每座宅邸前都有一片精心修剪的草坪。草坪上点缀着令人赏心悦目的花圃，还有修剪成猫咪形状的灌木丛。为什么是猫咪？亚瑟很好奇。

他在一座玫瑰色的豪宅前面停下脚步，透过铸铁大门朝里望去。那是整条街上最美的房子，有圆形塔楼、彩绘玻璃、雕工精美的悬梁和开满鲜花的露台。每层露台上都摆着巨型金鸟笼，里面是正在婉转啼鸣的鸟儿。亚瑟一动不动地站在原地，为鸟儿的大合唱深深着迷。

突然，他发现刚才的车轱辘声越来越近。他转过身，正好看见一辆大马车直冲过来。车夫看见亚瑟，使劲一扯缰绳，来了个急刹车。

“吁！”车夫大吼，“你谁呀，在这儿鬼鬼祟祟干吗？”

“我……我在找一栋房子，先生。”亚瑟脱口而出，“十七号……廷……廷塔杰尔路十七号。您……您认得吗？”

“小杂种，你最好带了号牌，不然就麻烦了。”车夫打断了他。

“不……不好意思，先生。”亚瑟说，“我……我不懂您在说什么。”

“不懂俺在说啥，是吧？”车夫嗤之以鼻，“你小子还真搞笑！竖起耳朵听好了，你跑到城里不该来的这一头来了！还不快走？趁着还没被逮起来！”

亚瑟张开嘴，想问应该待在城里的哪一头，但车夫已经赶车绕过街角，一转眼就不见了。

大理石街道让位给了鹅卵石小道和高耸的石头房子，接着又出现了四层楼的红砖房，底层开着各式各样的小商店，橱窗里展示的都是亚瑟闻所未闻的东西。有家商店只卖机器人，形态各异，分工不一：修剪蓟草、擦亮奖杯、拉紧胸衣、给胡子上蜡、给猫咪梳毛，诸如此类的。

有一家店尤为引人注目，门口的招牌上写着“齿轮蜜蜂儿童火车与玩具店”。

亚瑟踮起脚尖，伸长脖子，从窗口朝里张望。映入他眼帘的是个奇妙的世界，有洋娃娃和娃娃屋、各种各样的毛绒玩具、会蹦出小丑的玩偶盒、扯线木偶和微型剧场、火车套装、桌面游戏、音乐盒、摇摆木马，还有穿蕾丝衬裙的瓷兔子。大多数都是亚瑟不知怎么玩的，但它们一看就讨人喜欢。要不是店主抄起扫帚在后头追，他真想赖在那儿不走了，永远目不转睛地盯着屋里瞧。

他一头钻进一条小巷，小巷通往一条截然不同的街道——不那么光鲜亮丽，但生活气息浓郁。街对面的巨型绿色建筑有某种特质，深深地吸引了他。他左躲右闪，躲过马车、货车和脚踏车，好不容易穿过马路。那栋建筑正前方有三扇宏伟的拱门和一排高大的立柱，中间那扇门上方挂的牌子写着“皇家音乐厅”。他记得小可提起过音乐厅，但他当时半信半疑，因为那实在太像编出来的了。人们竟然会聚在某个地方听别人唱歌！唱歌在“家”里可是严令禁止的啊！

那栋建筑门前贴满海报，宣传即将登场的演出，主角有歌剧演员、通俗歌手、魔术师、通灵师、柔术表演家、杂技演员，等等。其中大多数，亚瑟都不知是什么玩意儿，但这个地方引起了他的好奇。他环顾四周，确保没人在看，然后推了推门。门上了锁。他一脸渴望地抬头看了看牌子，暗暗发誓下次还会来。

音乐厅旁边是个叫“舞鸦沙龙”的地方，里面人头攒动。门外悬着块招牌，上面画着一只戴礼帽、拄手杖的黑乌鸦。隔壁是家叫“猪与泡菜”的小酒馆，再旁边是一家叫“黄铜鲤鱼”的店。

有个男人跌跌撞撞地从里面走了出来，看起来肚子似乎不大舒服。亚瑟小心翼翼地走上前去，“打……打扰一下，先生……我……我在找一个叫廷……廷塔杰尔路的地方，您听说过吗？”

男人一把抓住亚瑟的胳膊。“啥？你小子来这儿干吗？”他的声音含含糊糊，跟瓦骨先生颇有几分相似。接着，他冲右边努了努嘴。“滚开，小杂种，滚——！这可不是你能待的地方。小子，还不快滚？”男人轻轻推搡了亚瑟一把，然后钻回了酒馆里。

亚瑟朝男人推他的方向走去——向城市的心脏走去。空气里弥漫着马粪的臭味，每座屋顶上的大烟囱都直冒浓烟。马车一辆接一辆地疾驰而过，溅起的烂泥糊了亚瑟一身一脸。他努力把脸擦干净，脚下步履不停。

不管朝哪里看，他都能看见钟。每扇门上都挂着大钟，每个街角都立着钟楼。时钟甚至挂在人们的手腕上，藏在男士的衣兜里，悬在细细的金链上。亚瑟心想：这里没有蒲公英钟，也没有鲜花钟。他想起了小可说过的其他看时间的方法。

噪声越来越响，臭味越来越浓，骚动越来越大。街头有那么多车夫，赶着驽马，驾着马车，招揽客人，甩动长鞭；有那么多蒸气驱动的巴士，里面坐满了人；有那么多农夫，赶着牲畜朝集市走去。

烟囱工和擦鞋工大声吆喝，说只要一个铜板就能开工；清洁工在车水马龙间穿梭往来；男人搭起临时小摊儿，开始赌钱或表演魔术；商贩推着小车，在街边卖起杂货；小丑踩着高跷，抛接橘子玩杂耍；卖花姑娘沿街叫卖，兜售紫罗兰和小雏菊；还有人在卖价值半个铜板的乐谱，印在长长的羊皮纸卷上。

噢，世间充斥着各种各样的声音！一顶红帽子根本挡不住。亚瑟伸手捂住耳朵，想把声音隔绝在外。每条路边、每个街角都站着乐师，演奏各式乐器——长笛和小提琴，竖琴和簧风琴，还有风笛、手风琴、哨笛、圆号和手鼓。有沿街卖唱的孩子，也有带猴子的街头艺人，有时三人站成一排，用不同的调子演奏不同的曲目。四周嘈杂无比，亚瑟都没听出他们是在演奏音乐——那是最令人发指的罪行，至少在杜疮小姐看来是这样。在喧嚣的交响乐之下，是永不停歇的咔嗒咔嗒声，那是马蹄敲击砾石小道的声音。在这一切之上，上百座教堂的大钟在整点同时敲响，钟声随风飘向远方。

走路很危险，尤其是过马路。亚瑟不得不左躲右闪，躲避马车、手推车、牲畜和吱嘎驶过的双层巴士。他在街头没看见几个混血种，仅有的几个都肩扛或头顶大竹筐，筐里装满砖块砾石，龇牙咧嘴，满脸疲惫。其他人都去哪儿了？

他不知该往哪里走。但此时此刻，比起寻找出生地，他更关心到哪里能找到吃的。一股美味的香气飘过，他就被牵着鼻子走了。拐过街角后，他眼前一亮——在两根巨大的石柱之间，正是光明镇的集市。

亚瑟深深吸了一口气，想把香气全吸进肺里——新鲜出炉的烤饼、司康饼和面包；杏仁蛋糕、醋栗馅饼、樱桃挞、烤苹果、姜饼和草莓酱；气味浓郁、令人垂涎的奶酪和烤肉，还有你能想象出的各种美食佳酿。各色瓜果蔬菜一眼望不到头——芜菁、青菜、卷心菜、豌豆堆成山，栗子、苹果、甜橙、韭菜排成行。

有个男人拖着小车跟亚瑟擦肩而过，车上堆满了橘黄色的胡萝卜。他不停吆喝："胡萝卜跟豌豆，胡萝卜跟豌豆！一个铜板一堆啦，胡萝卜跟豌豆！"

噢，要是现在能有根胡萝卜啃就好了！面包也行！噢，护士丽奈特的面包加黄油！噢，要是我能尝尝馅饼就好了！

这时，他看见了那辆手推车。

那是一辆红黄相间的小车，招牌上有两个明晃晃的大字——"馅饼"。

一个矮矮胖胖的金发妇人，身穿沾满油污的围裙，推着馅饼车穿过人群，径直朝他走来。"布丁馅饼，布丁馅饼，尝尝俺的布丁馅饼！"她冲人群大喊，"肉沫的、苹果的、橘子的、蓝莓的。甜的、咸的，还有樱桃味的！"

亚瑟简直不敢相信自己的运气！馅饼堆成小山，热气腾腾，旁边围着一圈美味的水果布丁，如同环绕城堡的护城河。他急匆匆跑向手推车，"打……打扰一下，太太，"他说，"要……要是您不介意……"

妇人根本不搭理他，继续大声吆喝，时不时转动蒸笼的手摇柄，好给馅饼保温。客人来了又走。亚瑟先扯了一下妇人的裙摆，接着又扯了一下，“要……要是您不介意的话，太太……”

“啥玩意儿？”妇人低下头，看见一个浑身泥泞的混血种抬头望着自己。她想把裙子拽回去，但亚瑟紧紧抓住不放。

“拜……拜托了。”他说，“我只想——”

“撒手！俺可没钱给叫花子！”

“抱……抱歉。”亚瑟赶紧撒开手，尴尬地鞠了个躬，“我不是叫……叫花子，只想做个交易，公平交易，拜……拜托了。”

妇人脑袋一歪，双手叉腰：“那有话快说，赶紧地，俺可没工夫跟你耗。”

他急急忙忙解开破烂不堪的包袱，把薄毯子铺在地上，摆出小可送他的发条老鼠梅林、松果给他画的简易地图、自己一路上捡的一大堆五彩石子。接着，他举起外套，好让卖馅饼的妇人看个清楚。“我……我的衣服，换个馅……馅饼——我只有这个了。我真的好饿。”

妇人一把扯住他的衣领，在他鼻子底下晃了晃拳头：“这脏兮兮的破玩意儿，还想换俺的馅饼？真不要脸！俺的馅饼可值钱了！俺看着像个脏兮兮的衣贩子吗？快滚，不然俺就喊警察了，俺真会喊的！”

这时，不知从哪里钻出个穿着破衣烂衫的小叫花，脸上、衣服上都沾满煤灰，从头到脚黑乎乎的。他一把抄起毯子，连里面的东西一起卷了就走，转眼消失在了人群中。

“哼！”妇人闷哼一声，“活该！”接着，她狠狠地踹了亚瑟一脚，害得他一头扎进手推车里，撞翻了馅饼底下的蒸笼。

馅饼堆成的“金字塔”颤抖了一下。

嘎吱作响，摇摇晃晃。

然后，它就炸开了。

只见馅饼满天飞，活像火山大爆发。馅料、饼皮和布丁飞得到处都是，站在两米之内的人无一幸免，卖馅饼的妇人更是被溅了一身。她立刻扯开嗓门，放声大喊警察。

就在这时，亚瑟做了一件很不光彩的事。他从地上抓起一个没摔烂的馅饼，拿外套一裹，仓皇逃跑了。

他艰难地穿过人头攒动的集市，四脚并用地从手推车底下钻过去，推开成群结队的行人和牲口，在踩高跷、玩杂耍的小丑中间穿梭。他就快跑到广场的另一头时，突然踩中了一根胡萝卜，摔了个狗吃屎，馅饼一下子就被压烂了。

亚瑟又累又饿，不知如何是好。就让他们抓住好了，反正我是一步也跑不动了。他顺着一根灯柱滑坐在地，脸埋在沾满果酱、黏糊糊的外套里，抽抽搭搭地哭了起来。

这时，他耳边响起了一个和善的声音：“可怜的小乖乖，真是个可怜的小乖乖。”说话的是个脸颊红润、个头不高的妇人，身穿围裙、头戴面包师的高帽子。她俯下身，轻轻拍了拍亚瑟的胳膊，把一个热乎乎的面包卷放进他的怀里。她身边有辆手推车，面包卷和法棍在车上堆成了山。亚瑟抬起头，想要谢谢她，但嗓子眼里就像堵了块石头，什么话也说不出来。

“好了，好了，小可爱，快吃吧。你很快就会好起来的，很快。”听到这句话，他振奋了一些。

面包师看着他把面包卷一分为二，一半塞进衣兜，等晚些时候再吃（这是他在“家”里养成的习惯，每个“奶酪星期天”都会这么做），然后狼吞虎咽地啃起了另一半。

“可怜的小羊羔，这个给你路上吃。”

“谢……谢谢您。”他心中万分感激，生怕自己又会哭出来，“您……您知道廷塔杰尔路在哪儿吗？我家以前住在那里。”

“不太清楚呢，我的小羊羔。不过，你可以沿着河边走，在那里会找到路的。”

他勉强挤出笑容，跟面包师道别，起身准备离开。

妇人突然一把抓住他的胳膊，俯身凑近，叫他当心某个叫“狗海”的东西。他脑海里浮现出一大堆疯狗组成的海洋，就像“家”里那些口水滴答的大狗。“要是看见他们，你就赶紧跑，跑得越快越好。答应我，你会听话的。”

亚瑟根本不明白她在说什么，但还是一口应承下来。

“这才是好孩子嘛。”她说，“好了，赶路要紧。沿着前面这条路走吧。”她指着广场旁边一条狭窄的街道。“祝你好运。别忘了我说的——记得赶紧跑。”

亚瑟沿着那条路向前走去，远离那迷人而混乱的地方，远离那些小贩和小偷——还有危机四伏的馅饼。

亚瑟游荡了好几个钟头，从这条街走到那条街，时不时还会绕圈子。过了老半天，他才意识到，所有下坡路都通往河边，所有上坡路都通往山顶的白塔。他四处找人问路，想知道廷塔杰尔路该怎么走，但路人不是懒得搭理，就是把他推开，要不就是让他“回你该待的那边去”。他在硬邦邦的砾石路上走了整整一天，硌得脚底板又青又肿，还磨起了不少水泡，只想赶紧找个地方休息。

东边的天空渐渐黯淡下来，浓稠的雾气悄然渗进城里。亚瑟穿上外套，扣好纽扣，继续艰难前行。每当他经过烛光点点、温馨舒适的小屋，都会听见客厅里传来悠扬的琴声，爸爸、妈妈跟在做睡前祷告的孩子说晚安。他心想，那么舒心自在，那么安全温暖，不知是什么感觉？

灯夫逐一点亮了全城的煤气灯，不管是富人住的街区，还是穷人住的陋巷。亚瑟像小偷一样躲在阴影里，对神秘的“狗海”心存恐惧。现在该往哪里走呢？他一边想，一边继续向下，向下，再向下。

在看见河水之前，他就听见了水声。

他也闻到了气味。

那条河臭气熏天，像“家”里洗衣日的湿布一样，散发着死鱼、秽物和各种恶心玩意儿的恶臭。那是一条脏兮兮的河，棕褐色的河水泛着油花，漂浮着无数垃圾和死物。

这就是小可说的那条美丽的大河，那条漂满彩船的大河吗?

河岸边，有一小群男女老少围在用废纸、引火物和碎煤块点起的篝火旁。火光幽幽，照亮了他们哀伤、憔悴的脸庞。

夜幕降临后，他们就蜷在一起，或在阴暗的街角边，或在蒸气升腾的井盖上，或在岸边停泊的破船旁。他们是城里的流浪汉，无处可去，无活可干，没有家人，更没有家——只能彼此抱团取暖，熬过寒冷的夜晚。

亚瑟四处寻找能躺下休息的地方。如今，他没了铺盖，只剩下外套、宝宝毯残片和藏在衬衫口袋里、贴在他心口的金钥匙。他打量着一条破烂的驳船，船板已经被人扯下，不是拿去点火，就是垫在了湿冷的地面上。

他掏出好心面包师送他的另一半面包卷，狼吞虎咽地吃起来。他刚要吃第二个面包卷，就看见另一艘废弃的驳船上挤着一群人。从他的藏身之处望过去，那些人看起来活像一头巨兽投下的阴影。在风中摇曳的煤气灯映照下，十几双眼睛射出幽幽的黄光。

有个满口烂牙的男人盯着亚瑟，颤巍巍地伸出一只手。亚瑟犹犹豫豫地走上前，把面包卷递了过去。那人一把夺过，旋即撕成六块，分给每人一块。

“谢谢，谢谢。”那人喃喃说道，“好心人，老天保佑你。”亚瑟点点头，退回原处。

他听见其中一个人——一个衣衫褴褛的老妇人——神情恍惚地嘟囔：“好心人？这世上的好心人可活不久。”她自言自语了一会儿，最后终于睡着了。在那之后，万籁俱寂。

亚瑟用脏兮兮的外套裹紧身子，躺在地上，背靠破旧的驳船。

他眺望着夜航船在水上黑黢黢的倒影。有一条船在河上来回开了好几趟，船头闪烁着一点儿黯淡的红光。他看见人们陆续下船，在岸边寻找着什么。至于他们到底在找什么，他就不清楚了。他很好奇，他们是不是也同样孤单寂寞？为什么他们没有待在家里，没有跟家人待在一起？他想起了松果，住在温馨的树屋里，躺在温暖的小床上，还有小可，平平安安待在她舅舅海边的房子里。那房子是什么样的？他很好奇。她在那里住得开心吗？他希望能尽快收到她的消息。他还想起了“家”里的孤儿们。有那么一瞬间，他真希望自己回到了“家”里，回到了那个残忍可怖、时钟遍布的地方。至少他能有张床睡，有条毯子盖，有碗凉粥喝。

他静静躺在船边，聆听浪花拍岸的节奏，犹如烦躁不安的心跳。他以前从来没有见过河，觉得它尽管臭气熏天、无人打理，却自有壮观之处。风向变化的时候，亚瑟甚至能闻到城市另一端海的气息。他想，小可现在肯定已经到了。海的气息清新微咸——那是希望和冒险的气味，是陆地、船只、海鸟和故事的气味，是跃出蔚蓝大海的海豚的气味。

河对岸的某个地方，有个女人在给宝宝唱摇篮曲：“睡吧，睡吧，我的宝贝。做个美梦，睡吧……”她的声音纯净甜美。亚瑟静静躺着，沉浸在她美妙的歌声中。多奇妙啊，他想，在城里，大家竟然能公开唱歌，不用担心受罚。对他来说，这是个惊人的发现。

亚瑟想起了自己那首摇篮曲，真希望还记得歌词。一曲唱毕，他盯着水面上跳跃的光点，想要哄自己入睡。他抬头望天，看见城市上空的一轮明月。那是他的老朋友，陪他度过了无数夜晚。至于那漫天星辰，成千上万盏煤气灯熠熠生辉，害得他一颗星星也看不见。但是没关系。他闭上双眼，回想自己和小可共度的那个奇妙夜晚，那个他对星星许愿的夜晚，不知不觉进入了梦乡——有明月、童谣和关于好友的回忆就够了。

“哈，哈！瞧瞧这是啥呀？是死是活？让我猜猜看，猜猜看……”

一只大耗子——是个混血种，身穿燕尾服，头戴油腻腻的棉绒红帽——俯身打量着酣睡的狐狸男孩，用棕色的脚指头推了推他。亚瑟呢喃一声，翻了个身，打起了呼噜。

“睡得跟个小宝宝似的。”耗子喃喃自语，“我就喜欢他们睡得这么熟。”

就混血种来说，耗子的个头算高的，将近一米五。他身后有一对质地坚韧的翼状鳍，从外套后面的两条狭缝伸出。每当河上有风吹过，它们就会微微颤动。

耗子嗅了嗅四周的气味——煤烟、炸鱼和咖啡的味道。世界正在渐渐苏醒。

叫醒工沿街走过，举起长竿“嗒嗒”地敲打窗户，唤醒酣睡的苦力、鱼贩和买不起时钟或怀表的人。耗子掏出自己的怀表瞧了瞧，表是黄铜的，闪闪发亮，后盖刻着“赠露露，我羞涩的新娘，我的心永远属于你，范斯沃斯”。他想过要磨掉，但一直没成功。他拿起怀表，贴近耳畔，发现一个钟头前就停了。耗子瞥了一眼身后的钟楼，扭了扭怀表侧面的小旋钮，齿轮又“咔嚓咔嚓”地转动起来。

“时间不等人啊，老五伙计，咱还是接着干吧。”

他贪婪地搓了搓毛茸茸的双手，开始干活。

他从外套内侧拽出一只小布袋，里面全是暗兜和古怪的小工具，还有一把象牙柄小折刀。他俯身凑近熟睡的小家伙，突然盯上了他的帽子。“这是啥呀，这是啥呀？噢，老五，你最喜欢漂亮的红帽子了，是吧？”他伸出手去，却突然停住，“你懂规矩的，老五！规矩还是你定的呢，是吧？”

于是，他边掏亚瑟的衣兜，边哼起了小曲：

先掏硬币和衣兜，
装进布袋别怕漏。
礼帽毡帽接着拿，
女帽不行男帽凑！
大摇大摆进酒馆，
肉排啤酒吃个够，
最后穿上燕尾服，
戴好礼帽回街头。

耗子先摸遍了亚瑟外套左边的口袋，什么也没有。随后，他又去摸右边的口袋。“哟，这是啥？”他低声说，轻手轻脚地掏出了里面的东西：一朵压扁的丁香花、三颗小石子、一小块青苔——对他来说毫无用处，他就顺手一扔。但口袋最底下压着个宝贝——那是一小张纸条，里面裹着——“走运，真走运，老五！”——一枚金币！“亮闪闪，真漂亮。”他兴奋地嘀咕着，咬了一下检验成色，然后塞进了兜里。接着，他从马甲口袋里掏出一副眼镜，仔细看了一遍护士丽奈特写的字条，顿时两眼放光。

“真是你的幸运日啊，老五。没错，的确如此！你的幸运日！”

他把字条塞进马甲，继续搜索。

亚瑟醒过来的时候，耗子的手正伸向他的衬衫口袋，他的蓝色小包袱就藏在里头。亚瑟发出一声含混不清的呼喊，双手捂住了脸，“请……请别吃我！求……求你了！”

“吃你？你说啥呢？”耗子说，“我不会伤害你的！说真的，我是来帮你的。”他清了清嗓子，挺起胸膛，“刚才有个小偷在翻你的口袋，被我赶跑了。”

亚瑟透过指缝偷偷瞄了一眼。那是只耗子，但不是歪尔。

“好了，”耗子说，“别怕。来吧，我扶你起来。这才乖嘛。”

亚瑟让耗子拉他起来。他觉得有点头晕，浑身上下哪哪都疼。他拍了拍身上，后退一步。

“你——你是只耗子……还……还长了翅膀？”

耗子哈哈大笑，看起来不大友好。“首先，它们是鳍，不是翅膀；其次，你不也是只怪模怪样的小狐狸，还没长尾巴？说真的，咱们不都一样吗？好了，来吧，来吧，孩子，我只想帮帮你。看起来你在城里需要个伴儿，尤其是到处都有小偷跑来跑去。”

“我又没什么可被偷的。”亚瑟耸了耸肩。他想起自己头天偷的馅饼，不禁惭愧难当。

耗子眉毛一挑。“嗯……你说没啥可被偷的？连个铜板也没有？”

“反正我见了也不认得。”亚瑟说。

“好吧，好吧。”耗子说，“有失才有得嘛。瞧瞧你！饿得半死，我还在说啥小偷。”他从兜里翻出一片不大新鲜的面包皮和一小块奶酪，递给亚瑟，“来，好吃的给你。真是个乖孩子——快吃吧。”

亚瑟狼吞虎咽，两口就吃完了。

“多……多谢。”他有点不好意思，“我——我太饿了。”

“瞧得出。”耗子说，“嗯……”他挠了挠棕色的长嘴，“好了，你是来干吗的？”

“什么？”

“像你这么可爱的小崽子，孤零零一个人来大城市，是要干吗？”

“我在找一个地方，叫廷塔杰尔路。您认得吗？”

“廷塔杰尔，对吧？你家在那儿？”

“不……不完全是。”亚瑟说，“我是说，我觉……觉得家已经没了。不……不过，我还是想找到那个地方。”

“好吧，我也不大认得，但能帮你找到那儿——要是你想的话。”

“可以吗？”亚瑟两眼放光，“拜托了，先生，要是您不介意的话。我会很感激的！”

耗子捻着胡须，似乎陷入了沉思。“要是我没记错的话，那条街挺不好找的。先提醒你，它在的地方老危险了。你不能一个人去，这是肯定的，得有向导才行。你瞧，孩子，一个人在城里找路可不容易了。跑去外头闯荡之前，你还有好多东西要学呢。”

亚瑟顿时垂头丧气。

耗子说：“打起精神来，小子！我会帮你的！但首先，你得吃饱喝足，热乎起来。然后，咱们再一起搞明白你接下来要做什么。找那个地方可得花不少工夫呢。我敢打赌，你想要张暖和的床，是不是挺棒的？羽绒被加羽绒枕，国王来睡都不亏！”

亚瑟瞪大了眼睛。

“听着，小子。”耗子接着说，“世道弄人，世道弄人啊。最好有个伴儿，你懂我的意思吧？”

亚瑟盯着耗子，半信半疑，却心怀希望，肚子饿得咕咕叫了一声。

“哎呀，瞧我这没规矩的！”耗子边说边脱下帽子，鞠了一躬，“我叫老五，是个做生意的。年轻的先生，你叫什么？”

亚瑟不知该说什么。在这座陌生的城市里，他想叫哪个名字都行。如果他想的话，甚至可以编个新名字。但他不想。他脑海里浮现了小可神采飞扬的脸庞和蓝宝石般的双眼，便结结巴巴地说：“我……我叫亚瑟。”他犹犹豫豫地脱帽行礼，又把帽子戴回头上。

耗子看见亚瑟的耳朵，眉毛一挑，但什么也没说。“亚、瑟，”

他慢悠悠地说，仿佛那是门外语，他不怎么喜欢似的。“亚瑟，亚瑟……不咋像个名字，是吧？呃，反正名字也没啥关系，对吧？好了，咱们去吃早饭，亚蒂小子。我认得个好地方。这边走，跟紧了。”

亚瑟简直难以置信。他该相信这只耗子吗？小可会怎么做呢？他只知道，她会说：“勇敢点儿。”这只耗子说会帮他找到廷塔杰尔路。说不定碰上这只耗子也是他的宿命。至于为什么会这样，他实在想不出来。但他身上发生的怪事还少吗？

这时，耗子说出了神奇的“咒语”，“听着，亚蒂——你吃过奶酪吐司不？”

亚瑟竖起了耳朵：“没有，先生！我没吃过！”他说，“不……不过，先生，要是您不介意的话，我很想尝尝！”

“没问题，你会有奶酪吐司吃的！老五说到做到！”

亚瑟转身就要朝大街走去，但老五一把拽住他的胳膊。

“不是那边，”老五压低了嗓门，“咱们得过臭水桥。跟紧了，照我说的做，这才乖嘛。”他挽起亚瑟的胳膊，“记好了，要是你没个伴儿，城里可吓人了。噢，对了，”他补了一句，“过桥之前，最好捏着鼻子。”

桥头站着个大块头警察，身材矮胖，腰间悬着警棍。老五向他脱帽致意，眨了眨眼睛，“早上好呀，弗洛普警官。”老五边说边往那人手里塞了枚硬币。

警察点点头，手指轻轻敲了敲鼻翼，压低声音说：“当心点，伙计。风向要变了。当心背后。”

“好的。”老五眉毛微微一挑。他再次脱帽致意，然后挽着亚瑟向前走去。

亚瑟和耗子过桥的时候，太阳刚刚升起。桥边栏杆上站满了斑鸠和乌鸦，为了几条死鱼你争我抢。那是一座破败不堪、年久失修的大桥，两头竖着一模一样的雕塑，被煤烟熏得黑漆漆的。雕塑长着女人的面孔、天鹅的身体和翅膀。

“有十三座桥，孩子，十三座，但混血种只能走这座。可别忘了，不然后果很严重。”

“好的。”亚瑟说，他觉得自己的宿命跟这十三座桥有关。但这到底是好还是坏？

老五告诉他，在远处的上游，河水清澈见底。但臭水桥下方的河水看起来像烂泥，闻起来也跟头天晚上一模一样——散发着死物、垃圾和油脂的恶臭。

臭味让亚瑟想起了歪尔的口气，但他把那个念头硬生生赶出了脑海。

“老……老五，先生，”亚瑟说，“这条河叫什么？”

老五呵呵一笑。“跟这桥一样，就叫臭水河。但它也不是一直都叫这个名。我也不记得它原先叫啥了，河的名字老早就没了。不过，这桥嘛，我还记得它原先的名字。好多年前，它叫金天鹅桥。瞧见那些天鹅小姐了吗？在那层脏东西下头，是黄灿灿的金子，没错！”

他们走到河对岸，有个表情刻薄的矮男人在桥头等着。他的脑袋像茶杯，腰间绑着皮带，上面拴着铜盒，肩头蹲着一只机械猴子。猴子蹦到他们面前，高声尖叫：“过桥费！过桥费！过桥费！”

“你听见猴子说的了。”男人突然冒出一句，“过桥费，赶紧地。”老五不大情愿地从马甲里摸出两个铜板，扔进猴子的手心里。猴爪一拿到钱就阖上了。它顺着主人的腿往上爬，掀开盒盖，投进硬币，然后蹦回主人肩头。

“收费猴。”老五边说边拽走了亚瑟，“我可不喜欢这些小浑蛋。”

他们没走多远，就到了吃早饭的地方。河边有栋破旧的房子，像驳船似的歪倒着，外面挂了块褪色的招牌，上书大字“天鹅与哨子”。门口有幅潦草的涂鸦，画着一只金天鹅。房子底层被海藻染得绿油油的，就像刚被人从河底挖出来，然后“扑通”一声扔在岸边似的。

屋里每样东西都跟天鹅有关——天鹅台灯，桌上雕着天鹅图案，连餐具上也印有天鹅。那个地方又脏又暗，但亚瑟一点儿也不在乎。他闻到了油炸土豆、烤面包，还有各色美食的香味。最棒的是，角落里有三名乐师，一个敲小鼓，一个弹竖琴，一个拉提琴。亚瑟陶醉在音乐之中，就像头天晚上听那个女人哼摇篮曲一样。他就像个极端缺水、喘不上气的孩子，让美妙的乐声流进自己的五脏六腑。

“你没事吧？”老五问。

“我……我喜欢……我喜欢音乐。您知道的，我来的地方——”亚瑟停顿了片刻，“没事，我好极了。”他微微一笑，“多谢。”

一大早，屋里就挤满了苦力、鱼贩和其他穷人，赶在开工前吃点东西垫垫。但放眼望去，没有一个是混血种。

“我……我……来这儿没事吧？”

“你是说，来这儿吃东西？”老五笑了，“当然没事。瞧瞧那边，那是丽莎。”一个身材丰满的女招待朝他们的桌子走来，老五指了指她。

亚瑟看见她长了个猪鼻子，还有粉色的小耳朵。

“还有尾巴呢。”老五悄声说，“她自豪得很。嘿，瞧瞧——瞧瞧我背后的鳍。我藏着掖着了吗？才没有呢，我为它们自豪。你可以把帽子摘了，伙计。河这边没人在乎，管你是一只耳还是二十只耳呢。”他四下打量了一番，压低声音说，“只要你付钱就行。还有金子，好孩子，金子。还有……”他挤了挤眼睛，“交点有权有势的朋友，如果你懂我的意思的话。”亚瑟点点头，尽管他根本不懂耗子在说什么。

老五点了一顿丰盛的早饭：煎蛋配土豆、蘑菇、豌豆、油炸番茄、鳕鱼、吐司，最妙的是——奶酪吐司。“听着，美女，”他对女招待说，晃了晃偷来的金币，然后塞回兜里，“叫他们做个奶酪吐司，要厚实又有嚼劲的。这小子是个奶酪鉴赏家。”

“哟，您老今儿嘚瑟了。”丽莎说，“明白了，老五今儿走大运喽。”她冲耗子眨了眨眼，耗子也冲她眨了眨眼，咧嘴一笑。

早饭上桌后，亚瑟摘下帽子，埋头大嚼起来。早饭油腻腻，煎蛋水淋淋，土豆也没煮熟。但对亚瑟来说，这可是一顿饕餮盛宴。尤其是奶酪吐司。奶酪滚烫滚烫的，烫了他的舌头，但他毫不在乎。吐司一口咬下去全是奶油，绝对厚实又有嚼劲。那是他这辈子吃过的最美味的东西。

吃饱喝足后，亚瑟向耗子简单介绍了自己的经历——他走了多远，又是怎么从一个可怕的地方逃出来的。老五显然很感兴趣，不停地说：“接着说，接着说，我听着呢，听着呢”，要不就是“你小子真有胆量，自己一个人——走进了大野林！”

亚瑟没有提到小可。他也不知道自己为什么没提到她。或许是因为他喜欢被夸“有胆量”吧。又或许是因为他根据经验得知，有些东西最好藏着掖着，虽然当下还不知道为什么。

到了该付钱的时候，老五掏出从亚瑟外套里摸到的硬币，大大方方地结了账。

“好了，真是一顿‘高帽族’早餐啊，对吧？”走出店门的时候，老五说。

“高帽族？高帽族是什么？”

“高帽族是啥？瞧你说的！这还用问？鬼都知道高帽族是啥——呃，别告诉我，你也不知道抱团族是啥？”

“抱……抱团族？不知道。”亚瑟摇了摇头。老五叹了口气。

“时间这么少，要学的又那么多。今天的第一课：高帽族，就是戴白帽子的家伙，他们的帽子有你站起来那么高。那些自以为是的家伙住在山顶上的房子里，有些是闪亮的白房子，有些是粉嫩的红房子。再瞧瞧那边。”老五指着窗外桥下的背阴处，“瞧见蹲在影子里的那些人了不？那就是抱团族，光明镇上地位最低的家伙。你可不会想变成那种人，这辈子也不会，懂了不？听好了，还有比那更糟的呢。”

亚瑟想起了头天晚上在码头上蜷作一团的那些人，想起了那个送他面包卷的好心面包师，还有她叫他当心的“狗海”。他怎么才能学到这些知识？显然，城市是个神秘又复杂的地方。他只知道，自己需要帮助。老五就像有读心术似的，凑近他说：“你需要向导，或者导师，反正是类似的人。我会帮你的。你怎么说，亚蒂，我的好孩子？”

“真的吗？先生，我很乐意，可是……”

“怎么了，孩子？你跟人有约了？”

“只是……您能答应帮我找到那条路吗？您知道的，我得找到它，这很重要。”

“当然会啦！我说到做到。但首先，你得接受训练。城里有好多规矩，要是你不晓得怎么按规矩来，就不可能找到那条什么路。你怎么说？是跟我一起走，还是被我抛下，自己一个人对付？”

“我——我想跟您走，老五，真的可以吗？”

老五往亚瑟背上拍了一巴掌。“这才是个机灵的小伙子嘛！记住我的话——有我帮忙，不出一个礼拜，你就会对城里的事了如指掌，每条路都摸得清清楚楚。就让老五做你的向导吧。不过，现在嘛，咱们最好去迷失庄园。”

“迷失庄园？”亚瑟问。

“那是我的家，孩子。家。要是你能把握机会，说不定也会变成你的家。”

老五掏出怀表瞧了瞧，嘴里啧啧有声，叫亚瑟把帽子戴上。亚瑟跟着耗子穿过迷宫般的窄街陋巷，路边全是阴沉沉的矮房子，有一半都被浓雾遮住了。在光明镇的这一边，没有扫马路的清洁工，街道、房屋都布满尘土。所有的一切——包括人类、兽类和贱种——身上全都覆盖着厚厚一层白灰与烟尘的混合物。在河的这一边，世界一片灰暗——跟杜疮小姐的孤儿院一个样子。

鸽子随处可见，从屋顶、鸟巢、窗台和烟囱顶上飞落。不管亚瑟往哪里瞧，都能看见鸽子和尘土。

老五吹着口哨，领亚瑟走过一家家空荡荡的商店，门前褪色的牌子上写着“店面转让”，大门紧锁，窗户紧闭，墙壁又脏又破。还开着门的商店看起来也无人打理，里面黑黢黢的。

他们翻过一堵低矮的石墙，穿过一个杂草丛生的废弃公园，路过济贫院和栅栏上晾着破衣裳的红砖公寓楼，经过肩扛大包的人类和拉着大车的混血种。浓雾中弥漫着死鱼和烂水果的混合气味。臭气熏天的街道两旁，每个街角、每堵墙上都有大钟在嘀嗒作响。

在某条街上，他们跟一个男人擦肩而过。那男人头戴高礼帽、身穿燕尾服，帽子和衣服都是脏兮兮的灰色，正朝一头被锁链拴在墙上的大黑熊甩皮鞭，逼它为观众跳笨拙的慢速华尔兹。亚瑟好想帮帮那头可怜的野兽，但老五把他拽走了："快走，小乖乖，咱们啥也做不了，走吧。"

"老五，"他们走了好久，亚瑟才开口问，"混血种都住在哪儿呀？"

"你会瞧见的，"耗子说，"就快到了，快到了。"

没过多久，他们就走到一个阴沉沉的地方，四周围着铁丝网，里面是一栋栋高耸的公寓楼，外墙全涂成一模一样的灰色。屋顶上是一排排简易烟囱，咕嘟嘟冒着黑烟。那些建筑完全是用垃圾搭起来的——碎木头、烂铁片、废水管、旧鞋子、破餐具，还有坏掉的玩具和锅碗瓢盆。亚瑟能看见的活物只有几张毛茸茸的小脸，从楼上奇小无比的窗口朝外张望。

"我们在哪儿呢？其他人都在哪儿？"亚瑟问。

"大概在河那边卖命吧。他们还算幸运的呢！"

"街区"（实在没有比这更好的形容词了）入口处挂着个大牌子，上书大字"繁华镇"。亚瑟眯起眼睛看下面的小字。

小字写着"D.O.G.C."。

他大声念出那几个字母，完全不明白是什么意思。接着，他连起来读了一遍，拼出一个词，不禁倒抽一口凉气。"D.O.G.C."就是

“狗海”或者“狗看”！[①] 也就是说，不管他跑到哪里，那头独眼怪兽都能看见他，就像杜疮小姐在瞭望台一样。

他想起了女面包师的警告：记得赶紧跑。

于是，他撒腿就跑。

他横冲直撞，七拐八绕，老五在后面追得气喘吁吁，好不容易在一辆驴车底下找到了他，又花了很大劲才把这个可怜的小家伙哄出来。“听着，孩子，”他说，“有件事得告诉你。”

老五解释说，D.O.G.C. 是“混血种管控部”的缩写，他们是这里的权力机构。“以前，他们只负责混血种事务，警察负责人类事务，但现在世道变了。”

老五接着说，现在地位高于 D.O.G.C. 的只有一个高帽族精英集团——他们是五兄弟，掌握着城里乃至这里的一切权力。连警察和政府部门也得听 D.O.G.C. 指挥，其中就包括顽童与弃儿保护部。

“我知道他们。”亚瑟想起了“奶酪星期天”。

亚瑟问，迷失庄园是不是在铁丝网围起的灰暗建筑里。现在，他们已经把那个地方甩在了身后。

“繁华镇？老天在上，才不是呢！记好了，我像你这么大的时候，大概三十年前吧，那地方美得跟画儿里的一样，一眼望过去全是花。不过，你可不会瞧见咱这样的人住在那里，起码这辈子是不可能了。”

---

① D.O.G.C. 可读作“dog sea”（直译“狗海”），或读作“dog see”（直译“狗看”）。

“为什么不可能？”亚瑟问。

“今天的第二课：不是所有的混血种都住在全是土的灰房子里。”他伸手搂住亚瑟的肩膀，“住的地方有好有坏，我住的是最好的，你就等着瞧吧。”

他们拐过一个个街角，最后来到一条过去叫“威金斯巷”的街上，那里现在只剩下一栋宅子——迷失庄园。

初看起来，那地方似乎早就被废弃了。那是一栋年久失修的老宅子，里面灌木丛生，松鼠、负鼠、飞鸟和老鼠也进去安营扎寨。后来，其他动物也搬了进来，还有无家可归的混血种——他们瞧不上挂着“D.O.G.C.”牌子的古怪灰房子。

大宅外墙攀附着常春藤、鸟窝、蜂巢和各类植物，藤蔓破窗而入，遮住了大部分阳光，只有最高一层得以幸免。门口的名牌上曾经写着“威尔弗雷德庄园”，但被人涂涂抹抹，改成了“迷失庄园”。

老五俯下身子，紧紧抓住亚瑟的肩膀，直视着他的双眼：“你进去以后，不管我说什么都照做，明白不？帮个忙，说话别犯结巴，摘了帽子也别抖耳朵，行不？那样可烦人了。站直了，小子。你总不想去臭水桥底下吧——或者更糟的地方。”

亚瑟打了个寒战，点点头，“我会……我会努力的，老五。我保证。”

“好孩子，”老五说，“这才对嘛！”他掏出生锈的钥匙打开门，把亚瑟拽了进去，领他穿过一条幽深的长廊，来到摇摇欲坠的楼梯前，楼梯上缠绕着枝繁叶茂的藤蔓。亚瑟听见许多小生灵在暗处窜来窜去。“当心脚下，”老五说，“咱们让楼下暗着，免得爱管闲事的家伙探头探脑。”

有人拿大芜菁做了个烛台，搁在台阶的最底层。老五拾起烛台，示意亚瑟跟他上楼。“可别碰栏杆。”他指了指暗处，几十双小眼睛在那里闪闪发亮。

上楼后，老五朝右一拐，走进一间大屋。屋子中央摆着一张大长桌，桌子正上方的天花板上挂着一盏水晶吊灯，灯上满是污垢和蜘蛛网。

只听老五一声叫，屋里各个角落顿时传来窸窸窣窣的声音，一群衣衫褴褛的生物从阴影中走了出来。

“集合了，小的们，集合了。”

大伙儿在老五和亚瑟跟前围了半圈。他们胖瘦不一，高矮各异，有老有小，不过似乎没有像亚瑟这么小的。其中包括胖墩墩的鼹鼠与豪猪混血种、周身雪白的黄鼠狼混血种、有部分英国塞特猎犬血统的混血种、食蚁兽混血种、浣熊混血种、表情严肃的兔子混血种，还有个戴绿色毡帽的家伙，脸长得像狐猴[1]，身体却像弯腰驼背的矮个男人。亚瑟从没见过长得这么奇怪的家伙。

“这都是我忠实的手下。”老五自豪又亲切地表示。他冲那个戴

① 狐猴是一种夜间出没的灵长类动物，生活在马达加斯加。不过，狐猴并不戴毡帽。毡帽是一种特殊的帽子。在光明镇，狐猴混血种极其罕见。——原注。

绿毡帽的混血种打了个手势："哥布林[1]，你能赏光介绍一下吗？"

在芜菁烛台的照耀下，每个人在墙上的投影都比真人大。影子在亚瑟周围晃来晃去，就像在上演皮影戏。亚瑟浑身颤抖，深深吸了一口气。

那个叫"哥布林"的家伙僵硬地鞠了一躬，毫无热情地说："遵命，老五师傅，我很乐意。"他眼睛硕大，暴凸在外，面孔扭曲怪异，五官挤成一团，就像被巨人坐了一屁股似的。他皮膜状的黑耳朵同样硕大无比，粉红小嘴里探出两颗焦黄的大板牙。只见他嘴唇微微上翘，挤出一个微笑。亚瑟也搞不清那是真情流露，还是虚情假意。

"那好，"哥布林开始做介绍。他伸出一根长长的手指，逐一指向每个人，每说到一个人的名字，那个人就鞠躬致意。"这是刺头，这是掐脖。"他先指了指鼹鼠与豪猪的混血种，又冲浣熊打了个手势，"你左边是狗子和斯奎，"他指向猎犬男孩和黄鼠狼，"你右边是嘎吱。"兔子姑娘眯起眼睛打量亚瑟，把指节捏得噼啪作响。"她就是人们说的那种'沉默的强者'。"哥布林说，"噢，还有——那边那个，那是骨头。"身材高大的白色食蚁兽眯起浑浊的双眼，冲亚瑟扮了个鬼脸，吐出粉色的长舌，那玩意儿像蛇一样盘在她嘴里，"好了，就这些了。"

亚瑟心想，不知该怎么办的时候，鞠躬总没错。于是，他鞠了

① 哥布林，又称为"小绿妖""丑妖精"，传说中的类人生物，身材矮小，全身绿色，耳朵长而尖。

个躬。

老五清了清嗓子。

“噢，老天啊。”哥布林的语调充满讽刺，“我这没礼貌的！你叫？”

亚瑟张嘴刚想说话，老五就接过话茬儿：“急啥嘛，哥布林。”他轻轻推了亚瑟一把，“小子，把帽子摘了。让大伙儿瞧瞧你的能耐，别害臊嘛。”

亚瑟不知他们是会拍拍他的后背，狠狠揍他一顿，还是会把他吃干抹净。说不定还有更糟的。说不定他们就是 D.O.G.C.。但现在跑也来不及了。于是，他慢慢摘下了头上的红帽子。

老五拍了拍他的后背，伸手搂住他，就像他们是老朋友似的。

“听好了，”老五说，“这小子很特别，有狐狸血统——这个一眼就瞧得出。狐狸都机灵又狡猾。再瞧瞧这耳朵，毛茸茸的，好看吧？”大伙儿都凑上前来，仔细打量着亚瑟的耳朵。“另外一只是他干架弄没的。”大伙儿都啧啧赞许。“好了，牙露出来。”老五说，“快点儿，张开嘴。”亚瑟一头雾水，但还是乖乖听话，张开了嘴——不然他还能做什么呢？“跟剃刀一样利！”耗子接着说，“牙尖，鼻子灵，还有干架留的疤，更别提……”他故意暂停片刻，营造悬念，“这小子逃出了一所戒备森严的监狱，是从内陆一个人走过来的，还穿过了……听好了哟……大野林。”

“老天呀。”黄鼠狼斯奎捻着胡须叹道。这番介绍显然给他留下了深刻印象。“那段路可长了，而且好危险。”其他人也嘟囔着表示赞同，只有哥布林除外。他一副百无聊赖的样子，开始在身上捉虱子，然后放进嘴里吃掉。

“现在听好了，你们这些家伙，”老五接着说，“他是新来的，但他很有胆量。我相信他配得上这份活儿。同意他留下的请说‘耶’！”

活儿？什么样的活儿？亚瑟很好奇。廷塔杰尔路上的那栋房子怎么办？

大家纷纷举起手或爪子，大声说“耶”。哥布林犹豫了一会儿，翻了个白眼，声音沙哑地说：“那好吧，耶。”

“好极了！”老五说，“鞠个躬吧，尖牙，鞠个躬！”

亚瑟环顾四周，寻找那个叫“尖牙”的家伙。可是谁也没鞠躬。老五轻轻推搡了他一把。“来吧，尖牙，赏个光嘛。”

他这才恍然大悟。

抱歉，小可，他心想。他做了个深呼吸，冲老五和大伙儿鞠了一躬，告别了他那美妙的名字——那个源于传奇和友爱的名字。

通往光明镇的路上，在一棵古老的大树中央，摆着一张橡木做的大圆桌。桌子边缘有许多深深的刻痕。那是一种早已无人会说的语言，一种唯有树木知晓的语言。身穿拼布绿衣的一家人刚吃完晚饭，坐在桌边聊天。其中一个孩子，个头最小的那个，白天在林子里玩累了，坐在椅子上就睡着了。男孩梦见了外出探险，梦见了两个勇敢的小伙伴。他好希望能再见到他们——其中一个是狐狸混血种，另一个是没有翅膀的小鸟。

北边，在一条蜿蜒曲折的大河对岸，有一栋布满尘埃、年久失修的大宅。在像森林一样爬满藤蔓的房间里，摆着一张桃花心木大桌，桌子边缘嵌有贝母。很久很久以前，桌上摆过盛在银盘里的美味佳肴，还有纯金制成的酒杯和餐碟。好几代人的时间里，同一家族的人聚在这里，在水晶吊灯下神采飞扬。他们围坐桌旁，品尝鹌鹑蛋、鱼子酱和孔雀馅饼，还有来自远方的魔术师和乐师表演助兴。可如今，桌上处处爪痕，覆满油脂和霉菌，坐在桌边的净是些混混、骗子和小偷。

西边，在一个静谧的海边小镇上，摆着另一张桌子。桌子虽小，却很结实，像鸟巢一样圆溜溜的，由浮木、海玻璃、金属废料和贝壳做成。桌边有个供鸟儿栖息的地方。这张桌子摆在一座树屋里，屋里塞满齿轮和滑轮，还有各种各样等待修补的杂物，全是适合鸟儿的尺寸。在狂风肆虐的海岸边，这是方圆几里内唯一的树。

夜幕降临后，在靠萤火虫照明的房间里，两个浑身羽毛的小生灵边讲故事，边用敏捷的尖嘴和脚爪将新发明捶打成形。年轻的那个说起她和朋友——她深深想念的那个人——越过高墙，飞向自由，就忍不住兴奋得上下蹦跶。这个故事她已经向舅舅讲过好多遍了，但每讲一遍都会加入些新元素或小插曲。“我们很快就能做好了，”她提醒舅舅，“我会找到他的。您就等着瞧吧。”

最后一张桌子由钢材和黄铜制成，看起来闪闪发亮，摸上去寒意刺骨。桌子边缘锋利无比，甚至能把人割伤。它摆在一间无菌室的正中央，桌面上蚀刻着鹰的轮廓。头戴橘色假发的高个女人在桌上展开了一幅地图，跟她的两个同伙趴在桌上凑近了瞧。其中一个是脸色苍白、面孔抽搐的男人，穿着不合身的西装，终于忍不住打出了他憋得很辛苦的喷嚏。一滴鼻涕溅到地图上，弄脏了图上的字迹。女人伸手照着他的脑门狠狠一敲。旁边的高凳上蹲着个耗子混血种，他偷偷冲男人露出了胜利的微笑。那耗子过去臭气熏天，如今闻起来却像一束甜蜜的百合花。他的脖子上围了条黄丝巾，那是一份礼物，来自他的新保护人，也就是戴橘色假发的女人。

“这里。”女人指着地图上一个地方，“找到它，带回来。把设计图纸也拿回来。没有图纸可没用。”

“可是……恕我直言，女士，”鼻涕哧溜的男人说，“我们怎么知道她把东西藏在哪儿了？”

“那是你的事，你个白痴，关我什么事？动作麻利点儿，别被人看见就行。”她眉毛一挑，鼻翼翕动，“挡我者死，明白了不？”

男人还没来得及回答，耗子就向女人鞠了个躬，说：“明白了，女士。能为您效力，小的不胜荣幸，必将竭尽全力。”

耗子说这番话的时候，鼻涕哧溜的男人狠狠瞪了他一眼。女人的手杖杖柄上的鹰眼眨了眨，发出幽幽的绿光。

亚瑟跟大伙儿一起坐在迷失庄园的公共休息室里，吃着复活节十字甜面包早饭。那是哥布林早晨刚从集市上“弄”回来的。老五砍掉了楼上窗口所有的藤蔓——这显然是夏日里一项永无止境的任务——六月的晨曦照进了头天晚上看起来如噩梦一般的房间。亚瑟这才发现，昔日优雅的大宅竟然肮脏不堪。他想，没什么是大扫除搞不定的。要是说他在“家”里学到了什么东西，那就是怎么擦洗、除尘、清扫。起码他能为老五做点儿事。

仅仅一个星期之前，他还被困在孤儿院里。如今，他有了住处，有了吃的，有了新朋友，还有人教他处世法则。只可惜少了小可。他告诉自己，她很快就会捎信过来，然后他们就能做计划了。

老五告诉亚瑟，城里就像个冒险乐园，但非常危险。亚瑟还没做好出门探险的准备。更何况，就像老五说的那样：“你要是想找个地方待，找到廷塔杰尔路，就得先接受训练。最重要的是，你得像其他人一样干活挣饭吃。”

亚瑟很想从导师身上学点东西，也想去城里探索一番，希望自己别再战战兢兢。但最重要的是，他想知道怎么才能找到廷塔杰尔路。

“这就像玩游戏，明白不？”老五说。亚瑟跟大伙儿一起，看着老五把几样东西摆在桌上：他的怀表和象牙柄小折刀、一个苹果、一条丝帕、一对黄铜烛台，还有一只皮革钱包。

“现在，大伙儿听好了。”老五说，“尖牙想为团队做点贡献。你想学点手艺，对吧，小子？”他冲亚瑟眨了眨眼睛，“我说的对不？”

“对，先生。我……我想学点手艺，拜托了。”

哥布林一脸假笑，“想学手艺，就他？哎呀，他能做得了啥？啥也不行。瞧瞧这家伙。想干这个，他还太嫩。”

骨头，就是那个食蚁兽混血种，甩起尾巴，拍了一下哥布林的脑袋，撞掉了他的毡帽。“他是新手，你个笨蛋。你以前也是新手。还记得你刚来的时候不？反正我还记得呢。”

大伙儿哄堂大笑。哥布林气呼呼地哼了一声，捡起帽子，瞪着骨头，“谁也不准碰这帽子，”他把帽子戴回头上，“谁也不准。”

“啧啧，”老五不耐烦地咂着嘴，“好了，你们俩！别吵了。就像俗话说的那样，我为人人，人人为我。大伙儿，让他瞧瞧该咋办。好了，游戏开始！”

大伙儿先在房间里等着，老五把桌上的一样东西藏到屋里的某个地方。等他回来，比赛就开始了。他最先藏的是苹果，大家迅速散开，四下寻找。所有人都离开后，老五从背心口袋里掏出一张皱巴巴的小纸条，戴上眼镜，读了两遍，满足地长出了一口气。自从在狐狸男孩的衣兜里发现了这张字条，他经常兴致勃勃地打开又折好，轻轻抚平纸上的折痕，读了一遍又一遍，然后把这个小秘密藏起来。这是我手里的王牌，他对自己说。那个叫丽奈特的女人写的字条当然不是给他的，但像这样的好机会千载难逢！这就叫命中注定，命中注定！

刺头，那个鼹鼠与豪猪的混血种，找回了苹果。老五把字条塞回口袋，敲了敲黑色大茶壶，召唤其他人回来。

游戏继续进行。亚瑟什么也没找着，直到最后一样东西——怀表。老五把它藏在了几乎不可能被人找到的地方——两层楼以下，一块松动的地板下面。不过，亚瑟马上捕捉到了怀表轻柔的嘀嗒声，还有小虫在上面匆匆爬过的声音。一眨眼的工夫，他就把怀表找了回来。耗子导师差点儿没来得及把字条塞回口袋。

老五一脸难以置信地盯着他，“你看见我藏了？对吧，小子？别蒙我，孩子！”他抓住亚瑟的肩膀，狠狠地摇晃他。亚瑟往后直缩，生怕挨打。老五看着亚瑟充满恐惧、天真无邪的双眼，松开了手，“抱歉，尖牙。我不是故意的……跟老五说实话，我不会生气的，我保证。说吧。”

“我没……没看见，先生，”亚瑟说，“我发誓。只是……有时候我能听见声音，用我的……您懂的……”他指了指耳朵，耸了耸肩。

“噢，明白了。”老五若有所思地摸了摸嘴，“真有趣，这个……我就知道，你适合做这个。记好了，这是个特别的活儿，很特别。”他的嗓音变得丝般柔滑。在敲壶召唤其他人回来，表示怀表已经找回之前，他塞给亚瑟一枚硬币做奖励。“嘘，保密哟。”他拍了拍亚瑟的脑袋。

大伙儿空手而归，看见亚瑟拿着老五的怀表，纷纷走上前来，要么拍拍他的后背，要么捶捶他的肩膀，表示祝贺，就像他一直是帮中一员似的。哥布林除外，他还是一脸不以为然。

他们玩的第二个游戏有趣极了，似乎完全是为了逗亚瑟开心，起码看起来是这样。他完全搞不清这跟学手艺有什么关系。不过，他暗下决心，既然自己这么不了解外面的世界，就得信任他的新伙伴，相信他们知道什么最适合他。

老五扮成一位在公园里散步的高帽族绅士，假装在抽长烟斗，牵着猫咪遛弯。与此同时，大伙儿各显神通，要从耗子身上取走一件东西，但不能被他发觉。骨头伸出长长的舌头，卷走了钱包。刺头和掐脖分工合作。基本啥也看不见的刺头闻出苹果在哪儿，就冲掐脖打了个手势。刺头上前找老五搭讪，吸引他的注意，掐脖则伸出灵巧的爪子，从老五外套里巧妙地取走了苹果。亚瑟看着忍不住直乐。

午饭过后，亚瑟到外面继续接受“训练”。六月里鲜花怒放，毛地黄、金银花、犬蔷薇、罂粟花随处可见。爬满迷失庄园的藤蔓也开出了鲜艳的红花。蜂鸟成群结队，它们嗖嗖的冲刺声和嗡嗡的振翅声组成了一支美妙的歌曲，害得亚瑟很难集中注意力。

大宅周围的荒地上有瓦砾堆、碎玻璃、荆棘、杂草、树桩和残垣断壁，可谓完美的跨越障碍训练场。大伙儿在大宅前并排站好，等老五一声令下，就撒腿快跑。老五用怀表计时。

第一个游戏是轮流当“鬼”。大伙儿得拼命跑，离其他人越远越好，然后找个地方躲起来。谁能藏得最久，不被“鬼”发现，就是赢家。另一个游戏，也就是老五叫作“融入环境”的，则更考验技巧。在老五数到“十”之前，你得找到一堵墙、一片草地或其他物体，跟自己的皮毛颜色或图案越相似越好。关键在于尽可能贴近物体表面，纹丝不动，把自己伪装起来。亚瑟脱下衬衫，紧紧靠在一堵砖墙上，砖墙的颜色跟他红褐色的毛皮一模一样。他灰扑扑的长裤则完美融入了脚边的瓦砾堆。“好样的！”老五找到他的时候说，“棒极了！”

另一个游戏是尽可能迅速又安静地进出窗户。他们甚至得爬墙——至少那些长了手或爪子的混血种要这样做，要沿着排水管、藤蔓或表面粗糙的石块往上爬。他们还玩了好几种赛跑游戏，一直玩到吃晚饭。就连哥布林似乎也玩得挺开心，因为他一句难听的话都没对亚瑟说。

晚饭后，大伙儿纷纷上床睡觉。每个人都有自己的地盘，蜷在软绵绵的破布堆里，就像他们的祖先很久很久以前蜷在地洞、兔子洞或山洞里一样。有些人，比如刺头和掐脖，同住一个房间。另一些人则偏爱独处。屋里并没有老五信誓旦旦保证“国王来睡都不亏”

的羽绒床，大多数家具早就被烧掉取暖了。不过，亚瑟睡觉的地方还是挺舒服的，老五甚至送了他一条拼布被子，还有一个真正的枕头，里面确实填了羽绒，让他感觉像飘在云端。

亚瑟选了二楼小房间的角落，那个房间就在公共休息室出门的长廊尽头。其实他是看中了墙纸，或者说是墙纸的残骸。上面的图案已经陈旧褪色，画的是一只奔跑的狐狸，后面跟着骑马的猎人和几十条猎犬。亚瑟觉得那只狐狸看起来机灵又敏捷。

老五举着芜菁烛台走进屋里的时候，亚瑟已经钻进被窝了。“可以聊两句吗，尖牙？”

“当然了，先生，当然可以。”亚瑟坐起身来。

摇曳的烛光照亮了墙上的猎狐场景。老五瞄了一眼，眉毛一挑：“有意思，你选了……这间屋子。”

亚瑟咧嘴一笑，“谢谢，老五，我现在知道这画的是什么了。您瞧，他们在玩……玩游戏。看起来是狐狸赢了！瞧，他跑在最前头。呃，他最后可能拿了奖呢，就像我得了硬币！可惜其他的画都没了。”

“好吧，”老五迟疑了一下，“没错。”

“您是要……要找我聊聊吗，老五？”

“对，尖牙。孩子，你今天表现得不错。瞧得出，你有天赋，少有的天赋。很快你就能准备好，可以开工了。你会弄清城里的做事方法，找到你想找的地方。你想要那个，对吧？”

“对，特别想！”

“那你会乖乖的，照我说的做吧？”

“会的，先生，我会的。”

“那就好。”老五揉了揉亚瑟头顶上的绒毛，“晚安了，尖牙，好梦。”

他转身刚要离开，亚瑟突然说：“老……老五。”

“怎么了，孩子？”

“我……我只想谢谢您。您对我这……这么好，我好感激。”

老五清了清嗓子，似乎不大自在：“呃……那……好。晚安，我的孩子。晚安。”

在远离城镇、阴冷凄清的孤儿院里，两个老朋友刚玩完一盘古老的桌面游戏。那个游戏叫作“劫匪棋”，也叫“盗贼游戏”。玻璃板是“城市”，两个玩家是“孪生兄弟”。那是一个关于策略、欺瞒和战争的游戏，目标是征服对方的土地和兵马，无论要付出多大的代价。

女人是那天晚上的赢家。

身负双翼的生物是故意让她赢的，就像过去三十年里的每天晚上一样。

冷雨敲打着房顶和屋檐，他们在屋里小声说话，“您今天晚上玩得真不错，主人。”蹲伏在桌上的生物说，“就像往常一样。”它补了一句，咧嘴一笑，露出两排小尖牙。接着，他弹了几下细长的黑舌，似乎在品尝空气的味道。他帮女人把棋子捡回盒子，然后蹦下桌去，一颠一颠地跳上了床。

“谢了，马多克。”女人边说边打了个呵欠，因为时间已经不早了。再过几个钟头，她就得站在倾盆大雨中，给名单上可恶的小杂种们点名。要把他们的名字跟人对上号实在太难了，因为每天来的混血种越来越多，但失踪的也一样多。不过，她知道那些人在哪里，毕竟是她亲手送去的。她的大业得有人打下手——她那高瞻远瞩的宏图大业。

“耗子什么时候能弄来？”她的伙伴问道。它现在就躺在女人的床脚边。

“快了，”院长说，“就差几块拼图没到位了，我的小乖乖。那之后就一切就绪了。”

“很好，主人。我知道那对您来说有多重要。”

“你根本想象不出，马多克。那对我意味着一切。”

女人熄了灯，钻进被窝。

“主人？”

“怎么了，马多克？我真得睡了。”

“您确定可以信任那只耗子？”

女人朝那生物伸出手，摸了摸它的脸。它发出一阵舒服的咕噜声，在她脚边舒展着身体。“噢，马多克，你懂的，我真正信任的只有你。但我们必须这么做，对吧，我的小乖乖？再说了，要是出了什么事，黑锅也不用我背，有那耗子嘛。还有比这更妙的吗？”

老五每晚都下厨，“国王汤”是他的拿手好菜。事实上，这也是他唯一会做的菜。

在迷失庄园的公共休息室里，大伙儿都忙忙碌碌，布置餐桌。刺头和掐脖在切洋葱，呛得眼睛通红、涕泪横流。

“好了吗？”斯奎一脸贪婪、迫不及待地搓着爪子，“俺早饭后就啥也没吃了。”

“对呀，老五，啥时才能好呀？”狗子问。

“对呀，老五，啥时能好呀？”其他人也跟着问。

老五置若罔闻，用爪子捏碎一把迷迭香，搁在鼻子底下，闭上双眼。“啊。”他边感叹，边把它丢进锅搅了搅，又扔进一片发霉的面包皮、半棵卷心菜、一块哥布林从垃圾桶里翻出来的肥油、一颗老土豆，还有一棵从上个月起就拿来做烛台、沾满了蜡油的大芜菁，还有一条乌漆麻黑、细细长长的玩意儿，看起来像根鞋带。每天晚上的汤味道都不一样，因为这完全取决于食物储藏室里还剩什么，还有当天哥布林从集市上带回了什么。他的活儿就是从集市上“借”

吃的。

骨头向老五伸出双爪，两只爪子掬成杯状，免得里面的东西爬出来。“这些能加进汤里不？”她问。

“是啥呀？”老五问。

“蜘蛛。”骨头说，“口感棒极了，咬起来嘎嘣脆。里头还有只白蚁，蛋白质可多了。”

“抱歉，骨头，不行，跟迷迭香不搭。蜘蛛得配罗勒，可咱们没罗勒。”

骨头耸了耸肩，伸出粉色的长舌，把虫子卷进嘴里。其他人开始齐声叫唤：“汤呢，汤呢，汤呢，汤呢，汤呢？”

“你们还有完没完了？”老五说，“没人会催画《蒙娜丽莎》的那伙计，对吧？天才做事，常人少废话。”

“可咱们好饿好饿好饿啊。”大伙儿抱怨起来。

他们又是敲壶，又是砸锅，又是跺脚。掐脖说，要是老五不能马上喂饱他们，起码可以唱首歌。

老五为每样东西都编了歌，汤也不例外。熬汤的时候，他会跟大家一起引吭高歌，一直唱到汤煮好。只有亚瑟除外。可是，哎呀，他多想唱歌呀！他能感觉到，歌声在他心中、脚底乃至全身回荡。歌声勾起了他心底某种说不清、道不明的东西。可他最多只能发出几不可闻的哼哼，听起来更像是跑调的呻吟。不过，他起码算是开口了。

老五编的歌叫《国王汤》，歌词是这样的：

一撮这，一撮那，

少搁盐，多放油，（“记得哟，多放油！”老五总爱加上这么一句。）

甜菜靴子萝卜须，

豌豆奶酪加蜥蜴。（有人会反问一句：“蜥蜴？”老五则回答：“蜥蜴，它们可好吃了！”）

就够熬出一锅汤，

国王王后喝的汤。

一点这，一点那，

舒心地方帽子扬，

伴儿盘子汤勺碗，

歌儿让你心欢畅，

就够熬出一锅汤，

国王王后喝的汤。

国王汤，国王汤，

国王王后喝的汤。

这就够，这就够，

就够熬出一锅汤，

国王王后喝的汤。

不管是谁喝这汤，
管他是穷还是富，
是人是兽是鹦鹉，
喝来味道都一样。
找个位子坐下尝，
国王王后喝的汤。

国王汤，国王汤，
国王王后喝的汤。
这就够，这就够，
就够熬出一锅汤，
国王王后喝的汤。

亚瑟连添两碗汤，觉得真是太美味了！（除了那根鞋带，它卡在了他的牙缝里。）大伙儿甚至分吃了一整块美味的切达干酪和一整条面包。面包加黄油。真希望小可也在这儿。亚瑟回想起那天在医务室里的情景，忍不住喃喃自语。他想象小可在迷失庄园，上下蹦跶，哈哈大笑，妙语连珠。他心想：她会跟大家处得很好的，就连哥布林也不例外。他越想越开心，神游天外，都没发现老五冲哥布林点了点头，哥布林就离开了房间。几分钟后，哥布林回到屋里，手里拿着个闪闪发亮的小玩意儿。他把那玩意儿递给老五，老五顺手塞进了口袋。

“过来，尖牙，我的好孩子。”老五说。亚瑟站起身，走向老五坐的地方。“你想知道汤里的秘密不？想知道为啥这么好喝不？”

“想呀，先生。”亚瑟说。突然之间，每个人都严肃起来。他意识到这是个重要时刻，可他并不明白为什么。

老五接着说：“你还想在城里转悠，瞧瞧风景，不受人欺负，我说的对不？”

“对，老五，我好想！”

“你还想找到那条廷……廷什么杰尔路？”

“对！很想！”

“你也知道，为了熬出这锅汤，这锅你爱喝的汤，咱们其他人都得干活，对吧，尖牙？”

“对，先生。”

“你想干活吗？跟咱们其他人一样。”

“噢，我想啊，老五。您知道我想的。”

“那好，孩子。”老五停下来，把手伸进口袋，“你会用上这个的。这是通往自由的门票。照我今天瞧见的，我相信，这是你应得的，是你堂堂正正挣来的。你有潜力，尖牙，很有潜力。”

老五摊开手，露出他一直藏着的东西。

亚瑟倒吸了一口凉气。

那是一块锡牌，上面刻着某种图案。图案上方是个数字——十三。他简直不敢相信自己的眼睛。

大家都鼓起掌来，又是吹口哨，又是大声嚷嚷：“万岁！

万岁！”

亚瑟吓呆了。“什么？可……可是……”他支吾了半天才挤出几个字，难以置信地盯着那块挂在绳子上的锡牌。

“给他瞧瞧，伙计们。”老五兴高采烈地说。大伙儿要么举起挂在绳子上的号牌，要么解开衬衫最上头的纽扣，露出那块他无比熟悉的闪亮锡牌。每个人都面带微笑。他们怎么笑得出来？亚瑟心想。他完全搞不明白是怎么回事，只觉得热汤在胃里翻江倒海，一下子涌到了嗓子眼儿。他赶紧伸手捂住嘴，生怕自己当场吐出来。

老五把绳子挂到亚瑟脖子上。那就像一块巨石，沉甸甸地压在他心头。

耗子导师继续解释，要是没有号码，没有代表每个混血种指定工种的图案，他一转眼就会被 D.O.G.C. 抓起来。“这是根鸡毛掸子，”老五指着数字“十三”下方的图案说，“也可以这么说，这是你的新工作。”旁边的几个混血种吃吃发笑。“昂首挺胸地戴上吧，孩子，昂首挺胸！这是弗洛普警官——还记得臭水桥头的那个家伙不？——是他特地给你做的。有个特别的任务要交给你。特别的任务，给特别的孩子。”老五拍了拍亚瑟的脑袋，又冲他挤了挤眼睛。

亚瑟觉得胸口像挨了一记重拳。热汤在他的肚子里翻滚，有些涌到了嘴边，但他硬生生咽了下去。

“你看着像见鬼了似的，”老五说，“怎么了？”

亚瑟都要虚脱了，好不容易挤出三个字：“为什么？”

“为什么？”老五问，“你说啥呢，为什么？”

大伙儿安静下来，全都盯着亚瑟。最后，他终于鼓起勇气开口了。他说，他不明白为什么要戴“那个可怕又可恶的玩意儿”——这是他的原话。还有，为什么得是那个晦气的数字？

“只能是十三。”老五说，“我是五号，从这里往下数：哥布林是六，刺头是七，掐脖是八，狗子是九，斯奎是十，嘎吱是十一，骨头是十二。你是老幺，自然是十三喽。”

“为什么不能是一二三四，或者别的数字，像是四十五呀，二十三呀，八十九呀，或者……”亚瑟心烦意乱，话匣子一打开就关不上了，“求你了，老五，除了这个，哪个都行。”

老五严肃地盯着亚瑟，“不能是一到四，那是我四个哥哥的，没有人能取代他们，永远都没有。这牌子是弗洛普特地做的，钱也付了。听着，尖牙，你是十三号，就这么定了。你在城里得有号牌才行，要是没有的话，你就得……呃，就得……到地底下去了。”

亚瑟只觉得后背一阵发凉：“地……地底下？”

老五接着说：“记得我说过，还有比繁华镇的破楼更糟糕的去处不？”

亚瑟点点头。

“咱们喊它阴暗镇。地底下的城市。惨兮兮的地方，乌漆麻黑的，孩子。地底下只有累死人的活儿和没尽头的苦。下面有好些大鸟，眼睛比你的脑袋还大。它们会追上你，抓住你，然后活活吃了你。还有恶心的鳗鱼、超大的青蛙，有你脑袋那么大的水蜘蛛，又脏又臭的大黑耗子，不是好说话的那种，是肚子饿了连亲娘都吃的那种。”

老五告诉亚瑟，D.O.G.C. 会把没有号牌的混血种送去地底下。“最近要搞个号可不容易。要是你想待在地上，不认识点儿人可不行。矿坑，那就是他们干活的地方，不管白天黑夜，都乌漆麻黑的。当然了，也有别的活儿可干——到工厂里干活啦，去下水道淘粪啦，总之都差不离。那可是活地狱啊，尖牙，你不会想去的。下去就再也看不到太阳了——你想那样吗？”

老五说，其他事等明早再说。这一天很难熬，他已经累坏了。但他希望亚瑟明白，有号码很重要，也是个恩惠。他找他“有权有势的朋友”登记了这个号码，十三号。“城里所有混血种都得有个号，”他特别强调，“每个人都得搞清自己的位置。你懂的，对吧？”

亚瑟的心像被揪了一把，他想起了“家”里臭名昭著的食堂标语也写着同样的话。

老五伸手搂住亚瑟，“尖牙，我答应你——只要你努力干活，照我说的做，就能有你想吃的，还有其他的。我会一辈子保护你，我会的。说话算话。在这里，咱们都是朋友。我会帮你找到你想去的地方。照我说的做吧。我知道什么才是最好的，对吧，伙计们？”其他人都拼命点头，表示同意。“咱们都得出一份力，这样才行。好了，再来唱一遍，行不？睡前开开心，好不？”

大伙儿又唱了一遍《国王汤》，把锅碗瓢盆敲得叮当响。大伙儿都扯着嗓门唱，除了牌子上刻着“十三”、只有一只耳朵的狐狸男孩。他默默地站在原地，低头盯着自己的脚尖。一曲唱罢，大伙儿举杯向亚瑟致意，芜菁烛台的光芒照亮了他们欢乐的脸庞。

那天晚上，就连哥布林看起来也挺开心——起码他没在冷笑。所以，亚瑟挤出了一丝微笑，但那不是发自内心的笑，只是一副假面具，免得扫了大家的兴。因为他满脑子都是挂在脖子上的绳子，熟悉的重量压在他心头，沉甸甸的。这就是他的宿命吗？这就是他向星星许的愿吗？他心想：噢，小可，你在哪儿呀？接着，他又想到：我可不能辜负老五的期望。

大家道过晚安，蹦蹦跳跳地各回各屋。亚瑟转身刚要走，老五突然说："噢，对了，尖牙，你尽可以装作不会唱歌，但我知道才不是呢。昨晚我听见你在梦里唱歌了，你还是个蛮不错的男高音呢。就像我说的，你很有潜力，就是这样。好了，快去睡吧，这才是个乖孩子。"

日落时分，戴白手套的男人在眺望窗外，从山巅的城堡里俯瞰全城。男人的头发和眉毛都是淡金色的，眼珠则是冷酷的钢灰色。他的脚边站着一只脖戴钻石项圈、毛皮油光水滑的白猫。屋角有个又窄又高的玻璃柜，里面只放了一样东西——男人的白帽子。那是这片土地上最高的高礼帽——比他四个兄弟的帽子都要高——高出将近一米五。

男人望着绛红色的天空映衬出尖塔的轮廓，想的却不是“多美的日落啊”或者“多美好的夜晚啊”，而是整个世界，以及它是如何靠电磁光（和黑暗魔法）驱动的。他想到了帝国如何在弹指之间兴起和衰落。他想到了权力，他的权力。

接着，他想到了甲鱼汤。

他在一张窄窄的长桌前坐下，桌上铺着硬挺雪白的亚麻布。猫咪跟着他走了过去，先蹭了蹭他的小腿，然后在桌子底下伸了个懒腰，开始撒娇似的咕噜咕噜叫。

男人把汤匙伸进碗里，开始用餐。汤是暗绿色的，热气袅袅升起，弄糊了男人的单片眼镜。他摘下眼镜，递给另一个男人。那个男人小心翼翼地站在一旁，近到足以从旁伺候，又远到不会碍手碍脚。毕竟，他只是个仆人。

仆人擦干净单片眼镜，把它递回给主人，然后鞠了一躬。戴白手套的男人喝完汤，抿了一口红酒，捏起白色亚麻餐巾的一角，按了按薄薄的嘴唇。

“还需要别的吗，主人？”仆人问。

“不用了，雷金纳德。这就够了。”

“遵命，主人。现在能让那位女士进来了吗？”

“稍等。”戴白手套的男人说，从乳白色的马甲里掏出一只金怀表，扭了几下旋钮，给表上了弦，然后把它塞了回去。他能听见女人在屋外的动静。她在门厅里踱来踱去，随后在门口停下脚步，响亮地清了清嗓子。

真烦人，男人心想，为什么我要答应见那女人？

“好吧，雷金纳德，如果一定要的话，那就现在吧。你可以让她进来了。”

仆人把头戴滑稽橘色假发的女人领进屋里。女人站在原地，显得手足无措。戴白手套的男人开了口，但没有转身，也没有抬头。

“坐吧。”

这不是建议，而是命令。

女人走近餐桌，把手杖倚在桌边，坐了下来。

“你说你叫什么来着？毒液小姐？还是……毒牙？毒疮？”

“杜疮，尊敬的阁下，我是杜疮小姐……感谢您百忙之中抽空接见。小人深知您公务繁忙，而且——”

男人挥挥手，打断了她，“能直接进入正题吗，毒疮小姐？告诉我，女士，你怎么会觉得我和四个兄弟会想帮你——你不过是个出身低贱的院长——还有你那所谓的商业计划？”

“因为，大人，”女人说，拨了拨一缕僵硬的橘色卷发，“它能带给您两样东西，我相信那是您最看重的东西。”

“那是什么呢，院长？”男人轻蔑地吐出了最后两个字，“你算什么东西，竟敢说知道我看重什么，不看重什么？”

“请原谅，大人，请恕小人冒失。”女人低头盯着桌面。

“接着说吧，”男人不耐烦地说，“我的时间宝贵。”

女人舔了舔薄薄的嘴唇，说：“金钱和权力，大人。金钱和权力。”

“哈，”男人冷笑了一声，“就像这些东西我拥有得还不够似的。我早上拿它们抹面包，晚上和它们共枕眠。金钱和权力，女士——它们就是我呼吸的空气。”

“噢，可是，大人，”女人说，“我说的那东西可不一样。”她俯身向前，双眼直视男人，压低了声音，“那个东西能改变世界。”

当整个城市酣睡、劳作、进食，跟时间、速度和永不停歇的蒸汽机赛跑的时候，石像鬼一直在守望。它们守望着光明镇的洁白高塔，望着无数生灵背负着难以承受的重担，沿着肮脏不堪的街道艰难跋涉。它们看着抱团族在河边的阴暗角落里寻找温暖。它们守望、等待、感受着地底深处的震动。石像鬼历经风霜雨雪、迷雾与黑暗、光明与绝望，始终在高处守望——早在高帽族出现之前，早在混血种出现之前。它们是古老的生物，背负着这片土地上的悲哀与贪婪。

在光明镇尽享富庶的同时，它的“心脏”在阴影中跳动。那个地方远在闪闪发亮的洁白街道之下。从白昼到黑夜，从黑夜到白昼，它的心脏在工厂和矿坑里跳动，在阴暗镇里跳动。阴暗镇，就是光明镇桀骜不驯、阴暗恐怖的孪生兄弟。

这两座城市跳动的心脏，是一座矗立在山巅的城堡，就在光明镇的入口附近。它看起来像个熠熠生辉的白色蛋糕，有那么多塔楼和尖顶，大门上还镶嵌着宝石。城堡里住着五个人，他们是五兄弟，身穿乳白色西装，头戴雪白的皮草帽。

城堡上方，石像鬼同样在守望。它们望着白孔雀和娇生惯养的白猫在白色高墙环绕的花园里悠然漫步。它们望着五兄弟相聚议事，他们是在这片土地上拥有至高无上权威的高帽族，掌握着生杀予夺的大权。一条命值多少钱，全凭他们一句话。

跟杜疮小姐孤儿院里可怜的石头雕像一样，光明镇上的石像鬼也厌倦了残酷、贪婪和黑暗，开始潸然泪下。

河对岸，在一栋年久失修、藤蔓缠绕的大宅里，一只耳朵的狐狸男孩在梦中听见了它们的哭声。在睡梦中，他把它们的哀伤编成了一首歌。

但在他能开口唱出这首歌之前，前方还有漫漫长路等待着他。

亚瑟拿到晦气号牌的第二天早上，老五递给他一套崭新的衣服——雪白的衬衫，搭配深蓝的长裤、外套和马甲。衣服对他来说有点太大了，口袋也太多了，但看起来颇为时髦，剪裁考究。老五让他回屋里，赶紧穿上，然后回来。他给亚瑟安排了一项“特别任务”。

亚瑟回来时已经穿戴整齐，老五拍了拍他的后背：“瞧瞧你，尖牙——还是需要喊你‘长官’？”亚瑟努力挤出笑容，但怎么也笑不出来。他觉得自己被号牌勒得喘不过气，虽然绳子并不紧。

“好了，打起精神来！”老五说，“别为改变不了的事叽叽歪歪了。”亚瑟勉强笑了笑。“这才乖嘛。”老五说，“你把帽子摘了。它看着太寒酸。我觉得吧，不戴帽子效果更好。”

他递给亚瑟一根鸡毛掸子，还有一个帆布背包，叫亚瑟跟哥布林去镇上的另一头找“某位女士”的房子。哥布林在附近集市上“采购”食材的时候，亚瑟得照老五说的那样，“从屋里借几样小可爱”——随便什么都可以，只要能塞进兜里、包里就行。老五说到

“小可”这两个字的时候，亚瑟心里突然咯噔一下。

老五说，鸡毛掸子加上脖子上挂的号牌，应该能让他安全通过。

亚瑟脸色一沉：“可是老五，我——我不大明白。”

老五扭头望向其他人，说：“瞧瞧他，多天真，太适合做这活儿了！”他手上微微使劲，捏了捏亚瑟的肩膀，“听着，小子，我来给你解释解释。我这种人叫作‘探子’。我帮警察找东西，警察就罩着我。他们会帮咱们点儿小忙，就像弗洛普警官会做号牌，就是你脖子上挂的这块。他们会尽可能让 D.O.G.C. 别碍咱们的事儿，明白了不？所以嘛，没啥好担心的。好了，乖乖的。你不想惹毛给你饭吃的人吧？做好这件事，我就会帮你找到你想去的地方。”

“你——你要我偷……偷东西？可是，老五，我从来没偷过东西啊，”亚瑟说，“我——我办不到。”

“你是要告诉我，你啥也没偷过？”老五眯起眼睛，“真的啥也没有？”

“没有。我是说——起码不像这样。”

“从来没挨过饿？没有饿得半死，不得不顺手拿点儿？”

“呃，我……”

“从来没拿过不属于你的东西？”

“可是……呃……”亚瑟低头盯着地板，满心愧疚。过了好一会儿，他才低声说，“有一回，我……我偷……偷了个馅饼……但只有一回！”

“当然了！不得不做，是吧？不然就要饿死了。那好，尖牙，让老五给你讲讲这个世道。有人有钱，有人没钱，所以就靠咱们了。”他指了指大伙儿，“全靠咱们来拨乱反正。咱们借点儿东西，做点儿生意，就是这样。像罗宾汉跟他那帮人一样。听好了，”老五接着说，“事情就是这样。咱们劫富济贫，至于贫嘛——当然就是咱自己啦！”

大伙儿爆发出一阵狂笑。亚瑟站在原地，搓着双手。

老五告诉他，最重要的是，他得扮成保洁员。事实上，他头一天玩过这个游戏。老五称之为“角色扮演”。他让亚瑟扮成保洁员，还告诉他怎么把鸡毛掸子扛在右肩上，就像真正的保洁员那样，还有怎么像仆人一样低眉顺眼地走路。这个他倒是挺擅长的。当时，大伙儿纷纷鼓掌，他高兴极了。老五说，一切都是游戏，但保洁员游戏是最重要的，至少对他来说是这样。

现在他明白为什么了。

“好了，你们俩该出发了。快去吧，这是给猴子的过桥费，还有回来的。兜里要塞满哟，尖牙，这才乖嘛。噢，对了——掸子可别弄丢了啊！”老五拍了拍他的脑袋，一把将他推出门外。

亚瑟和哥布林走到臭水桥，哥布林把过桥费给了猴子。只有混血种需要付钱，过去、回来都得付。弗洛普警官站在桥的另一头，检查少数几个有幸过桥的混血种的号牌。

“聊两句，小矮个。”弗洛普对哥布林悄声说，“给你的伙计老五捎个信儿。你就告诉他，看守马上要换了，我不知还能罩他多久。

照我说的告诉他，行不？他会懂我的意思的。”他轻触帽檐致意，又补了一句，“抱歉，伙计。来了新长官，换新规矩了。再会。”

“再会。”哥布林也轻轻碰了碰帽檐。警察点点头，哥布林和亚瑟就上路了。

“他那话什么意思呀，哥布林？”亚瑟问。

“你就甭管了，”哥布林说，“自己管自己，行不？十点整巷子里见。你有一个钟头，明白不？”

“我保证，”亚瑟说，“我会按时回来的。”

那栋宅子在集市旁边的一条街上。街道两旁的建筑虽然不是光明石或大理石建造的，但同样雄伟壮观。他要进的宅子相当古朴，是石头造的，墙上爬满了香气四溢的茉莉花。宅子前方的庭院大门涂成了孔雀蓝，两边饰以高大的石龛，里面站着带翅膀的人兽神像。院门大敞着，亚瑟沿小道绕到屋后。

后院虽小，但美不胜收，但是稍稍有点缺乏打理。院子里有一片杂草丛生的草药圃，左一丛右一丛点缀着盛放的鲜花。院子中央是一棵繁花似锦的苹果树，树旁有座美妙的石头喷泉，几只歌声婉转的鸟儿在池中戏水。

老五告诉亚瑟，钥匙在后门边的一尊鸟儿石雕底下。亚瑟四处张望，确保没人看见，匆匆翻开石雕，掏出钥匙。要是他更了解鸟儿的话，会发现那是只夜莺。他只发现门锁位置不高，适合混血种开门。在“家”里，虽然几乎所有人都是混血种，但没有一把锁是他能伸手够得着的。

他停下脚步。我不喜欢这样，他心想，里面可能有人。老五说屋里没人，他也没听到声响，可是……如果那人只是睡着了怎么办？

亚瑟浑身僵硬，紧握钥匙，不知如何是好。这时，院子对面传来一个刺耳的声音，“嘿，那边的！小杂种！站住！”

他转过身。声音是住在隔壁的女人发出的。她刚走出家门，准备修剪灌木丛，头戴滑稽的大遮阳帽，手里拎着一把巨型修枝剪刀。

女人家的后院正对亚瑟打算进的宅子后院。戴大遮阳帽的女人跨过分隔两家后院的玫瑰花丛，穿过院子朝亚瑟走来。“你是谁呀，在这干吗？”她拎起大剪刀，指着他的鼻子问。

老五事先提醒过他，要是被人看见该怎么做，亚瑟就照办了。他深鞠一躬，举起手里的鸡毛掸子。“请……请见谅，女士。我是——我是新来的保……保洁员。”

“哈！”女人冷笑一声，“还挺会编的。”

他努力解释：“您瞧……我是来……来掸灰的！对，我就是干这个的。我是保洁员，没错。”

“我当然知道保洁员是干啥的，你个白痴。牌子给我瞧瞧。赶紧地，拿出来。”

亚瑟从衬衫底下掏出号牌。女人一把扯过绳子，把他向前一拽，仔细检查了号码和图案，然后一脸厌恶地撒开手。他踉踉跄跄地向后退去，好不容易站稳脚跟，又鞠了个躬。

亚瑟觉得女人肯定会喊警察，或者叫 D.O.G.C.——他还是没弄清号码是干吗用的——但女人只是像赶苍蝇似的挥了挥手，叫他快滚，然后就回去修剪自家枝繁叶茂的灌木丛了。她家院子里的每一丛灌木都修剪成猫咪的形状，或是蹲伏，或是跳跃，或是伸懒腰。

亚瑟摸索着开锁的时候，听见那女人边走回自家院子，边自言自语："竟然把钥匙交给混血种！那婆娘下次还会想出啥鬼点子啊？真是祸不单行。先是厨子病了，我得亲自去集市；接着保姆不干了，我还得照顾孩子！然后园丁又病了，害得我还得干苦力！苦力啊！这不，我又得跟恶心的怪胎说话！真恶心！就在隔壁啊！真该有人管管这个！"

亚瑟把钥匙塞回石鸟底下，关上房门，把女人的声音隔绝在外，然后走进了屋里。

老五叫他把屋里上下三层搜个遍，每个角落、每个柜子都别放过，一个钟头能拿多少东西就拿多少。他的原话是，拿些小可爱。亚瑟缩了一下。要是小可看见他现在的样子，会怎么想？他站在门边，侧耳倾听。里面确实没人。他紧绷的神经放松了一些，心跳也渐渐放缓。他走进了客厅。

每个窗口都挂着孔雀蓝的百叶窗，垂着勃艮第长毛绒窗帘。地板上铺着图案精美的地毯。三面墙上挂着一排排银版照片、版画和油画，画上全是遥远国度的野生动物。他以前只见过一幅真正的画，就是护士丽奈特的那幅版画，画的是她妈妈和杜疮小姐的童年时光。

所以，他目不转睛地盯着墙上的画看。第四面墙上挂着一幅湛蓝、深红与赭色相间的巨型壁毯，描绘的是中世纪场景，上面有各种魔法生物——在一座高墙环绕的花园里，半人马、树精和独角兽围成一圈。亚瑟认出了小可讲的亚瑟王故事里的独角兽。小可说过，那是一种头上长角的白马，是最天真无邪的生灵。

要把这些宝贝塞进兜里，他实在是办不到。每件东西都如此独特，如此美妙：边缘镀金的精巧小桌上摊着乳白色的纸张，纸上搁着漂亮的羽毛笔、天鹅形状的座钟和碧玉雕成的小树，小树看起来像在跳舞。

屋子中央摆着一架钢琴。亚瑟不知道那是什么，但觉得应该是乐器，因为它看起来有点像他进城第一天看见的手风琴。他爬上琴凳，轻轻按下一枚琴键。轻柔的乐音在屋里回荡。

他不禁心跳加速，又按下另一枚琴键。又一个音符奏响。他深吸一口气，然后缓缓吐出，双手悬在琴键上方。他多想留下来，弄出更多声响啊！但他听见天鹅钟嘀嗒作响，就逼着自己继续往前走。

他蹑手蹑脚地穿过一楼——厨房、饭厅和长廊两侧的其他房间——每间屋子里都摆满了奇妙的玩意儿。

二楼是书房和其他几个房间。主浴室里有个大理石浴缸，上面雕有乘风破浪的海中仙女和半人马。他伸出毛茸茸的小手，抚摸那些雕像。他们是半人半兽的混血种，就像他一样。

在另一间屋里，他发现了一个有许多抽屉的木头柜子。他拉出一个抽屉，发现里面有颗胡桃，被雕成了一座遍布桥梁和尖塔的城市。其他抽屉里放着贝壳、宝石和各式各样的珍宝。木柜对面的架子上摆满文物，大多是古代的头盔、铠甲、弩弓和宝剑，让亚瑟想起了亚瑟王和圆桌骑士。但这些头盔不是给人类戴的，而是为飞禽走兽打造的，适合兔子、骏马、小鸟、大象，甚至是狐狸。还是说，它们是为像他这样的混血种打造的？亚瑟伸手轻轻拂过狐狸的银色面甲。这些东西是用来干吗的？

接着，他不知不觉地走进了书房。高及天花板的书架遮住了三面墙。他从没见过这么多书。事实上，他在印象中只见过一本书，就是杜疮小姐的《违规底层贱民职业培训基础手册》。他抽出一本皮革装帧的大书，书脊上印着烫金的字母。他看不懂书里的语言，那跟城门上的小字一模一样。他把书放在鼻子底下，嗅闻那美妙的书香。

第四面墙上有个大壁炉，壁炉两旁的立柱饰以木雕，全是人身马腿的守护神，长着半人半羊的面孔。壁炉架上也有不少雕像，每个都是半人半兽，或者半人半鸟。正中央是个盾形纹章，上书“南丁格尔[①]之家”。纹章顶部是个鸟儿戴的骑士头盔，两边各伸出三根大羽毛，底部是两条缠绕在一起的蛇。盾牌中央有棵大树，树里有张古老的七弦琴，上方飘浮的铭文写着“神圣丛林的守护者”。

“这到底是什么地方啊？”亚瑟不禁说出了声。

他爬上狭窄的楼梯，来到顶楼，走进一个洒满阳光的房间。

① 原文 Nightingale，本意为“夜莺”，人名译为“南丁格尔”。

他愣住了——屋里全是各式乐器。有好一阵子，他全身紧绷，就像马上要挨揍似的。他脑海里浮现了“家”里食堂墙上的标语：音乐乃万恶之源。

“才不是呢！”他大声说，仿佛院长现在就在屋里，“你说得不对！”说出心里话的感觉好极了，他的肩膀也松弛下来。

他在摆满不知名乐器的房间里转悠，鼓起勇气左碰碰右摸摸，拨动竖琴的琴弦，拂过维尔琴的背面。他又看见一架钢琴，很像楼下那一架，但上面摞着许多小钢琴，从大到小，一架叠一架，垒成金字塔。他还看见许多新发明，像是机械手臂拉动琴弓的自动小提琴，还有会自行演奏的手摇风琴。

屋里的大钟告诉他，只剩二十分钟了。亚瑟吓了一跳，准备离开，可老五给他的背包里还空无一物。这时，他发现屋角有一扇门，门缝下透出七彩光芒。

他推开门，走进彩虹之中。

那是个小小的房间，有大大的彩绘玻璃拱窗，图案是形态优雅的动物：艳红的羚羊跃过嫩绿的山丘，明黄的鸟儿飞过蔚蓝的天空。阳光透过玻璃照进来，把地板变得色彩纷呈。亚瑟发现角落里有样东西折射出七彩光芒，便转身望去。

他只看得出那是某种机器。它摆在一张木桌上，旁边是座小铜钟。它的底座大约有六十厘米长，三十厘米高，是只黑红相间的漆盒，饰以精心描绘的鲜花、奔鹿、野兔和飞鸟，边缘还有镏金的藤蔓花卉，顶部伸出一个黄铜大喇叭，就像老式留声机上的那种。

喇叭下面是一个抽屉，上面用漂亮的金字写着一个词。亚瑟伸手轻轻抚摸。捕歌机。他感觉一阵古怪的刺痛感窜过全身。接着，他发现机器旁边有个带数字的刻度盘，上方写着“造梦仪”。

机器似乎在对他轻声细语，但他不是用耳朵听到的，而是用心感受到的。它似乎只说了一个字：听。

它是怎么用的？小可应该知道。但小可不在这里。旁边有两个壁橱。他打开左边的，走了进去。一面墙上全是搁板，上面搁着小黑盒，足有成百上千只，一直堆到天花板。每只盒子都有编号，贴着标签，上面有图片和标题。他匆匆浏览标签：瀑布、夜鸟、暴风雨肆虐、丛林之声、格里高利颂歌、古凯尔特溺水民谣、音乐厅下流小曲、莫扎特早年作品、凄惨的意大利歌剧、搞笑的意大利歌剧、小熊华尔兹、象群挽歌、老鼠颂歌、青蛙交响曲，等等。搁板对面是个大木柜，上面有许许多多抽屉。亚瑟拉开其中一个，发现里面是一排排卡片。卡片似乎跟黑盒子是一一对应的，因为每张卡片上都有编号和图片，还有对盒中声音的简要说明。

木柜边的墙上挂着一张镶在镜框里的羊皮纸，最上方用优雅的字体写着“捕歌机：四步简明用法”。

只听一小会儿又有什么关系？

捕歌机的使用方法其实挺简单。他要做的第一件事就是选出想听的盒子。可惜选项那么多，时间却这么少！他斟酌了半天，最后从搁板底层挑了一只积满灰尘的盒子，上面没有图片，也没有编号，只有个鲜红的问号和“为我精选”四个字。

盒里装着一只棕色的空心蜡质圆筒，表面蚀刻出精细的凹槽。亚瑟拉开机器上刻有“捕歌机”字样的抽屉，按照说明把圆筒架在铜管上，铜管连着探针。根据墙上的介绍，捕歌机就是这样“施展魔法”的。圆筒旋转的时候，探针沿着凹槽滑动，让歌曲和其他声音飘进聆听者的梦中。聆听者必须睡着，机器才能发挥作用。等声音钻进酣睡者的脑海，它保存的记忆就会自动浮现。

下一步是设置造梦仪。剩下的时间已经不多了，亚瑟就把刻度盘转到了“五分钟”的位置。接着，他把一张椅子拖到桌边，摆在捕歌机的大喇叭底下，然后坐下，拉下喇叭，罩住脑袋。最后，他按照说明，伸手抓住手摇柄，往右转了三圈，再闭上双眼。

时间消失了，世界也消失了。

亚瑟陷入了沉睡。捕歌机渗入他的梦中，各种声音充斥他的全身。那些声音令人战栗，给人安慰，不断飙升。就像他敞开了心扉，整个世界一拥而入。

那是一首长长的生命之歌，如水流一般淌进了他的心田。他听见天鹅头颈弯曲，陷入酣睡，发出低吟；他听见燕子掠过城里的尖顶，蜘蛛在吐丝织网；他听见夜晚的丛林之声，伴随着小雨淅沥；他听见雨声化作钟声，远方海豹的呼唤，汹涌的海浪，地面凝出冰晶；他听见男孩在沙漠中吹响号角，号声化作呼唤伴侣的凄厉狼嚎；他听见远方传来造物之歌，随后是朴实的骨笛声，女人高唱咏叹调，有人在翻动书页。

全世界的音乐统统奔涌而来，在他心中各占一席之地：乐师弹完一曲泪洒琴键，溪边传来画眉鸟的啼啭，蜗牛缓缓爬过枯叶堆，孩子哼唱自己编的儿歌，还有蟋蟀鸣叫、蛙声阵阵、瀑布轰鸣。他听见有人在弹安达卢西亚吉他，数千只蝙蝠在幽暗洞穴中嗡嗡振翅。他听见一首古老的抒情诗，最后一片秋叶悄然飘落，有人轻声说出“我爱你”。他听见了风声、心跳声，还有妈妈对孩子说晚安。

最后，他听见了自己平稳而美妙的呼吸声。他长出一口气，清醒过来。

他感到无比平静，还有某种他也不大明白的感觉。

他心中一阵绞痛，但不是伤心难过，只是纯粹的心痛，就像里面装得太满，却无处释放。

他望了一眼捕歌机旁边的时钟，简直无法相信只过了五分钟。还差十分钟就到十点了。他抓起鸡毛掸子，拎起空荡荡的背包，冲下楼梯，跑出门外。

亚瑟跟哥布林回到迷失庄园后，试着对老五解释为什么他什么也没拿。可他越说越糊涂，就像被那美妙的景象惊呆了，到现在还没完全恢复过来。

“对不起，老五。”他说，“那么多好东西，我看花了眼，不知拿什么才好。还有那个……那个机器，我突然睡着了，还有小鸟和大海……各种各样的歌儿，还有……还有……”

老五打断了他。“别说了，尖牙，”他眉头紧锁，把水壶搁在炉子上，准备一会儿泡茶，“我现在不想听。”

“可是，老五，那是……”

“别说了，一个字也别说了。明天你说啥也得拿点儿东西回来，不然有你好果子吃，听明白了不？别再啰唆啥睡觉机器了。”

亚瑟沮丧地长叹一声。“好吧。”他说，“不过，要是我明天拿……拿东西回来，老五，你能不能告诉我那个地方在哪儿？廷塔杰尔路十七号。你保证？拜托了！”

“如果你明天不让我失望，我保证不会叫你失望。”

那天晚上，亚瑟像往常一样喝完汤，边哼边听其他人唱完歌后，就钻进被窝去睡了。

他梦见了各种各样的声音，他叫不出名字的声音——各种游鱼飞鸟，世上的其他生灵，瀑布和风声，还有捕歌机注入他灵魂的所有歌谣和交响曲。他没有意识到，自己在黑暗的角落里唱出了一首歌。歌声轻盈纯净，飘出窗口，飘向外面的世界。

第二天，老五说什么也要让亚瑟回那栋宅子。“那位女士很快就要回来了，所以你这回得好好干。趁她不在的时候，能拿多少就拿多少。反正她大方得很。”

大伙儿都觉得最后一句很搞笑，但亚瑟没有笑。他只是彬彬有礼地提醒老五，他们说好了，等他干完这桩活，老五就要告诉他廷塔杰尔路十七号的位置。他到光明镇已经六天了，还是不知道那条路在哪儿。他已经有点不耐烦了。

一个钟头后，亚瑟和哥布林站在光明镇集市旁的巷子里。那里离挂蓝色百叶窗的石头大宅只有几步之遥。亚瑟迫不及待地想再去试试捕歌机，但又怕被抓住。更何况，他一点儿也不想从那栋奇妙的宅子里偷东西。

“真不错呀，老子又跟你搭伴儿干活了。”哥布林说。

亚瑟不知该说什么才好，便低下头：“对……对不起，哥布林。我也不想去。”

“老子才不在乎你想做啥呢。”哥布林说，“重要的是老五叫你去，因为这儿老五说了算。不是你，也不是我，明白不？好了，走吧，别浪费时间了。”哥布林低头瞄了一眼自己的号牌，确保它挂在衬衫外面，然后转身就走。

“哥布林——等等，能问你个问题吗？”亚瑟说。

“啥玩意儿？咱们得走了！”

“为什么不能让别人去？我是说——为什么一定得是我？”

哥布林不屑地哼了一声，“你个白痴。”他摘下帽子，掸了掸灰，“听好了，你知道舱房小弟是啥不？”

“不……不知道……那是什么呀？”

“舱房小弟，就是一条船上地位最低的。”

“我不懂你的意思，哥布林。”亚瑟说。

“换句大白话说，”哥布林说，“就是船上的人都快饿死了，你觉得他们头一个会吃谁？你头一个想的是船长，对吧？哈，再想想。是你呀，你这个小帅哥。”他伸出一根骨节突出的长指头，戳了戳亚瑟的胸口，“你就是我们的舱房小弟。”

“可……可是——”

“没啥‘可是’的。你挂着保洁员的牌子，舱房小弟。”他举起自己的号牌，上面印着“六”，下面的图案是胡萝卜，表示他的“指定工种”是在集市上装车卸货。“咱们都是在外头跑腿的，如果你懂我的意思。”哥布林又哼了一声。这是他笑起来的声音，不过听起来更像是有东西卡在了嗓子里，想要把它咳出来。“好了，咱们该干吗干吗吧。你去弄点漂亮的小玩意儿回来，明白了不？对天发誓，你会按时回来的。”哥布林戴好毡帽，接着说，“D.O.G.C. 每个钟头巡视一圈，你不想被他们抓到吧？虽说咱俩有号码，但要是被瞧见在这边乱晃，他们还是会来检查的，看牌子是不是真的。昨天你害得咱们差点儿迟到了。赶紧地，对天发誓！”

“我发誓，哥布林。我保……保证。可是老五说，只要有牌子，就会没事的。”

“你也听见弗洛普说的了，看守要换了。所以，你千万得按时回来——还有，鸡毛掸子别丢了！”

哥布林身穿绿马甲，头戴绿毡帽，朝集市的方向匆匆走去。亚瑟穿一身新衣，像老五教他的那样肩扛鸡毛掸，转身朝反方向走去，朝那栋石头大宅走去。

亚瑟从石鸟底下掏钥匙的时候，女邻居不在院子里。但可别弄错了，她正盯着他的一举一动。她手握小望远镜，从楼上的窗口偷看。亚瑟进屋后，女人走到桌边，取出一张纸，写下时间和日期。“真怪啊，”她对正在读报的丈夫说，“真怪啊，连续两天叫保洁员来家里。”

“是啊，亲爱的。”她丈夫边说边把报纸翻过一面。

“还有……她让小杂种那么进进出出，屋子里肯定脏透了。那女人真恶心！大概还让那臭虫在地毯上拉屎撒尿吧！没错，我就知道！”她一手扶额，就像快晕倒了似的，“那里头肯定一团糟！想想都发抖！”

“是啊，亲爱的。”她丈夫说着，又翻过一面。

“还有……真怪啊，是吧，亨利？亨利？亨利！你在听我说话不？！”

这一回，亚瑟直奔楼上放捕歌机的房间。他打开左边的壁橱，望着一排排黑盒子。可供挑选的实在太多了。他不知如何是好，就闭上眼睛，随便挑了三盒。一盒是贝多芬全集，一盒是老鼠的角笛舞曲、慢步舞曲与吉格舞曲，还有一盒是中世纪舞曲。他决定每盒听十分钟，这样剩下的时间还够干活，然后按时跟哥布林碰头。

他先选了中世纪舞曲。他从小可那里知道了什么是舞蹈。有一天，小可给他展示了怎么跳舞——起码她的同胞都是那么跳舞的——也就是说上下蹦跶，快速旋转。在他看来，那跟小可平时兴奋起来一个样，但她信誓旦旦地说两者完全不一样。

“第一首献给你，小可。”亚瑟喃喃说道。

那首曲子是各种古老乐器的合奏，用的乐器全是亚瑟闻所未闻的——中世纪的竖琴、雷贝琴、维尔琴、手鼓、萨克布号、摇铃和木笛。那首曲子让他心情舒畅。他进入梦乡的时候，觉得轻松又愉快，就像飞上云端一般。他听到了所谓的萨尔塔列洛舞曲和埃斯坦比舞曲。它们节奏欢快，他在睡梦中不禁用脚打起了拍子，不过他自己并没有意识到。

接着，他听了老鼠的舞曲。那曲子同样活泼欢快，只是有些调子太高，害得他醒来以后耳朵痒得要命。他以贝多芬全集收尾。那些交响曲厚重雄浑，让他听得喘不过气来，心中充满渴望和敬畏。他觉得自己需要躺下来，好好睡上一觉。

亚瑟小心翼翼地把圆筒放回盒子，关上橱门，走下楼去。他暗下决心，这栋房子给了他那么多礼物，他最多只能拿些吃的。话说回来，吃的不也是宝贝吗？在迷失庄园里，吃的激发了写歌的灵感，还做出了美味的热汤。他在一楼厨房边找到了食物储藏室，用土豆、洋葱、胡萝卜和两小袋米塞满了衣兜和背包。他对自己说："好了，这样就皆大欢喜了。"

亚瑟提前抵达了碰头地点。他打算在集市街边的巷口等哥布林，他们一个钟头前就是在那里分道扬镳的。他的衣兜和背包里鼓鼓囊囊，塞满了吃的。虽然他对拿走这么多东西深感愧疚，但同时也挺满意自己的表现。他希望哥布林和其他人也会满意。

巷子里空荡荡的，但突然之间，他发现有样东西朝自己飞来。不管那到底是什么玩意儿，总之它一直在发出怪声，听起来像"哔！吱！嘎！"

亚瑟走出阴影，想看清楚一些。那是只小鸟？还是只大虫子？到底是什么玩意儿啊？他满心好奇，朝前走去。那东西开始发出咔嚓声和嗡嗡声，就像齿轮在咬合转动。亚瑟停下脚步。难道是小可？会是她吗？他突然好想他的好朋友。

亚瑟一边大喊："小可？是你吗？"一边朝那东西跑去。

“哔！噗！啪！”

他跑到近处，才发现那不是小可，而是一只奇怪的机械鸟。它脑袋大、身子小、眼珠骨碌乱转，还总眨眼睛。小鸟笨拙地拍动金属翅膀，好不容易才稳住身子，悬停在亚瑟面前，发出“噗”的一声，接着叽叽叫了一声。

那听起来像极了小可。

它张开嘴，小可的声音冒了出来：“亲爱的亚瑟，如果你能听到这条口信，说明我的试验成功了！万岁！我找到你了！我说过会找到你的，对吧？”

亚瑟简直难以置信！真的是她！

他把 D.O.G.C. 和哥布林全抛在了脑后，站在巷子中间，完全不在乎别人会不会听见、看见。

接下来又是一阵“哔！吱！啪！”小鸟接着往下说。亚瑟听得入迷，心怦怦直跳。

“这是只信鸽，亚瑟！还有些小毛病得改改（比如眼睛老是乱转——真的好烦人），有时候还会说胡话。不过别担心，我很快就会改好的。”

小可告诉他，她是怎么找到舅舅的。她舅舅确实是个修补匠。她平平安安、健健康康的，住在海边的一座树屋里，迫不及待想见到他。“我好想你，亚瑟。”她说，“你想我吗？我从舅舅那里学了好多东西。他虽然不是发明家，但很擅长用嘴。你懂的，亚瑟，全靠嘴。”她哈哈大笑，亚瑟也爆笑不止，仿佛小可就在他身边。

小可问他住在哪里，有没有尝过馅饼，有没有找到廷塔杰尔路的那栋房子。她还问他，在城里有没有遇上麻烦。她说，舅舅告诉她，每个城镇对混血种的规定不一样。“我们挺幸运的，”她说，“我舅舅说，有些城镇都不许混血种住。不过，这里的人都挺好的。我舅舅是这里唯一的修补匠，我猜跟这大概有点关系吧！”

小可告诉他，按照口信结束后的说明，他就可以回信了。“亚瑟，它的工作原理有点像自动钢琴，不过你可能不知道那是什么。你对它说话的时候，里面有东西会往纸卷上打孔，然后……噢，别管了。挺难解释的。你只管对它说话吧，我会收到的！别担心，这只鸟知道怎么回来。它总能找到你的，起码我希望如此。第一次试验简直糟透了，我把消息发给了二十个陌生人！”

亚瑟站在原地呵呵直笑。接着，小可的声音说：“噢，对了，我还没弄清怎么才能让它说完口信后别马上飞走。所以，亚瑟，赶紧抓住它，这样才能给我回信！”

小鸟开始在亚瑟头顶上盘旋，然后在空中翻了个跟头，飞向他跟哥布林约好的反方向，还不停嘎嘎大叫：“你好，亚瑟！再见，亚瑟！你好！再见！哔！噗！嘎！”

他追着小鸟冲过巷子，拐过街角，飞奔着经过驴车、街头艺人、骑脚踏车的人和赶集的人群。小鸟朝右一拐，冲天而上，然后俯冲进了另一条巷子。过了好几分钟，亚瑟才抓住那只鸟。他刚把小鸟牢牢攥在手里，小鸟就吐出一个纸卷，又开始说话了。小可的声音告诉他，把纸卷插进小鸟身体侧面：“看见那个插槽了吗，亚瑟？你说话的时候，把纸卷送进去。剩下的交给它就行了！”

就在这时，亚瑟想起了哥布林。他要迟到了。

哥布林，小可，小可，哥布林——他该怎么办啊?

他想说的话太多了，但必须尽量简短，因为他很担心哥布林。哥布林会生气的!

“小可，”他开口了，“我知道我们分开没多久，但我真的好想你。你快来吧，我都等不及了！”

他飞快地说了自己住在哪里，但略过了他不得不重新戴上号牌，还有他刚刚偷了九斤重的蔬菜。他甚至没提到捕歌机。他得回去找哥布林了。“尽快回复！”他说，“拜托了。告诉我你什么时候能来。我得走了。”

他说完后，小鸟沿着一条疯狂的路线穿过巷子，头朝下、脚朝上地往前飞。它撞了好几次墙，一路上嘎嘎大叫，好不容易拐过街角，终于消失不见了。亚瑟瞄了一眼对街楼上的大钟。他真的迟到了，迟到了好久。

他用最快的速度往回跑，回到他跟哥布林约好碰头的地方，可哥布林踪迹全无。

亚瑟大喊了好几声，又在垃圾桶、废纸箱和木板箱后面搜了一遍，还是没找到哥布林。

这时，他听见了一个可怕的声音——某人发出一声痛苦的尖叫，接着警笛响起，还有马蹄落在砾石路面上的咯嗒咯嗒声。

亚瑟躲在街角，偷偷向外张望。只见两个头戴圆顶黑礼帽和黄铜护目镜、胸口别着 D.O.G.C. 徽章（上面画着一只独眼）的男人正在关警车的后门。那是一辆黑漆漆的大马车，拉车的是两匹机械马，蒸气从马的鼻孔和耳朵眼儿里冒出来。亚瑟能看见车门上的大写字母“D.O.G.C.”。其中的“O”被画成一只独眼，下面还有一排字“吾等明察秋毫”。

哥布林心爱的绿毡帽躺在路中央，压得扁扁的，像块煎饼，沾满污泥。

哥布林被带走了，这全是他的错。

回到迷失庄园，他上交了偷来的蔬菜，然后很不情愿地把哥布林的毡帽拿给大伙儿看。他讲完发生的事后，除了为他难过的斯奎，没人愿意跟他说话。大家都闷闷不乐，不是彼此抱怨，就是独自发牢骚。晚饭时没有人唱歌，就连老五也没唱。大家默默吃完饭，就上床睡觉去了。

第二天一早，大伙儿聚在公共休息室里吃早饭的时候，老五告诉亚瑟，哥布林很可能被送进监狱或者“地底下”去了。要是亚瑟再不带回吃的之外的东西，也会是同样的下场。“他现在大概在矿坑里卖命呢。”老五说，“可怜的小伙子，再也见不到阳光了。你让我失望了，尖牙。我得信任每个伙计才行。我好难过——哥布林被带走了，你又让我失望了。”

住在石头大宅里的那位女士回来之前，亚瑟还有一天的时间能加以补救。如果他只拿回一件小东西，老五说不定就能帮他找到他的出生地。但他打心底里深知，他会再一次让老五失望的。说到底，他怎么能从那么奇妙的地方偷东西？他焦虑万分，不停地扯耳朵。

不过，与罪恶感和焦虑感并存的是两样好东西——小可的消息和奇妙的捕歌机。每当他想起那台神奇的机器，就会觉得浑身轻飘飘、脑袋晕乎乎的，仿佛飘上了迷失庄园的屋顶，飞越了大白城里闪亮的塔尖。

他迫不及待地想回到挂蓝色百叶窗的宅子。

但与此同时，他也满心畏惧。

孤零零一个人去真是悲哀。其他人都不愿跟他一起去，就连斯奎也不例外。虽然哥布林从没给过他好脸色看，但亚瑟觉得哥布林心肠不坏。他为哥布林感到难过，总是忍不住想起他。

亚瑟走到臭水桥，付了过桥费。一切还算“顺利”。毕竟，猴子“只”冲他尖叫了五次。但他跟弗洛普警官打招呼的时候，警官并没有客气地回复。他的视线穿透了亚瑟，仿佛他是个透明人。

奇怪，亚瑟心想，真奇怪。

他走进石头大宅，把其他念头全都抛在了脑后，很高兴能再听见捕歌机的声音。他把鸡毛掸子扔在门厅，直奔楼上，很清楚自己这回想听什么。

摇篮曲。他深藏心底的那首歌肯定是摇篮曲。要是能找到那首歌，也许就能揭开谜底，弄清他究竟是谁。

但找出正确的摇篮曲是一项艰巨的任务。显然，世上有无数摇篮曲。他检索目录，但曲目似乎无穷无尽：顽皮宝宝摇篮曲、甜美宝宝摇篮曲、刺猬摇篮曲、困倦狐猴之歌、困倦树懒之歌，还有C、D、E调的儿歌，诸如此类。亚瑟沮丧地直摇头。最后，他把范围缩小到了一只盒子，标签上只写着“摇篮曲”。

亚瑟摆好圆筒，拿捕歌机的大喇叭罩住头，把手摇柄转了三圈。音乐盒发出的叮咚声伴他酣然入梦。

那很像他以前做过的梦——他的噩梦——只是这一回并不恐怖，至少恐怖的场景还没出现。那是他在梦里经常看到的地方，但如今一切变得无比清晰。他看见一幢白色大宅的后院，还有一片树林。在梦中，飞禽走兽没有跑开，而是向他走来。其中有兔子和松鼠，小鸟和老鼠，甚至还有一只狐狸！没有熊熊燃烧的火柱，只有繁星点点的夜空，还有一轮金黄的圆月。一切都是那么美妙祥和。他能看见远处高塔和尖顶的轮廓，那是光明镇的天际线。

在梦中，他抬头仰望繁星。有人正抱着他，摇晃着哄他入睡。他知道，不管那人是谁，马上就要唱起音乐盒里的那首歌了。

但他没能听见那首歌，也没能看见歌手的脸，因为楼下传来一声巨响，将他从梦中惊醒。他听见玻璃碎裂的声音，接着是一阵窃窃私语。他掀开捕歌机的大喇叭，向外窥视。说话的是三个家伙，他们的声音听起来熟悉得吓人。

“你们俩从前往后搜，我从后往前。”其中一个家伙说。另一个答道：“好的，歪尔。”第三个接过话茬儿：“我俩能搞定的。”

歪尔、马格和奥立克？他们来这里干吗？

亚瑟吓得汗毛倒竖，冲进放黑盒子的壁橱，疯了似的寻找藏身之处。可壁橱里的搁板太窄，抽屉又太小，没法儿躲进去。他冲出去，打开右边的壁橱，钻了进去。里面又黑又乱，正适合藏身。橱门内侧的钩子上挂着一把钥匙。他把自己反锁在里面，钻到角落里的毯子堆底下。

他静静躺在那儿，一动也不敢动。

歪尔、马格和奥立克在楼下翻箱倒柜，乱扔东西，发出震耳欲聋的声响。每隔一阵子，歪尔就会对其他两人发出嘘声："赶紧地，找到它，你们两个白痴！"

亚瑟每个字都听得清清楚楚。

他们翻完一楼所有房间，就上了二楼。他们翻找柜子，拽出抽屉，把里面的东西全扔在地上，在上面踩来踩去。他们显然在找某样东西，但纯粹为了好玩，顺道把其他东西也毁了。亚瑟听见他们说"瞧瞧床底下，你这呆子"，要不就是"嘿，那里我已经找过了"。

歪尔、马格和奥立克开始上楼梯，朝三楼走来。

他们进了音乐室，把乐器统统扫到地上，左摔一样，右砸一样。亚瑟听见那一摞小钢琴跌落在地，摔成碎片。他们抡起小提琴往墙上砸，把竖琴一脚踹下楼，把手摇风琴摔成千万片。然后，他们来到了放捕歌机的房间。

"嘿，瞧瞧这是啥。"歪尔的声音冷酷无情。

"肯定就是这个了，"奥立克说，"她说有个大喇叭。不过要打赌的话，我倒觉得这个没啥了不起的。"

亚瑟听见歪尔给了奥立克一巴掌。"白痴，管你咋想呢！咱们赶紧找图纸，然后离开这儿。”

亚瑟躲在毯子底下直发抖。为什么？他在脑海里一遍又一遍地问，忍着不让眼泪掉下来。捕歌机！要是他们毁了它怎么办？要是他们毁了我怎么办？

此时此刻，歪尔就站在亚瑟藏身的壁橱外面，摇晃把手。“门锁上了，肯定在里面。”歪尔说，“老子会弄开它的，要是有必要，就一脚踹开。”亚瑟躺在那儿，大气都不敢出。毯子底下实在太憋屈了，他连喘气都困难。歪尔在外面拼命踹，橱门剧烈颤抖。还好奥立克救了亚瑟一命，他在另一个壁橱里大喊：“找到了！在这儿呢，伙计们！就在眼皮底下！”

“拿给歪尔，你个白痴。”马格说。亚瑟听见他们叽叽咕咕，拉拉扯扯，像在玩拔河。

“知道啦！别那么讨厌。”

“你才讨厌呢，就像昨天——”

“你俩能闭嘴不？”歪尔说，“好了，快把图纸拿来，不然有你俩好果子吃。”

他们仨在另一个壁橱里翻看什么东西。“没错，”歪尔说，“肯定是这个。她说是长长一卷，外面绑着蓝丝带。这肯定就是图纸了。真不错，棒极了。她会高兴的。你们可以再玩一分钟，然后咱们就离开这儿。蓬噻说他会在地下室等咱们。咱们怎么来就怎么走，从下水道爬回去。”

“下头的管子害得我起鸡皮疙瘩。”马格说，“我差点儿卡在里头了。如果你想知道的话，现在我屁股还疼着呢。”

“老子才不在乎你屁股咋样呢。”歪尔说。

“呃，我不喜欢给‘喷嚏’当奴隶。”

“我也是。”奥立克说。

“记好了——你们为院长工作，不是‘喷嚏’。再想想那些额外的奶酪。”歪尔说，“还有她答应的好处。”

他们离开前，马格和奥立克把黑盒子全从搁板上扫了下去，然后在满地乱滚的圆筒上踩来踩去。他们拉开了几只装目录的抽屉，把一打打卡片抛上半空，像魔鬼一样咯咯奸笑。

“好了，够了。”歪尔冷静地说，“把那东西抬起来，咱们该走了。可别手滑了！”

亚瑟等到确定他们都走了，才从毯子底下爬出来。

他刚冲出壁橱，就看见一束阳光透过小圆窗，正好照亮了橱壁上的一幅画。镏金的画框里镶着一幅纯手工上色的版画，跟亚瑟在医务室里看见的那幅一模一样——两个快乐的小女孩，站在一棵苹果树下，就是屋外的那棵苹果树。这到底是怎么回事啊？亚瑟满心困惑。他把一个箱子拖到窗边，伸手拉开窗帘，让阳光照进来。

那并不是积满尘土的壁橱里唯一的画。画旁是一排排的照片，不是杜疮小姐，就是她的双胞胎姐姐。他在某个标签上找到了她的名字——菲比·南丁格尔。

亚瑟知道自己应该赶紧逃跑，可他就是办不到。他必须寻找更多线索。

那对双胞胎六岁的时候，身穿一模一样的连衣裙，头戴一模一样的无边软帽，骑着一模一样的小马驹。七岁的时候，保姆带她们到动物园玩。十岁的时候，她们站在一艘巨轮的船头挥手。十二岁的时候，两个女孩参加野餐会，身穿白衣，在打槌球。随着她们年纪渐长，从照片上更容易分辨哪个是杜疮小姐了，因为她姐姐的脸变得越来越美丽动人，越来越善良真挚，杜疮小姐的脸则变得越来越尖酸刻薄。十八岁以后，就再也没有姐妹俩同框的照片了，只有过去三十年里菲比·南丁格尔的照片。其中一张照片里，她站在音乐厅门前——就是亚瑟进城第一天看见的音乐厅！她头顶上的滚动字幕写着：菲比·南丁格尔的金嗓子，仅唱一晚！其他照片里，她不是从飘浮在城市上方的热气球里向下挥手，就是在音乐会上引吭高歌，双眼紧闭，双手紧握，搁在胸前，要么就是穿金戴银、珠光宝气地坐在自家客厅，怀里抱着毛茸茸的小白狗。还有一些照片是菲比小姐跟朋友一起出海、骑马、弹琴，或者在家里举行的晚宴上亲手做吐司。

在积满尘土的架子上，亚瑟看见了菲比小姐往昔的痕迹：成捆的卡片和信件，成堆的银版照片，还有各种各样关于她家庭生活和演艺生涯的小纪念品。

亚瑟彻底迷糊了。老五有那么多房子可选，为什么偏偏给他选了这栋？菲比·南丁格尔又是谁？她和杜疮小姐在十八岁的时候发生了什么事？

翻看别人的私人物品似乎很不礼貌，但他实在忍不住。他拿起一捆扎着粉丝带的旧信，开始读第一封——菲比的父亲写给她的信。可他刚开始读，就听见隔壁传来动静。他不得不赶紧离开。

跑下楼前，他瞄了一眼原来放捕歌机的桌子。桌上现在只剩孤零零的座钟。

亚瑟从后门一溜烟跑了出去。他跑得太急，忘了把门关严。他径直跑回迷失庄园，除了交臭水河的过桥费，中途都没停下来歇口气。

他暗暗祈祷，希望邻居没有看见他进门出门。不幸的是，邻居看得清清楚楚。她用小望远镜瞧见了他进来又出去。那女人看见了后门大敞，被风吹得砰砰作响，也看见了他慌不择路逃跑的模样，把详细观测结果记在一张纸上，然后拎起裙摆，出门实地考察。她凑近门缝往里看，发现屋里一片狼藉，又发现亚瑟的鸡毛掸子躺在门厅正中央。“啊哈！”她说，“被我抓到了！我就知道，我就知道！”

她马上派仆人去找警察，警察又上报了 D.O.G.C.，因为罪犯似乎不是人类，而是混血种。不一会儿，D.O.G.C. 的官员就抵达了现场。

“我第一眼看见那小杂种，就知道他不老实。”她告诉 D.O.G.C. 警官，“看他那样子就知道，你懂我的意思吧？”

“噢，是的，女士，”警官说，“我懂您的意思。”

他说，他怀疑这个阴险狡诈的混血种跟当地发生的一系列抢劫案有关系。

“噢，老天啊！”女人说，“真吓人，想想他会对我做些什么！更别说他会对手无寸铁的小宝宝做些什么了！”

“女士，他看起来很危险吗？”警官问道。

“这算什么鬼问题！我都快吓死了！”她向警官描述了亚瑟的模样，当然免不了添油加醋一番。不一会儿，亚瑟的通缉令就贴遍了全城。

在告示上，他看起来非常狂躁，龇牙咧嘴，就像要咬下别人的鼻子似的。他的耳朵加大了一圈，眼神写满疯狂。在画师绘制的模拟像下方，写着：

通缉令

狐狸混血种

极度危险

歹徒兼盗贼！疯狂又狡诈！

千万小心！如被激怒，易施暴力。

巨额悬赏

即刻联系 D.O.G.C.

吾等明察秋毫

亚瑟回到迷失庄园时，除了老五，其他人都不在家。老五一看见他，就知道大事不妙。

亚瑟心慌意乱地解释了发生的事，把一切都告诉了老五。这一回，他说起捕歌机的时候，老五认真听了。他说到歪尔和同伙毁掉了屋里所有乐器时，老五的脸抽搐了一下。但他问老五怎么会那么巧，刚好派他去杜疮小姐的姐姐家，老五却岔开了话题："小子，这世上的巧合太多了，你就甭管了。"

"要是有人看见我了怎么办？"亚瑟问，"要是他们觉得是我干的怎么办？"

"他们当然会觉得是你干的，但还不止这个呢。"老五严肃地说。

"什么意思？"

"听着，听好了，我跟弗洛普还有其他一些人达成了默契，也可以说，就像某种君子协定。咱们相安无事，你好我好大家好。但有一条底线，大家都不会碰，永远都不会碰。可问题在于，尖牙——你过界了。"

"我过界了？我不明白，老五。"

"你的掸子呢，尖牙？"

亚瑟去背包里找，可包里空荡荡的。

"怕就怕这个！你犯大忌了。你把掸子弄丢了，掸子会把他们全引过来。要是 D.O.G.C. 在脖子后头盯着，可别以为弗洛普不会把你供出去。"老五一把抓住亚瑟的胳膊，直勾勾地盯着他的眼睛，"听着，尖牙——我不能丢了这房子，你明白不？我不能保护罪犯。如果那样，他们就会没收这房子，我就会落得跟哥布林一样的下场。”

“可我不是罪犯啊！”亚瑟说。

“我知道你不是，可 D.O.G.C. 会觉得你是，这是毫无疑问的。我想说的是——你得走了。很抱歉，但只能这样了。现在马上走。”

“可……可我能去哪儿呢？”亚瑟盯着地板，绞尽脑汁地想出路。小可！“我——我有个朋友在海边，”他说，“我会——我会离开城市，会沿着来的路回去。我会——”

“他们会在光明镇和附近找你的！弗洛普上个礼拜刚告诉我，D.O.G.C 在找一个闯空门的混血种。他们会以为是你干的，尖牙。恐怕你只有一个地方可去了。”他伸出一只手，搭在亚瑟肩头。

亚瑟抬头望着老五。老五还没开口，他就想到了答案。

“地底下，”老五说，“深深的地底下。现在就走，赶紧走！”

老五告诉他，地下城有个秘密入口，从下水道可以直通河对岸。“记好了，不能从桥上过，得坐船过去。天黑以后才会开船。”

“可是，老五，我——”

“你得找个地方躲起来，等到天黑，明白了不？然后去找渡船。你看见了自然会知道。”

“我就不能躲在这里吗？拜托了。”亚瑟的嗓子都哑了。

老五严肃地摇了摇头，塞给亚瑟一枚硬币。“孩子，这个给你过河用。把这个跟之前给你的那个都收好了。”

“谢谢，老五。”亚瑟热泪盈眶，“麻……麻烦你帮我跟其他人道个别，好吗？特别是斯奎。”

他迅速打点好一小堆东西，卷起老五给他的衣服（“你可以留着它们，尖牙，做个念想，还有背包。”），穿上来时穿的衣服，把毯子残片和金钥匙塞进衬衫口袋，跟老五给他的两枚硬币放在一起。

准备就绪后，他站在迷失庄园的门厅里，手里紧紧攥着红帽子，不知该对他的导师、叛徒兼朋友说些什么。过了好半天，他才挤出一句：“我——我还是要找廷塔杰尔路十七号……你能——？”

老五伸手抓住他的肩膀：“现在没时间了。快跑！就像有魔鬼在你后头追似的！赶紧跑！”

第三部分

奇迹小子找到遗失之物，揭开真相

“还记得您是怎么找到我的吗？”马多克问。某天清晨，在瞭望台上，蝎尾狮趴在主人身旁的软垫上，杜疮小姐则举着望远镜，俯视下方的院落。两个孤儿逃跑以后，她的监控变得更严密了。

她重整纪律的头一件事就是废除自由活动。但她也不知道，自己会不会想念自由活动。在严格管控、无聊透顶的一周里，自由活动是她唯一能放宽规定、披散头发、好好放松一下的时候——当然，前提是她真长了头发。她任由想象力天马行空，因此想出了最棒的发明。不过，她眼下还没钱把它们造出来。

如今，在原本的自由活动时段，她和蓬嚏轮流执行她最新推出的“底层贱民顺从培训计划”（简称 G.O.R.P.）。孤儿们要在教室里整整坐上两个钟头，一遍又一遍地重复：我不要唱歌，我不要玩乐，我要安静劳作，没日没夜。[①]

① 杜疮小姐不知不觉中写出了一首诗。要是谱上曲子的话，甚至可以说，院长在不经意间写出了一首歌。——原注。

“主人？”马多克问了一声。

“抱歉，我的小乖乖。我在想别的事。我当然记得了，怎么可能忘得了？”她放下望远镜，把蝎尾狮抱上膝头。

“给我再讲一遍吧，”蝎尾狮恳求道，“拜托了！”

“可你知道的，那会勾起糟糕的回忆，我的小乖乖。”

“好吧，主人……如果您不想讲的话……”蝎尾狮抬头望着她，眼皮耷拉，泪光闪闪。

“噢，马多克，我当然会讲给你听了。”她爱抚着宠物硬邦邦的鼻子，“那是那段悲惨时光唯一的亮点。”她咬着毫无血色的薄嘴唇，脸上阴云遍布。

“冷静点儿，主人。想想我们合二为一的那一刻，想想那个！”

“你说得没错，太对了，就像往常一样。但首先，也许我该看看我那个没用的助手在做什么。”

“那事就交给别人去做吧，主人。”马多克说，“我们可以关注更重要的事，像是机器、你姐姐和我们的计划。当然了，那些都得排在您给我讲完故事以后。”他笑了，或者说，他发出了一种古怪的噪声，介于咝咝叫、咯咯笑和咆哮声之间。

“我的小乖乖，你又说对了。仆人的活儿我真是干够了！就让耗子和别人伤脑筋去吧。蓬噱那个白痴，自己的事自己做去！”

小可和亚瑟逃走以后，杜疮小姐做的第一件事就是另找了两条大狗，代替被蓬噱弄丢的那两条。但新来的狗同样爱流口水，蠢不堪言。她想过从城里招些看守，但歪尔提出了更明智（不用说也更廉价）的解决方案。为什么不找“家”里最恶毒的小霸王来管其他人呢？只要给他们一点儿甜头——像是一些奶酪、额外的热汤和面包、一套新衣服，最重要的是，一点点权力——他们就会很乐意听她吩咐。令人惊讶的是，只需要付出这么一点点代价，就能换来他们的忠心。

她让歪尔管着那些人。如果把一切都考虑在内的话，事实证明，那只耗子还是挺有用的。

杜疮小姐从瞭望台的窗口仰望天空。空中乌云密布，但难得没下雨。很快，她就要跟戴白手套的男人第二次碰面了。这一回，他们碰面的地点不是山巅城堡，而是叫作“阴暗镇”的可怕地方。不过没关系，只要能为自己的计划筹到资金，就算要跑到世界尽头，她也在所不惜。她希望这一回能把计划顺利推销出去。

“别想那个了，”马多克就像有读心术一样，“给我讲故事吧。”

“抱歉，我的小乖乖。嗯，好的，这就讲。”

马多克用鼻子蹭了蹭杜疮小姐冰凉、苍白的手，发出撒娇似的咕噜声。

院长深吸一口气，开始讲故事。

“那是我爸爸的葬礼结束后，我在墓地里漫无目的地乱走。我很伤心，但更生气，因为我受到了不公平待遇。”

见院长的脸沉了下来，马多克连忙轻声安慰：“好了，好了，主人，讲讲开心的部分吧，我们合二为一的那部分。”

就这样，在暗淡的晨光中，杜疮小姐开始讲故事，说她是怎么在荒郊野外的墓地边缘发现蝎尾狮的。她说自己被树根绊倒，脸朝下摔进沟里，还把脚踝给扭了。她好不容易坐起来，发现得靠别人帮忙才能爬出去。就在这时，她发现地下埋着一根手杖，只有杖柄露出地面。她看见了木雕鹰头，跟他四目相对。

她最需要帮助的时候，他就在她身边，跟她的家人完全不一样。她的家人总是不在她身边，从来都不在。

“你的眼睛闪烁着琥珀色的光芒，我内心深处有种感觉，知道必须放你出去。当时我就知道了。”

蝎尾狮两眼放光：“接着说呀，主人！说说接下来发生的事！”

杜疮小姐说，她知道他在地下的木头牢笼里拼命挣扎有多痛苦。她感同身受，深有体会。她自己也像被困在手杖里，拼命挣扎，想要摆脱桎梏。他在那里等啊等，等了那么多年，那么多个世纪，终于等到了她。她就是他命中注定要灵魂相依的人。

虽然杜疮小姐的脚踝早就好了，不用拄手杖也能走，但她一直手杖不离身。蝎尾狮是她的心腹，她则是他的守护者。她撤掉了“家”里所有镜子，免得他看见自己的影像。因为传言是真的，蝎尾狮绝对不能看见自己的样子，只能凝视跟他有深切羁绊的人。如果他不小心在镜中看见了自己黑暗的灵魂，就会迎来末日。

杜疮小姐并不知道，她不过是蝎尾狮旅途中的一处落脚点。尽管她很特别——甚至可以说，深受蝎尾狮爱戴——但在他需要的时候，总会有这样、那样的杜疮小姐出现。那些人总是很需要他。因为他是从古老魔法中诞生的，而所有人都知道，古老魔法有自己的意志。

杜疮小姐讲完故事后，马多克就迷迷糊糊地睡着了。杜疮小姐呆呆地坐在暗淡的晨光中，神思恍惚，无法摆脱昔日的回忆。她多恨那段时光啊。那场可怕的葬礼，那些腻歪、烦人的家伙全围着她姐姐打转，她亲爱甜美的姐姐——那个恶心的家伙，那个怪胎。葬礼前一天，她和菲比坐在病榻前，眼睁睁看着父亲咽下最后一口气。就连那个时候，虽然姐妹俩都赶来陪护守夜，但比起她来，父亲还是更偏爱她的姐姐。

一直以来都是这样，父亲偏爱双胞胎中的另一个。那个独具天赋、声若银铃、美貌动人的菲比·南丁格尔，她恨彻心扉的姐姐——前提是她的心还在。

她们不是同卵双胞胎，不同之处比比皆是。

双胞胎中的第一个降临人世时，父亲用歌声唱出了她的名字——菲比，跟他心爱的妻子同名。她浑身粉嫩，活像个小天使，背着一对靛蓝的小翅膀，从左右肩胛骨底下伸出来，跟她妈妈一模一样。但双胞胎中的第二个呱呱坠地时，悲剧发生了。宝宝刚生出来，小脸通红，大哭不止，母亲就呼出了最后一口气，双眼一翻，撒手人寰。

几天后，那个孩子仍然没有名字。做父亲的沉浸在悲伤之中，实在无法忍受看见她的脸。一个星期过去了，两个星期过去了。一个月后，女仆怀抱婴儿，走进主人的书房："先生，打扰了，这个小家伙得起个名字了。克莱门[1]怎么样？瞧瞧她的小脸，又圆又胖，又红又亮，就像等人摘的小橘子。"她的父亲虚弱无力，喃喃说道："你想怎么叫就怎么叫吧，把她抱走。"说完，他挥挥手，让女仆抱孩子出去。

从妻子去世的那天起，克莱门·杜疮的父亲就更偏爱菲比。菲比继承了母亲天使般的嗓音和拍动的小翅膀。全家人都为此保密，就像他们都闭口不提克莱门那不长头发、只长羽毛的脑袋瓜儿。

她虽然没有姐姐的美妙歌喉，却有自己独特的天赋。可惜没有人在意。

她会发明东西，奇妙的东西。她跟父亲一样，是个发明家。她把自己发明的小模型藏在壁橱里，跟草图、示意图和繁复的设计图纸放在一起，因为家里没有人在乎这些玩意儿。

两个女孩年满十八岁的那一天，父亲突然病倒了。不到一个星期，他就病入膏肓，显然命不久矣。他让女仆把两个女孩喊来床边。姐妹俩马上就来了。

菲比和克莱门坐在父亲的病榻边，一左一右。

"剩下的时间不多了，亲爱的，这个我很清楚。所以，请好好听我说。"父亲扭过头去，望着年轻的菲比。菲比泪流满面，紧握父

① 她的大名 Clementine 通常指克莱门氏小柑橘，是小蜜橘和酸柑的杂交品种，色泽橘红，味甜无籽。

亲的大手。“好了，好了，我的好孩子！别哭了！这才乖嘛。我的时间不多了，所以听好了：你，我的菲比，我的夜莺，要成为伟大的歌唱家。你要随你妈妈姓，用南丁格尔这个美好的姓氏。千万别随我姓。‘杜疮’不适合闪亮的明星。它跟‘毒疮’只差一点点，会被视为脓疱和囊肿。不，我亲爱的……”他停顿片刻，猛烈咳嗽起来。菲比递上玻璃杯，他喝了口水，这才接着往下说：“你，我最亲爱的菲比，注定要成为夜莺，向世人引吭高歌，就像你亲爱的妈妈一样。她是我此生的挚爱。”说出这句话的时候，他的眼中饱含热泪，“你会在世界各地最宏伟的音乐厅里引吭高歌。你的名字和斗篷将成为你的独家标志。斗篷得是靛蓝色，跟你的眼睛一个颜色。它能掩饰你继承的秘密——你漂亮的靛蓝色翅膀。”

一阵可怕的咳嗽声打断了他的话。恢复常态后，他转身看着克莱门。“还有你，亲爱的。”他叹了口气，又咳嗽了一声，“你得选个受人尊重的职业，我亲爱的克莱门。为什么不呢？女人为什么一定要结婚？是的，你也要走上社会，取得成功。”

随后是一阵令人不安的沉默，接着是又一阵猛咳。菲比伸手握住父亲的手，紧紧攥住。她妹妹呆呆坐在另一侧的床沿上，双手僵硬地搁在膝头。

“你知道的，我的孩子，”父亲虚弱地笑了笑，继续说道，“你没能继承你妈妈的音乐天赋，没能像你亲爱的姐姐一样。这很不幸。但我知道你能走上社会，闯出自己的一条路。最开始，我想……护士是个不错的职业，或者……秘书，或者……某位贵族小姐的女伴……”他蜡黄的脸一下亮了起来。“后来，我突然想到，你可以教书呀！俗话说得好：能者，为之；不能者，教之。你可以教别人嘛！”他又咳嗽了一声。显然，他的呼吸越来越困难了。“我亲爱的克拉米。”噢，她多讨厌这个小名儿啊！听起来黏糊糊的。[①] 她的大名又是种酸溜溜的水果，还是个低贱的女仆起的！“你是个聪明的姑娘，”她父亲说，“虽然没能继承你妈妈的天赋，”说到这里，他又停顿了片刻，“但你有她的坚强意志，还有……我想，也有一点点像我吧，你有……”

她等着父亲说出她这一辈子最想听到的那句话——你有我的发明天赋。

可是，父亲用微弱的声音说：“你有我的姓——杜疮——虽然听起来有点像发炎的囊肿……但它能帮你走上社会。亲爱的，你没有姐姐的魅力和天赋，”他虚弱地对她笑了笑，“所以，能得到什么帮助，都得牢牢抓住了。”

父亲没看见女儿痛苦畏缩的表情，没看见她闪躲的动作，也没看见她的心一沉。

“我亲爱的孩子们，”父亲声音嘶哑，因为他将不久于人世，“做个好人，待人友善，还有——”他的话戛然而止，变成了骇人的喘息，似乎已经油尽灯枯。

“爸爸！”菲比哭起来，紧紧握住他的手。

① 她的小名儿“克拉米”（Clemmy），读音近似 clammy（黏糊、湿冷）。

接下来几分钟，屋里一片寂静，只听见父亲吃力的喘息声。

最后，他使出浑身力气，缓缓扭过头去，不再看克莱门，而是望着菲比，气喘吁吁地说："我亲爱的孩子……你要有远大理想，伸手摘星去吧。对你来说，繁星触手可及。"

随后，他就溘然长逝。

菲比继承了父亲最神奇的发明——捕歌机，继承了那栋大宅——她母亲的故居，富丽堂皇的南丁格尔之家——还有宅子里的所有物品。她继承了母亲的晚礼服，还有她美丽的靛蓝色斗篷，边缘镶满银灰色的小珍珠。

克莱门继承了一大堆教科书和一笔专款，用来接受教师培训，然后开办一所学校，或者一家孤儿院——如果她想为世上不幸的孩子们做点事的话。

马多克从小憩中醒来，一看杜疮小姐的脸色，就知道她在想什么。"别为她烦心了，主人！不值得！"

"她总让我想起我得不到的东西，"杜疮小姐怒气冲天，一字一顿地说。过去的一个钟头里，在蝎尾狮呼呼大睡的时候，她一直在暗暗诅咒她的姐姐。"我要让她得不到她想要的东西。"

"没错，主人，您必须这么做。您知道，我会竭尽全力帮您的。"

他们俩静静相处了一会儿，杜疮小姐轻轻抚摸蝎尾狮的耳朵。

"主人？"

“怎么了，小乖乖？”

“我们什么时候能让他们大吃一惊，做件大事？您知道，我已经等了好久了。”

“我知道，小乖乖，我知道。再耐心等等吧，那一天会来的。到时候，你将无比荣耀，彰显你的力量——”

“我们的力量，主人。因为我们已经合二为一了。”

杜疮小姐的薄嘴唇微微噘起，露出一抹微笑。“记住我说的，小乖乖。到时候，我们会一起释放你的——我们的——神奇魔力。我向你保证。”

亚瑟一口气跑到臭水桥，中间一次也没停下。乐声从“天鹅与哨子”酒馆里倾泻而出，飘过河面。他多想走进店里，脱下帽子，点上一大盘奶酪吐司加一大杯凉牛奶。但那么做太冒险了。于是，他匆匆沿着纤夫的小道走向岸边。一条底朝天的驳船给他提供了栖身之所。他抓住船舷，抬起船身，钻了进去。

他在船底下躲了一整天，时睡时醒，迷迷糊糊地等到夜幕降临。是时候了！

他从藏身之处爬出来，活动了一下僵硬的腿脚。老五说过，等他看见了自然会知道。他看见一盏油灯发出幽幽的红光，不禁好奇，不知那是不是他来光明镇时头一晚看见的夜航船。

红光来自停在岸边的一艘饱经风霜的小船。亚瑟蹑手蹑脚地走过去，差点儿没看见那个蹲在船尾、头戴兜帽的人影。六月的晚上已经相当暖和了，但那个身材矮小、脑袋也小的驼背男人还是穿着厚重的黑大衣，脖子上还裹着条围巾。不过，在一片黑暗之中，很难看清他的模样，因为他的脸藏在阴影里。

“打……打扰一下，先生，”亚瑟说，“要是您不介意的话，能送我过河吗？”他又补了一句，“是老五叫我来的。”

摆渡人的嗓音低沉而嘶哑：“我们是诺亚客。我们送无名无姓、受人追捕、迷失方向的人渡河。”

接着又响起一个声音，比刚才高了八度，重复了一遍那段话，“我们是诺亚客。我们送无名无姓、受人追捕、迷失方向的人渡河。”

亚瑟努力分辨第二个声音来自何方，但没看见船上还有别人。男人挥手示意他上船。等他在龟裂的硬板凳上坐定，诺亚客的衣领里突然冒出一颗小脑袋，跟原先那颗长得一模一样，只是小上一圈。

“噢，你……你好，”亚瑟紧张起来，“我看见了两个你。”

两颗脑袋异口同声：“我们是诺亚客。我们送无名无姓、受人追捕、迷失方向的人渡河。”

第三颗脑袋也冒了出来，比另外两颗小得多，显然一肚子火。“对，对，就是他们说的那些。”他冲另外两颗脑袋翻了个白眼，“我们是诺亚客，什么什么的，能干正事了吗？”

“噢，好吧。”第一颗脑袋说，扭过去盯着亚瑟。第三颗脑袋嘟囔了一句：“老规矩，先付钱，后开船。”

亚瑟现在能看清他的脸了——或者说，他们的三张脸。他们看上去既像人类，又像两栖动物——三颗青蛙似的脑袋，眼睛又圆又大，向外暴凸，皮肤隐隐泛绿。“过河多……多少钱？”亚瑟问。

“拿出来瞧瞧。”第二颗脑袋说。

“掏出来。”第一颗脑袋说。

“他问‘多少钱？’”第三颗脑袋不屑地哼了一声，“赶紧地。”

亚瑟把号牌从脖子上取下来。“这个行吗？”

第三颗脑袋接过来，咬了一口，检验成色，然后往船板上吐了口唾沫。“这不是金也不是银，你玩什么把戏呢？你知道，送你这种人过河，我们冒了多大的险？”

“对有些人来说，这个挺值钱的。”亚瑟说。

“对我们来说，这可不值钱。”第一颗脑袋说完，诺亚客便把号牌往后一抛。亚瑟眼睁睁看着它沉入水底，但一点儿也不觉得可惜。他把离开迷失庄园时老五给他的那枚硬币递了上去。第一颗脑袋吹了吹硬币的边缘，又狠狠咬了一口，暴凸的大眼睛在月光下熠熠生辉。诺亚客把它塞进了兜里。“还有啥？还有啥？”三颗脑袋齐声嚷嚷。

最后，诺亚客收下了硬币、亚瑟的背包和里面的东西——包括他的新衣服和松果送他的红帽子，总算是满意了。“好吧。”第一颗脑袋说，“这还差不多。”

“我觉得也是。”第二颗脑袋说。

“咱们次次都收到些垃圾。”第三颗脑袋说。

“好了，赶紧开船吧。”第二颗脑袋说。

亚瑟还藏着一枚硬币，就是他在地板底下找到怀表那天，老五给他的那一枚。硬币跟他的宝宝毯残片和金钥匙藏在一起。他相当确定，如果他能顺利抵达地下城，会有用钱的地方。

后两颗脑袋钻回了大衣里。诺亚客抓起一根长长的木桨，站起身来，开始划船。起初，就像在浅水区让平底船转向。但船刚一离岸，河水就变深了。

他们穿越波涛起伏的大河时，浓雾在小船上空萦绕盘旋。诺亚客一言不发，亚瑟则侧耳倾听浪花拍打船身，还有飘在河面上的夜之声。水面上漂过了许多东西：一根烂木头、一只死耗子、一顶破烂的渔夫帽，还有一头死猪。他们经过了一艘运煤船、一艘蒸汽船和一两艘小艇，诺亚客的渡船在黑漆漆的水面上晃个不停。

一阵猛烈的东风突然袭来，汹涌的波涛狠狠撞击船身，害得亚瑟东倒西歪。他担心船会翻，后悔没学过游泳。但话说回来，在他长大的那个鬼地方，又有谁会教他游泳呢?

“打……打扰一下，”亚瑟说，“如果您坐下……会不会轻松一点儿？”

“诺亚客从不坐下。”第一颗脑袋说。

渡船继续东摇西晃，船舷不时涌进河水，看起来危险极了。

第二颗脑袋冒了出来：“无意冒犯，但他说得没错。”

第三颗脑袋也钻出来，厉声说：“坐下，不然咱永远也过不去。再说了，”他补了一句，“咱也得让屁股休息一下。”

第一颗脑袋冷笑一声：“诺亚客开船的时候可不会坐下。”

“呃，我一直不喜欢这条规矩！”第二颗脑袋说。

三颗脑袋你一言我一语，吵个没完，渡船晃得更厉害了。

亚瑟轻声提议：“打……打扰一下，我不是有意冒犯，不过……

能不能让我来划？我是说，如果能帮上忙的话。”

话刚一出口，他就后悔了。因为跟游泳一样，他这辈子从来没坐过船，更别说掌舵了。三颗脑袋全盯着亚瑟，青蛙似的嘴唇微微噘起，露出一模一样的讥笑。

“那我就当是不行了。”亚瑟清了清嗓子，“我会……我会坐好，保持安静。”他沉默了一会儿，又冒出一句，“今晚的月色真美啊，你们觉得呢？”

但诺亚客什么也没说，后两颗脑袋又消失在了大衣里。

潮水一波接一波袭来，诺亚客划得相当吃力。渡船离对岸越来越近，亚瑟都能看见码头和岸边抱团族燃起的火堆了。最后，船终于在臭水桥下游半英里的地方靠了岸。亚瑟下了船，头上没了帽子，身上几无分文，穿得跟他刚来光明镇的时候一模一样。

“再见了。”他对诺亚客说。他正给船调头，准备划回对岸。“谢谢这——呃，这段旅程。多谢了。”

渡船渐渐消失在夜色中，河面上回荡着诺亚客的船工号子。“我们是诺亚客。我们送无名无姓、受人追捕、迷失方向的人渡河。”

老五告诉他，到了河对岸，就去抱团族聚集的地方找一口窨井，那就是通往地下城的入口——当然不是官方入口。官方入口在光明镇集市附近，是开往阴暗镇的地下车站。但那些列车是为能自由通行的人准备的，像是高帽族、D.O.G.C. 官员和工厂老板。而底层贱民——没有号牌的家伙，像亚瑟这样被人追捕的逃犯，还有迷失方向的人——只能另寻他路。

亚瑟碰上了一群睡在窨井附近的抱团族，就像老五说的那样。他看见通风口冒出的蒸气在他们周围升腾弥漫。有个面容憔悴的年轻人好心掀开井盖，让亚瑟钻进去。亚瑟沿着一条锈迹斑斑的长梯往下爬，进了一条巨大的排污管道。他不知道还能做些什么，只有顺着管道前进——向下，向下，再向下——在鬼知道是什么玩意儿的污水中艰难跋涉。

臭味简直令人难以忍受。

一片黑暗之中，他在迷宫般的管道里涉水前进。那些污水——不管到底是什么玩意儿——没到了他的膝盖，像布丁一样黏稠。管道里黑黢黢的，伸手不见五指。他觉得黑暗悄然潜入了他的身体，钻进了他的灵魂。

他跟着缓缓流动的污水，穿过一条又一条管道。下水道里狂风呼啸，风声听起来就像落进陷阱的野兽。过了一阵子，他的眼睛渐渐适应了黑暗，发现管道两侧和顶部有不少痕迹。那是小动物爬过的痕迹——小白螃蟹、青蛙、鼻涕虫、耗子，还有老鼠那么大的甲虫。

前方的管道突然收窄，水流顿时变得湍急，害得他打了个踉跄，被激流裹挟而去，在黑褐色的污水里沉浮不定。水流拽着他一路向前，速度快极了，他好担心会被淹死。他一会儿被卷到这边，一会儿被推向那边，脑袋一直在水底下，不小心吞了口脏水，呛得直咳嗽，只好拼命挣扎，想要浮出水面。

他大喊救命，但只听见自己的声音在管道里回荡："救命！救命！救救我啊！"

最终，湍急的污水涌进了一条更粗的管道，水位下降，水流放缓。在那条漫长阴暗、锈迹斑斑的管道末端，有一盏光线昏暗的红灯。亚瑟好不容易站稳脚跟，拼尽全身力气，蹚着水朝那盏灯走去。

灯光把他引向一条大隧道，两旁点着油灯，发出幽幽的红光。亚瑟走了进去，总算是不用再泡在污水里了。他浑身湿透、沾满秽物、臭气熏天，冷得瑟瑟发抖。但他只是抹了把脸，就继续前进了。

前方是一条条幽暗的隧道，一连串混乱的甬道，还有蛛网般的管道和地窖，通向更多迷宫般的通道。

亚瑟彻底迷路了。

头顶上有东西不停滴落，搞得遍地水洼，到处都是黑黢黢的脏水。亚瑟抬起头，仰望滴答流水的黑色巨岩，发现上方的管道在渗水，形成了许许多多钟乳石。他身边的墙壁在淌水，脚底下也湿漉漉的，遍地都是下水道的污水。就像地下城在伤心落泪。

就像那些滴水石像鬼，亚瑟心想。

他好想找个地方蜷成一团，哭上一场。但他不得不继续前进。

他完全靠耳朵带路。他从来没有像此时这么感激自己的天赋。他听见右边通道里传来说话声，就匆匆循声而去。一路上，他看见眼睛闪亮的耗子和老鼠左嗅嗅右闻闻，大嚼模样古怪的真菌、绿藻和到处乱爬的甲虫。他不知道，在找到出去的路之前，自己在地底下该吃些什么。当然，前提是他能找到出去的路。

要是找不到的话，他还能再见到小可吗?

亚瑟一走进通道，就被眼前的景象惊呆了——成百上千的混血种从四面八方涌来。他这辈子都没见过这么多人。大家体型各异、高矮不一、有老有小。有些人老迈不堪，连路都走不稳，也有许多小家伙，被父母紧紧拽着，生怕一家人走散。

亚瑟挤在人群里，被推过来搡过去。他正往前走着，突然起了浓雾。雾气如热汤般浓稠，呈焦土般的棕褐色，仿佛是从地心召唤出来的原始力量。

亚瑟沿着通道，走进一个巨大的拱形空间，这里似乎曾经是一座用黑色巨石建成的大教堂。大家有些朝左走，有些朝右走，都在寻找通往对岸的桥。毕竟，他们面前是一条极为宽阔、水流迟缓的大河，如夜色般漆黑深邃。

亚瑟闭上双眼，耳朵转来转去，但没有任何声音能告诉他该往哪边走。他问别人该走哪边，但没有人知道。大家都像他一样，对这个地方不熟。最后，他决定朝右转。经过七拐八拐，他发现自己站在了一座锈迹斑斑的大桥桥头。

他很快发现，在阴暗镇的入口处，没有长着茶杯脑袋的矮个男人和机械猴子向急于入内的混血种收过桥费，只有一只体型硕大的鼹鼠混血种。

鼹鼠站在桥头，身穿灰大衣，头戴圆顶硬礼帽，帽上溅满了头顶滴下的污水。那个黑乎乎的大家伙在浑浊的空气中呼呼嗅闻，胡须微微颤抖。他手里握着一根木棍，棍子末端绑着铁丝圈。亚瑟猜想，那大概是用来抓想不付钱就溜进去的混血种的。

其他人你推我搡地从他身边经过，但亚瑟只觉得动弹不得。他回头看了看下水管道和阴暗隧道组成的巨型迷宫，里面污水滚滚。他无路可退，只能继续前进。于是，他随便选了一条队排着，等待轮到自己。

等轮到他的时候，亚瑟小心翼翼地朝鼹鼠走去。“哈……哈啰，打……打扰了，先生。我想过桥。”他鞠了个躬。不过，鼹鼠眼神太差，根本没看见。

“口袋翻出来。”鼹鼠的声音既轻柔又阴险，可奇怪的是相当迷人，“拿给老子闻闻，小杂种，口袋翻出来，赶紧地！”

亚瑟只剩下一枚硬币了，老五给他的那枚硬币。这是他离开这里的门票，也是在阴暗镇换食物和住处的资本——直到他找到安全出路，既能离开这里，又不用穿过地上的城市。

于是，他撒了谎。

“我……我什么也没有。拜托了，能让我过去吗？”

“我闻到了亮晶晶的东西。”鼹鼠说。亚瑟倒抽一口凉气，担心最糟糕的事会发生——鼹鼠会夺走他的金钥匙。但鼹鼠嗅了嗅，说：“没错，没错……亮晶晶、银闪闪的东西。”他把“银”字拖得老长，像在细细品味似的，“没错，没错，银的。”他又嗅了嗅，“口袋翻出来！”他听起来有点儿火了，黑爪子紧紧攥着带铁丝圈的木棍。

亚瑟别无选择，只好从兜里掏出硬币，交给鼹鼠。鼹鼠一把夺过去，放在鼻子底下闻了闻，兴奋得胡须直颤，“没错，没错，就是这个，银子最棒了，妙极了，妙极了。你过去吧。”

亚瑟长出一口气，踏上了生锈的铁桥，走进了阴暗镇。

冷雨敲打着“杜疮小姐的顽童与弃儿之家”的屋顶。已经到六月了，但院墙里还是一如既往地阴霾凄冷。夜半时分，所有人本该上床睡觉了，但亚瑟和小可的三个老朋友——德国腊肠犬奈杰尔、兔子双胞胎内斯比和史努克——聚在红隼大厅小孤儿宿舍的角落里，正在实施最高级别的犯罪。

他们在唱歌。

小个头的孤儿们将三人团团围住，个个听得如痴如醉。

“这就是所谓的三重唱。”奈杰尔低声说。

“棒极了！”双胞胎喃喃说道。

“棒极了。”其他人也喃喃应和。

“再来一遍，好不？”奈杰尔说，“这一回多带点儿感情，但声音轻点儿，隔墙有耳啊！好了，来吧，从头开始——预备，起！”

虽然杜疮小姐定了新规矩——条条框框越来越多，歪尔那帮人也乐于执行——大家还是各显神通，努力反抗。其中不少人，尤其是帮小可执行秘密计划的那些人，一直在鼓动大家起来反抗。他们势不可挡。

粉笔从院长的储藏室里神秘消失，涂鸦出现在“家”里各个角落。有些是搞笑的小画像，画着秃头的杜疮小姐想抓住她的假发，有些是讽刺漫画，画着蓬嚏先生打了个大喷嚏，把自己的鼻子给打掉了。还有其他各种各样的画，画着亚瑟和小可越过高墙奔向自由，还有外面世界的各种奇妙玩意儿——鲜花、绿树和蝴蝶，还有孤儿们能想起的关于外面的一切。

他们甚至画出了独角兽和小精灵。大家都灵感勃发。

但灵感是个危险的东西。

要是被抓住，叛逆的小家伙就会消失不见。始于冬季的失踪案有增无减。每天进“家”的混血种越来越多，失踪人数也逐日增加。

奈杰尔、内斯比和史努克刚唱起违禁歌曲，就有两个人闯了进来。其中一个是身材高大、眼神冷酷的耗子混血种，另一个是戴着眼镜、鼻涕哧溜的男人，手腕缠满绷带，一只脚上还打着石膏。

耗子骄傲地围着院长送他的黄丝巾，伸出尖爪，一把捂住奈杰尔的嘴，蓬嚏则抓住了双胞胎的衣领。“听众们”迅速钻回床上，躲在被子底下瑟瑟发抖，生怕自己也会被抓走。

奈杰尔、内斯比和史努克犯的是“红色代码 S-3”。“红色代码”代表“最高等级的犯罪”，“S”代表唱歌，“3”代表肇事者有三个。

蓬嚏和歪尔把罪犯拖进走廊，推搡着他们往左走了几米，在大家一直以为是储物间的门口停下脚步。每座大厅的尽头都有这么一扇门，像“家”里的大多数门一样，总是锁得紧紧的。

走廊里像往常一样空荡荡的。蓬囔打开门，把奈杰尔、内斯比和史努克推了进去，然后点起一盏小灯。歪尔负责殿后。

原来，那不仅仅是个储物间。

"'地牢'，这个叫法多妙啊！"歪尔说，"比地窖或者地下室妙多了，你们不觉得吗？地牢，多有诗意啊，念起来真是口齿留香。"

显然，每座大厅——不管是红隼和老鹰，还是猎鹰和猫头鹰——都有通往地牢的秘密入口，红隼大厅尽头的小间就是其中之一。蓬囔把手伸到放清洁用品的架子后面，按了一下墙上一块污渍，墙就像门一样敞开了。他和歪尔把奈杰尔、内斯比和史努克推了进去。里面是一段黑漆漆的螺旋楼梯，通往未知的去处。

他们深一脚浅一脚地逐级而下，蟑螂和蜘蛛在他们脚边乱窜。三名"罪犯"下完楼梯后，映入眼帘的是一幅恐怖的画面：一眼望不到边的工厂。它比猎鹰大厅里的组装车间大得多，而那已经是"家"里最大的房间了。眼前是一家真正的工厂，有几十台吞噬甲虫的电磁怪兽，当然，还有其他机器。奈杰尔、内斯比和史努克确信，它们能做出其他恐怖的事。

三个小家伙紧紧攥住彼此的手，抽抽搭搭地哭了起来。

"别鬼哭狼嚎了！"蓬囔大吼。他把他们拖进工厂旁边一间阴暗潮湿的屋子里，四面墙上全是兽笼一般的小牢房。有些关着过去四个月里失踪的孤儿，年纪比较大的那些，就是大家口中的"嘟囔鬼"。有些关着像他们一样违反纪律的家伙，还有他们原以为被人收养或送往别处的混血种。

这里就是所谓的“别处”。

蓬嚏把他们三个推进一间牢房，嚷嚷着：“总算搞定了！”他擤了一把鼻涕，接着说，“明早五点开工，五点整！这里不像楼上，没有粥和豌豆汤，只有叫‘爪哇汤’的玩意儿。”

蓬嚏告诉他们，他们得从早干到晚。不过，杜疮小姐心肠好，允许他们星期天晚上休息。“不干活的时候，你们得待在牢里。”他打了个喷嚏，强调说。

“噢，对了，”歪尔补充说，“这底下用不着钟。相信我，你们会知道几点了。”

说完，他俩便转身离开，去向杜疮小姐汇报工作了。

蓬嚏登上最后几级台阶，突然转身看着歪尔，压低声音说：“真是棒极了，让我跟你搭档。臭耗子，你这下贱阴险、又脏又臭的小杂种。我不知道你在玩什么鬼把戏，歪尔，但别指望我相信你这么做不是为了自己。你会搞砸的！等那个时候，我，莫蒂默·霍雷肖·伊罗斯忒·蓬嚏，会亲手把你锁到那底下，跟其他小杂种关在一起。我会高兴地让你那些耗子同胞拿你当晚饭。”

“是吗？”歪尔冷笑道，“等着瞧吧——老喷嚏——院长大人会看见我多有用，你多没用。噢，对了，至于拿来当晚饭嘛——老子自己就拿过一两个人当晚饭。”

同一天晚上，在远方的地下城里，亚瑟垂头丧气，靠着一堵湿漉漉、黑乎乎的石墙，身边有个浅浅的水池。他在那儿思考自己近乎绝望的境况。今天晚上，他历经艰难险阻，为过桥花掉了最后一枚硬币——而这又是为了什么？他没有钱，没有吃的，也没有睡觉的地方。要是没有别人帮忙，他怎么也不可能离开这座地狱般的地下城。而他在这里一个人都不认识。不仅如此，他也许永远都找不到他的出生地——廷塔杰尔路上的那栋房子了，还有捕歌机。他也许永远都见不到捕歌机，永远都见不到小可了。

亚瑟连哭的力气都没有了。

在昏暗的光线下，池水看起来黑黢黢的，但谁又说得准呢？在他看来，一切都是黑黢黢的，永远被黑暗笼罩的阴暗镇，比永远都灰蒙蒙的“家”还要糟糕。他怎么才能逃出去？

但他并不孤单。墙边坐着成百上千个混血种，大家挤作一团，饥肠辘辘，筋疲力尽。

他们也不知该怎么办，该何去何从。

不过，答案很快就出现了。一只模样凶悍的獾混血种走了过来。他双臂肌肉发达，爪子硕大泛黄，声音低沉沙哑。

“醒醒，醒醒，小家伙！有谁想干活？晚上有床睡，还能填饱肚子！咱们都想要，对吧？排好队，排好队，小杂种。不想干活的人嘛，来吧，朝右边瞧。”大家都扭过头去，望向獾指的地方。不远处就是一片阴森森的墓地。“不是啥好去处，全是活活饿死的，嘿、嘿、嘿。”

亚瑟跟其他浑身湿透、疲惫不堪的混血种一起排好队。让他迷惑不解的是，在这座地下城里，管事的似乎不是人类，而是混血种。

起码目前来看是这样。

獾翻开一本巨大的红色分类簿，从兜里掏出一支羽毛笔。“我叫嘎法。你们这些家伙在这底下都没名字了！嘿、嘿、嘿！你们会拿到一个号！这底下用不着名字，完全用不着。”他又发出刺耳的奸笑，同样的“嘿、嘿、嘿”，听得亚瑟全身直起鸡皮疙瘩。

终于轮到亚瑟了。獾上下打量了他一番，视线落在他曾经毛茸茸、红扑扑的耳朵上——现在已是蓬乱不堪、沾满污泥——说：“啥玩意儿，你又聋又傻吗，小杂种？你、听、得、见、吗？嘿、嘿、嘿！”

亚瑟觉得，这一回最好别把自己的秘密天赋藏着掖着。他想，要是这个讨厌的家伙觉得他是聋子，可能会把最糟糕的工作分给他，想要尽快离开，就得多挣点钱。

“无意冒犯，先生，我听得见。事实上，我听得很清楚——我能听见很远的地方传来的声音。”

“哎哟，这样的话，小狐狸，老子这儿有适合你的活儿！明天一早开工，你就做个‘捕鼠夹’吧，咱这儿都这么叫。”

“捕……捕鼠夹是什么？”亚瑟问。

“呃，你很快就会知道了。”獾说，“噢，对了，既然你没名字，就得有个号：十三亿一千三百一十三万一千三百一十三。对你这小白痴来说，就是十三、十三、十三、十三、十三。明白了不？噢，还有一件事，干活才有饭吃，一天不干活，一天没饭吃。这是底下的规矩。好了，去那边跟其他人一起待着，等老子发话。”

似乎又过了好几个钟头，嘎法才领着亚瑟和其他人去他说的“新住处”。

“就是这儿了，给你们的是最好的！”

亚瑟环顾四周，除了一堵黑漆漆的石墙，他什么也没看见。“不……不好意思，可我们该睡哪儿呀？”

嘎法咧嘴一笑。“噢，虽说是个小洞，但是挺舒服的，嘿、嘿、嘿。”他脑袋一歪，哈哈大笑。

亚瑟的新家确实只是墙上小小的一个洞。

黑漆漆的石墙一眼望不到边，头顶上的管道还在不停滴水。巨岩从上到下凿出一排排小洞，绳索、齿轮、平台和滑轮组成复杂的升降系统，供混血种们上上下下。

“窟窿，咱这儿都这么叫。”嘎法说，“这是很久很久以前，夜鸦给它们的雏儿凿的。希望它们不会大半夜飞回来把你们叼走吧！嘿、嘿、嘿，那些鸟最爱吃小杂种了！觉得你们特好吃！”

嘎法发给每个混血种一片面包皮，按号码把他们分进不同的窟窿。

“你们想要暖和的小毯子吧？谁想要暖和的小毯子？举个手，别害臊嘛。”獾说。

大家争先恐后地举起手和爪子，因为阴暗镇里相当阴冷潮湿。

“哎呀，老天哟，”嘎法说，“老子这儿可没有！”

大家都陷入了沉默。这个可怕的夜晚还能变得更糟糕吗？

亚瑟抬头打量了一眼望不到边的高墙，沮丧地摇了摇头。跟这堵墙比起来，“家”里的院墙根本算不了什么。“打……打扰一下，先生，”他说，“怎么知道哪个洞是我的？”

“最顶上，小狐狸。挨着袋熊的，左边第二个，写着五个十三的。”獾咧开大嘴，亚瑟看见了他的牙，吓得往后一缩。只见他满口蛀牙，东倒西歪，全是棕褐色。嘎法转身离开前，冲亚瑟的新“家”努了努嘴：“注意脚下！嘿、嘿、嘿！”

亚瑟爬上绳梯，登上一座摇摇欲坠的平台，头顶是嘎吱作响的滑轮。他的新“家”是巨岩上凿出的一个湿漉漉、空荡荡的小洞，弥漫着鸟粪、霉菌、污水和尿液的臭味。他爬进去，想睡一会儿，但怎么也睡不着。他明早五点就得开工，现在只剩不到两个钟头了。他每天得干十五个钟头，每周六天，朝五晚八，只有星期天能休半天。这么拼死拼活地干，才能换来一个小窟窿和每天两片面包。

照这个速度，他永远没法儿离开这里。他必须尽快想出办法来才行！他得找到小可。但此时此刻，他已经疲惫不堪，离黎明只剩两个钟头了——不见天日的黎明。

亚瑟突然想起嘎法说的夜鸦，一下子坐起身来，竖起耳朵，聆听周遭黑暗世界的声响。他真希望獾是唬人的。幸好，他没听见大怪鸟的声音，只听见巨石背后浪花拍岸。他聆听着从未听过的声音，完全不明白那是什么：夜班车的汽笛声，它们负责运送人类中的幸运儿——高帽族、D.O.G.C 官员、工厂老板——往返于地底的阴暗镇和地上的光明镇。他聆听着清洁车隆隆经过，推车的是体型硕大的鼹鼠混血种。他们虽然眼神不行，但在这个古怪的地下世界却如履平地。他们在垃圾场、窟窿外、高墙边搜寻废弃的炉渣、垃圾和遗弃的物品。

亚瑟能听见头顶上光明镇的动静。

他竖起耳朵，透过分隔两个世界的岩层和泥土，聆听着上方的声响。他能勉强听见街头的淅沥雨声。在地底下感觉不到下雨，只有管道的污水在滴答、滴答、滴答往下掉。在地下城里，没有温柔的细雪，没有灿烂的阳光，就连孤儿院里的暴风雨都没有。

在阴暗镇的地下世界，压根儿就没有“天气”一说。

第二个星期的星期天，亚瑟从睡梦中醒来，满脑子都是廷塔杰尔路十七号——那个路名念起来像音乐一样，而且号码不是十三（真是谢天谢地）。他的大冒险弄得一团糟，更别说发生的其他事了。他头天晚上没睡好。其实，来到地下以后，他没有一天晚上能睡踏实。窟窿活像个鸽子窝，只是到处沾满煤灰，墙壁还渗着污水。洞里寒意刺骨，睡着很不舒服。不少小个子的混血种直接放弃了窟窿，到工厂的烟囱里找地方蜷着取暖。

人怎么能睡在这么阴暗潮湿、毫无隐私、腿脚都伸不直的小洞里？再说了，他还不知道獾说的夜鸦是真是假。他随时竖起耳朵，保持警惕，注意听振翅声，以防万一。

他从窟窿里朝外眺望，眼前的世界一望无际，阴郁沉闷。放眼望去，到处都一模一样，大家都呼吸着同样污浊、憋闷的空气，步履维艰地朝轰隆作响的工厂和矿坑走去。空气中弥漫着陈腐的气息，充斥着悲伤的感觉，仿佛沉积了几个世纪的哀愁。亚瑟能闻见地下的浓雾，它有股臭鸡蛋的味道。工厂冒出的大量浓烟无处可去，就在阴暗镇上方萦绕盘旋，通过少数几个通风孔飘向上方的白色大城。

难道这就是他从今往后的生活？难道这就是他的宿命？

他必须给小可捎个信。他确信，小可现在已经做好计划了。毕竟，她是小可。但要是他被困在这个鬼地方，怎么才能跟小可取得联系？

亚瑟盘腿坐在窟窿的地下，啃了一口当作早饭的面包。面包是一只机械猴子送来的，看起来很像臭水桥桥头的那只。猴子在石墙上攀上爬下，每天给住户送两次口粮。这只猴子比桥头那只还要刻薄。

“呸！”亚瑟把面包吐了出来，面包皮都发霉、变绿了。他把面包从洞里抛了出去，它落进下面的浅水池里，发出轻柔的溅水声。

很快，他就得跟其他人一起下矿坑了。他干的绝对是阴暗镇最糟糕的活儿。作为“捕鼠夹”，他的工作是操作矿坑的活板门，控制矿工用的通风设施。他听人说起过别的工种——制胶工、磨骨工、碎石工、掘墓工、制帽工、熬油工、淘粪工，等等。至于少数幸运儿，在一条叫作黑蛞蝓巷的甬道里，沿路开设了不少臭名昭著的店铺，那里也有活儿可做。那些铺子完全是开给混血种工头的，像是嘎法或者在桥头收费的鼹鼠看守。虽然他们跟其他混血种一样，不能离开阴暗镇，但地位较高，手握特权。只有他们能进斗耗子俱乐部、赌博俱乐部、怪胎秀表演场和唯一一家混血种小酒馆。酒馆的名字恰如其分，叫作“大粪与粪铲”。

收工后，像亚瑟这样地位低下的混血种只能蜷在窟窿里，窝在浓烟滚滚的油灯或者从夜市上以物易物换来的蜡烛底下，借着微弱的灯光或烛光，分享各自的痛苦经历和少得可怜的食物。

才过了没几天，亚瑟就能看出哪些混血种是在地底待了很久的。他们个个气喘吁吁，眼睛瞪得大大的，以此适应光线不足的地下生活。他们神情恍惚，眼神空洞，很少开口，让亚瑟想起了孤儿院里的“嘟囔鬼”，就是那些年纪较大、接受现状的混血种。

亚瑟回想起，他到光明镇的头一天，就听见地下深处传来一声巨响。他现在才意识到，“地下深处”就是自己现在待的地方。要是他不赶紧想办法逃出去，也许下半辈子都得待在这里了。

但他没有忘记小可说的话——勇敢点儿！永远别失去希望！在他的内心深处，还藏着很久以前的那首歌，还有那个飘在漫天星辰中、乐声般美妙的声音，她的声音，不管她到底是谁……

只要一有空，他就会竖起耳朵，聆听头顶上光明世界的动静。他发誓，如果他集中精力使劲听，还能听到孩子们玩耍的声音。

亚瑟一大早就醒了，好在下面的黑水池边坐一会儿。他爬下绳梯，下到最近的升降平台，用力扳动手柄。滑轮嘎吱作响，把他送了下去。

他只有几分钟自由时间，但至少那几分钟完全属于他。他可以闭上双眼，假装自己回到了小可身旁，在通往光明镇的大路上，坐在洒满阳光的清澈小溪边。他在脑海中描绘出青山、野花和田间的牛羊。他是如此聚精会神，沉浸在美好的想象中，过了好一会儿，才发现身边的碎石堆上蹲了只青蛙。青蛙紧紧盯着一群小银鱼，鱼儿在水面附近绕着圈子游来游去。每隔一阵子，它就会伸出长舌，卷起一条小鱼。

亚瑟礼貌地冲它点头致意，说了声：“你好呀，青蛙。”

青蛙瞄了他一眼，呱呱叫了一声，眼神挺不客气。

“你好。”亚瑟又说了一声，但青蛙只是盯着他看。

“嘿，你看什么呢？”亚瑟突然感觉怪怪的，有点恼羞成怒了。

青蛙眨了眨眼睛，开口了：“也用不着发火吧！俺在地底下又没见过狐狸混血种。”它又呱呱叫了一声，然后纵身一跃，消失不见了。

真棒，亚瑟自言自语，总算遇到一个人，说不定能告诉我怎么逃出去，结果又搞砸了。真是太棒了！

他刚站起身，就听见墙后有人轻声喊他。“喂，那边的。”亚瑟环顾四周，但半个人影也没看见。“喂！”那个声音再次响起，“对，就是你。别理那青蛙，小狐狸，别信它们说的。要是你真想知道这里的事，去问老鼠吧。”

亚瑟再次四下张望，但只看见了坚硬的石壁。宣布开工的汽笛声响起，他急急忙忙奔向矿坑。

当天晚上，亚瑟正睡得迷迷糊糊，突然听见墙后传来微弱的沙沙响。他抬头望去，发现窟窿顶上的角落里有个小豁口，一只长着粉色耳朵的小灰老鼠正朝外窥探。它面孔友善，一脸好奇，有洁白的长胡须和淡粉的小鼻子。

“你好呀，那边的！”亚瑟说，“过来呀，我不会伤害你的，我保证。”

小老鼠钻出了豁口，凑近了一些，抽了抽鼻子，眨了眨眼睛。

“可怜的小老鼠，你肯定饿坏了吧。”亚瑟悄声说。

小老鼠又凑近了一些。亚瑟发现它的尾巴很不寻常，尾巴尖又弯又扁，就像被人踩了一脚似的。

亚瑟翻了翻衣兜，掏出一小把面包屑，撒在小老鼠面前。“给你，吃吧，真希望能有更好的给你，可惜我没有。”

老鼠靠后腿直立起来，扭头看了看身后，紧张地理了理胡须，似乎在确认没人会跟它抢。随后，它激动地搓了搓爪子，左顾右盼了一会儿，这才埋头大嚼起来。吃完后，它又抽了几下鼻子，小声打了个饱嗝。接着，它开始梳毛，用爪子洗脸和其他部位，最后才是灰色的长尾巴。

亚瑟叹了口气，“真希望你能听懂我说的。我很喜欢老鼠，也需要有个朋友。”

老鼠点了点头，直视他的双眼，过了一会儿，才略显高傲地说：“但问题是，你能听懂我说的吗？你当然听不懂了。他们永远听不懂。”

亚瑟挺直了身子，“可我听得懂呀！”他大声说，“听得明明白白！”

老鼠瞪大了眼睛，“真的？你能听懂我说的？”

“对啊，听得明明白白！你叫什么？是怎么来的？还有——哦，抱歉，跟我说说你的事吧！”

“嗨，我叫皮维尔！你叫什么？”

“我叫亚瑟！”

“亚瑟？就像……就像那个亚瑟，永恒之鼠王？”皮维尔的眼睛瞪得更大了，“还有他的圆桌鼠骑士？真是太荣幸了！请原谅我刚才的口气，我压根儿没想到。”

小老鼠在亚瑟面前优雅地鞠了一躬。亚瑟也站起身来，向老鼠鞠了一躬。

“很高兴认识你，皮维尔，”他说，“这是我的荣幸。”

他们俩一直聊到深夜。

皮维尔告诉亚瑟，古时候（虽然他没有具体说是什么时候），所有老鼠都是骑士，为了荣誉和荣光而战，而不是为了奶酪。接着，他又补了一句：“不是说我对奶酪有什么偏见啊。”

亚瑟告诉他，他以前经常听“家”里墙后的老鼠和耗子聊天，在他的朋友小可来之前，那些谈天说地给了他不少安慰。

“我懂得那种感觉，”皮维尔说，“就算身边有好多人，也感觉孤零零的。我来地底下以后，每天都有这种感觉。”

他给亚瑟讲了一个悲伤的故事。他生在一个温馨的大家庭，有二十个兄弟姐妹。“是非常高贵优雅的大家族，你可记好了。”几个月前，由于命运的捉弄，他跟家人走散了。当时，他们一家到光明镇的集市上闲逛，一股美妙的香味害得他分了神。“那是布里奶酪。可以说，奶酪是我的软肋。”

他掉进了一口敞开的窨井，被卷进了下水道。“我的尾巴就是这么弄折的。”皮维尔边说边竖起尾巴，“还差点儿淹死。”他捻着胡须，打了个寒战。

“我懂得那种感觉。”亚瑟说，“除了尾巴那部分，因为我没尾巴，但我知道迷失方向、孤零零一个人是什么感觉。”

“现在，我不知道怎么才能回家，才能回到家人身边了。”皮维尔轻轻叹了口气，“话说回来，你怎么能听懂我说的话？恕我直言，但混血种和人类通常都听不懂。这可不大常见啊。你能听懂别的动物说话吗？还是只有老鼠？”

“不是所有都听得懂，”亚瑟说，“反正猫咪是肯定不行，起码现在还不行。”

“猫！”皮维尔吱吱尖叫，胡须也耷拉了下来，“猫有什么好听的？它们是粗鲁、傲慢又阴险的杀手，再说了——”

“噢，天啊，别这么说。”亚瑟说，“我确定猫也有好的。话说回来，要是我能听懂它们说话，就能更了解它们，说不定还能跟它们聊聊呢。这么一来，我经过它们身边的时候，它们就不会冲我咝咝叫了。”

他又递给皮维尔一把面包屑，但小老鼠说已经吃饱了，谢过了他。“皮维尔，”亚瑟说，“你看上去那么……那么有经验，那么懂人情世故，那你知道我为什么会是现在这个样子吗？”

“现在这个样子？”

“我是说——为什么我能听见这些声音？为什么我能听懂某些动物说的话，起码是你这样的动物说的话。”

“呃，”皮维尔说，“我也不敢说我知道答案，但肯定是有理由的。”

“真希望能知道是为什么。”亚瑟说，“皮维尔……我知道你说这不大常见，但你觉得还有别人能听懂你说话吗？要是能的话，是不是说明你也是混血种？”

“首先，”皮维尔说，“这个世界要比你想的复杂得多，地上生物和地下生物的生存法则都不一样。其次，我们这些动物不是高帽族想的那样，也就是说，没有脑子。我们能说话，起码同类之间能交流，至少大多数都可以。我们中的一些——”皮维尔突然两眼放光，

“特别是老鼠——不但能说话，还能吟诗呢。但在碰到你之前，我没见过能听懂我说话的人，不管是混血种还是人类。”

“明白了，”亚瑟说，“好吧。我得说，这可真有意思。”

他们俩肩并肩坐在地上，聆听阴暗镇的夜之声——蝙蝠在隧道中穿行，清道夫在黑黢黢的污水中艰难跋涉，努力打捞水里的垃圾和死物。亚瑟听见地底世界的穹顶上传来拍打翅膀的声音。但他一只鸟也没有看见，只感觉到它们栖息在石墙高处。那里有奇怪的亮点在闪烁，犹如满天繁星。

“我能再问你个问题吗？”亚瑟说。

“随便问！”皮维尔坐在地上，开始折腾尾巴，又是清理又是梳毛。

亚瑟觉得皮维尔花在梳毛上的时间有点太多了，但憋在心里没说出来，只是问：“你在阴暗镇是靠什么谋生的？我是说——混血种会给你吃的吗？还是说得靠偷的？”

“偷？这算哪门子问题啊？”

“噢，抱歉！”亚瑟说，“我不是故意的。只是……你是靠什么活下来的呢？”

“没关系，”皮维尔用小爪子拍了拍亚瑟的手，“我会回答你的问题的——我给夜鸦提供一项非常重要的服务。”

“夜鸦？獾说，那些大鸟可能会回来找自己的宝宝，要是它们发现窟窿里有混血种，就会吃了他。我不知该不该相信，但还是……”

“他骗人！它们等宝宝会飞了，就再也不会回来了。它们才不在乎什么混血种呢，起码我认识的那些都是。它们的任务是守护死者。你看见上面那些亮点了吗？”皮维尔指着地底世界的穹顶，“那是它们的眼睛。从远处看，就像星星似的。”

亚瑟抬头往上看。有那么一瞬间，他感觉自己回到了地面，正跟小可一起走在大路上。“你为它们做什么呢？”他好奇地问道。

“我帮它们清理尾巴上的羽毛，它们就给我吃的。它们的羽毛上沾满了煤灰，还有其他脏东西，你应该想象得到吧。这份活儿可不好做，但在我找到出去的路之前，可以填饱肚子，也不用坑蒙拐骗。有点像靠清理马厩换面包吃，你懂我的意思吧？”

“呃，其实不大懂……但我想象得出。你不怕它们吗，皮维尔？我是说——它们不会想吃掉你吗？乌鸦不是吃老鼠吗？”

“噢，天哪，当然不！起码在这里不是。”

“你就不能，呃，你懂的——溜进洞里，弄点吃的？”

“我告诉过你，亚瑟，我不是小偷！我是个——呃，如果你真想知道的话，我是个演员，或者说诗人。有诗人灵魂的骑士，或是有骑士灵魂的诗人。说实话，我还没想好。”

亚瑟冲小老鼠微微一笑，忍不住打了个哈欠。他已经很困了，但还不想睡，想跟新朋友多聊一会儿。

“睡前要我背首诗给你听吗？”皮维尔问。

“噢，好呀！我好想听！”

“那首诗叫《永恒之鼠王》。但得先提醒你一声，它很长。事实上，完整背一遍大概得花五年，如果每天背三个钟头的话。”

“我明白了。”亚瑟说，“那你能背首短点儿的吗？我怕要是太长，我会睡着的，错过最精彩的部分就不好了。”

“哦，每个人都会睡着，就连老鼠也是。”皮维尔叹了口气，“我早就习惯了。不过别担心，今天我背到哪里，明天就接下去背。噢，对了，”他补充说，“所有伟大的诗都得用唱的，你懂的。”

亚瑟尽量选了个舒服的姿势，蜷在阴冷潮湿的窟窿角落里。小老鼠在黑暗中用尾巴打起拍子来。亚瑟闭上眼睛，听皮维尔唱那首传奇史诗：

昔有鼠群，幸福欢欣，
载歌载舞，一路前行。
绕经古木，穿越绿篱，
暗影骤降，被迫逃离。
鼠王安在？鼠王安在？
高歌一曲，自由畅快。

从岩石的缝隙中，从窟窿和甬道的墙壁间，亚瑟听见了鼠群的大合唱。它们高亢纯净的歌声飘向地下城的穹顶。歌声在空中回荡，让亚瑟如痴如醉，渐渐陷入了疲惫深沉的睡眠。

不过，他醒来以后很久，《永恒之鼠王》的歌声还萦绕在他心间。

在地底深处的阴暗镇，亚瑟又在梦里唱起了歌，唱的是皮维尔的传奇史诗。因为每天晚上睡觉前，小老鼠都会来给他背诗。不少混血种，像是住在隔壁的袋熊，宁可熬夜不睡也要听他唱歌。这首歌在亚瑟内心渐渐滋长，在他和其他听众心中点燃了希望的火种。这首歌慢慢流行起来。每天早上，混血种们都会哼着它的旋律走向工厂和矿坑。亚瑟的歌声飘进了大家睡觉的窟窿。有了他不知不觉中送出的这份大礼，大家走起路来，脚步都轻快了不少。

一天夜里，窟窿附近的一条下水管道突然爆裂，黑黢黢的污水、死物和垃圾汹涌而出，淹没了亚瑟平时去矿坑的通道。第二天早上，他不得不另找一条路上工。但他刚来不久，地下的岔路和弯道又那么多，他——还有其他一些人——很快就迷失了方向。

他发现自己不知不觉走到了黑蛞蝓巷。这个名字恰如其分，因为这条街（其实是条巨大的排污管道）住着成千上万条黑乎乎的巨型鼻涕虫。

一群吵吵嚷嚷的獾看守刚结束轮班，正朝“大粪与粪铲”酒馆走去，打算在为当天第一场斗耗子下注前先喝几杯小酒。嘎法，就是给亚瑟分配工作和住处的那只獾，一把抓住了他的胳膊。“往哪走呢，小狐狸？你不该在矿坑干活吗？想偷偷溜走呀？嘿、嘿、嘿。”

“窟……窟窿那边的路昨晚被淹了，先生。”亚瑟解释说，“我只想另找一条路。”

獾冲旁边一歪脑袋，示意他往左拐，然后嘿嘿笑着进了酒馆。

亚瑟刚要离开，眼角余光突然扫到了一样东西，让他不禁停下脚步。只见一长串鼻涕虫从右边朝他的方向爬过来，身后留下一道闪闪发亮的银色痕迹。亚瑟虽然沮丧万分、心灰意冷，但还是被黑暗中那道美妙的银光打动了。

另外，还有一件怪事——那些鼻涕虫似乎驮着小块的食物。它们从哪边过来的？他听说过夜市，但因为没钱买东西，就没花精力去找。不过，他现在有东西能交换了。那首讲鼠王的长诗！

于是，他没有左转去矿坑，而是朝右转，沿着鼻涕虫留下的银色痕迹走去。

在黑蛞蝓巷的尽头，银痕先是沿着一条长长的甬道向下延伸，接着又沿着黑岩上凿出的螺旋楼梯向上延伸，最后通往另一条隧道。亚瑟走在隧道里，听见许多人七嘴八舌，或是以物易物，或是吆喝叫卖，或是讨价还价，在石壁上激起阵阵回声。

他心想，就算我今天一天没干活，少拿一块发霉的面包，那又怎么样？说不定我能在集市上弄到更好的东西呢。也许，只是也许，会碰上好心人，就像光明镇集市上那个女面包师，能送他一块热乎乎的面包卷。

一想到面包卷，他就口水直流。接着，他又想到了热汤，还有老五做的国王汤。他多希望自己身在迷失庄园啊！但他把那些念头都抛在脑后，沿着银色痕迹走进了阴暗镇的夜市。

夜市上嘈杂不堪、热闹非凡，货物大多是地上城市被人丢弃的腐烂食物，以黑市价出售。手推车上堆满了腐败的肉类、烂掉的水果和发臭的鱼头。有个女人在卖面包，但亚瑟能看见面包皮上绿色的霉斑，整条面包看起来像用锯末做的。拉车的不是马匹或驴子，而是疲惫不堪的混血种。亚瑟匆匆走过，四处寻找能吃的东西。

自然而然，他开始寻找馅饼。可这里根本没馅饼。卷心菜倒是有，而且看着还不错。

亚瑟走近卖卷心菜的男人。那人又矮又胖，满脸粉刺。

“打扰一下，先生。”他彬彬有礼地说，微微欠身，鞠了个躬，“要是您不介意的话，先生，方便说句话吗？”

男人皱起眉头瞥了他一眼，嘴里嘟囔了一声，听起来像是“你要干吗”。

亚瑟问他能不能考虑一下，用卷心菜交换著名长诗《永恒之鼠王》的精简版——当然，只是朗诵版，因为除了在梦里，亚瑟还没法儿开口唱歌。

卖卷心菜的小贩瞪着亚瑟，觉得他肯定是脑袋出毛病了。“老鼠换卷心菜？你小子是疯了还是咋的？”

亚瑟刚要开口辩解，突然看见一个橘影一闪而过。

那是个头戴高耸橘色假发的女士，身后跟着一只高大的灰耗子，钻进了集市旁一条略有坡度的岔道。某个亚瑟不认得的男人正领着他们朝某处走去。

杜疮小姐和歪尔来阴暗镇干什么？肯定不是什么好事，这一点他很确定。但这可不关他的事。他应该在被瞧见之前赶紧逃跑，免得被他俩拖回孤儿院。他钻到卖卷心菜的手推车下面，从一张长桌底下爬了过去，桌上堆满油炸下水道鳗鱼。他正悄悄往隧道跑去，突然听见有人提到“捕歌机”，便停下了脚步。杜疮小姐短促刺耳的声音响起：“等我成功了，这世上一首歌也别想剩下。别忘了，音乐乃万恶之源！”

亚瑟别无选择，只好跟在他们后面。他得搞清楚她到底在说什么。

他跟那一行人保持距离，在阴影中亦步亦趋。这在阴暗镇一点儿也不难做到。他听见院长对耗子小声说，他们要去见一位非常重要的男士。显然，杜疮小姐之前跟他见过一面。

“尊贵的大人说话的时候，你就闭上嘴，别碍手碍脚，明白了吗？”

“明白了，女士，遵命。”歪尔点点头。

向导领他们沿着崎岖的小路，穿过阴暗狭窄的隧道，走向通往工厂的大街。

亚瑟看见他们走进一栋建筑物的后门。门上挂着招牌，上面画了一顶绿帽子，写着公司名称——只做毡帽，其他免谈！亚瑟马上想到了哥布林，心中一阵内疚。

他在门口等了一会儿，才跟在后面走了进去。他在门边的垃圾桶里发现了一堆废弃的帽子。他默默感谢老五，因为老五训练过他怎么“融入环境”。他挑了里面最大的一顶帽子，戴在头上，压下耳朵，完全罩住脑袋。这可不像松果送他的红帽子，没给他的尖耳朵留出空间，不过戴上效果是一样的。少了支棱着的耳朵，脸上身上又沾满乌黑的煤灰，他看起来大变样了。

杜疮小姐、歪尔和向导沿着长长的走廊朝工厂的组装车间走去。亚瑟听见领班对一名工人破口大骂，因为那人做的显然不是绿毡帽。只听领班扯着嗓子大吼，吓得可怜的袋熊混血种瑟瑟发抖：“我们一直都做绿毡帽！以后也会一直做绿毡帽。你做的是蓝色大圆帽！还加了羽毛！好大胆子！”

亚瑟真希望能帮帮那个混血种，但他又能做些什么呢？更何况，他还得跟踪杜疮小姐。

车间里的混血种成百上千，全都弯腰趴在长桌旁，用最快的速度制作毡帽。趁着领班冲工人大吼的工夫，亚瑟钻到一张桌子底下，朝另一张桌子爬去。他贴着地板向前蠕动，一直爬到车间尽头。杜疮小姐一行人就是往那边走的。

向导敲了敲一间办公室的门，院长和歪尔站在门前等候。另一个男人打开门，请他们进去。院长进门的时候，亚瑟瞄到她一眼，吓得往后直缩。她的脸跟他记忆中一模一样，面如冰霜，带着一抹不耐烦，像是随时可能大爆发。他发现歪尔把号牌挂在了衬衫外面，像是怕被抓走，关到地底下。但他还戴了别的东西，一条黄色的丝绸围巾。在“家”里，混血种什么时候开始戴这么好的围巾了？他还瞥到一眼他们要见的人。那是个身材高大、面容苍白的男人，戴着白手套和单片眼镜。

大毡帽沉甸甸地压在脑袋上，害得他听不清。于是，他小心翼翼地掀起帽檐，让自己神奇的耳朵发挥作用。

亚瑟在门外专心致志地聆听时，屋里有个人也在聚精会神地听着。

歪尔站在一旁，装得低眉顺眼。其实，他正在眼观六路、耳听八方。他注意到男人的宠物猫在角落里折腾一只小老鼠，也注意到男人是怎么斜眼观望、频频点头赞许的。杜疮小姐和男人讨论她的商业提案，也就是所谓的“捕歌机计划”（简称 O.S.C.[1]）时，歪尔在一边冷眼旁观。

戴白手套的男人坐在一把扶手椅上，比杜疮小姐的椅子高出十来厘米。杜疮小姐坐的椅子又小又矮，比地面高不了多少，害得她不得不把两条腿直直伸向前方。她早就习惯比周围的人都高出一头，此时在座位上不自在地扭来扭去。

男人低头看着院长，眼神冷酷无情，显得兴味索然。“看来雷

① 杜疮小姐和城市管理层都特别爱用缩略语。杜疮小姐那臭名昭著的《违规底层贱民职业培训基础手册》（简称 E.M.V.T.E.G.）就清晰展示了这一点。书里有长长一串缩略语，几乎涵盖了每项日常活动。——原注。

金纳德把你们按时带到了，毒疮小姐。”他掏出怀表瞄了一眼，问，“要喝茶吗？”

“不用了，谢谢。”杜疮小姐说，“呃，对了……其实是……杜疮小姐。不过没关系。”她清了清嗓子，“啊，是的，您的仆人帮了大忙。要是没有他——”她停顿了一下，“我永远也找不到这个地方。”

“啊，阴暗镇，我们迷人的小城，还有迷人的小家伙们。”男人阴恻恻地笑了，“照我的意思，应该把世上所有畸形的怪胎统统消灭掉。不过，我的兄弟们发现这些害虫在我们的工厂和矿坑里还有点儿用处。我想他们说得有理。哎，真希望有一天能把他们彻底消灭，用机器取而代之。”

杜疮小姐畏缩了一下。

她的动作并不明显——只是右脸微微抽搐了一下，脖子也僵硬了。歪尔微微一笑，因为他知道杜疮小姐最黑暗的秘密。她——至少有一部分——也属于害虫，属于世上畸形的怪胎。

男人掸了掸翻领上的灰尘，接着说：“上次见面的时候我就说过，到时候我自然会考虑的，现在还没办法给你答复。不得不说，你催得这么急，有点惹毛我了，毒疮小姐，我可不喜欢被惹毛。今天我时间很紧，要造访我手下所有的工厂，而地底下几乎所有的工厂都是我的。所以你该明白，毒液小姐，我为什么总是时间很紧。”

“尊贵的阁下，请听我解释。坐马车过来路途遥远……希望您能抽出几分钟宝贵时间。上次见面的时候，我没能说完我的计划。要是我能好好解释一下，相信您一定会感兴趣的。”

男人重重叹了口气，鼻翼翕张，点起一根长长的象牙烟管。“好吧，给你五分钟，说说你的计划。”他拉开抽屉，掏出一只特制的沙漏，里面的沙子全漏完刚好是五分钟。他翻转沙漏，表示：“说吧。”

杜疮小姐满脸通红：“噢，太感谢了，尊贵的阁下。谢谢！”接着，她说起了她的计划。

在房间外面，亚瑟躲在阴影里，惊恐万状地听杜疮小姐详细介绍她的“捕歌机计划”。那个计划非常阴险恶毒，一共分为两步。照她的说法，第一步已经快完工了。

她的“金点子”是造出几千台外形跟她的父亲那台一模一样的捕歌机，只是用的圆筒不一样。每个圆筒里都会放上一只电磁甲虫，就是亚瑟和其他人在孤儿院里组装的那种。一旦被激活，机器就会像原先的捕歌机一样将听众催眠，但不是将美妙的歌曲和声音注入记忆，而是迅速抹去听众脑海里所有的音乐和奇妙声响。

彻底抹去，一劳永逸。

听众再也不会想听音乐或其他令人愉快的声响，就连鸟儿的啁啾、蟋蟀的叫声、夏日的细雨也不例外。再也没有咏叹调、瀑布溅水声和华尔兹舞曲，再也没有老鼠的角笛舞曲、慢步舞曲和飞雪飘落的音乐。当然，也再也没有摇篮曲。

“最妙的一点是，”杜疮小姐激动万分地说，“听的人会不记得发生了什么事。他只会记得，那台机器非常奇妙。我敢拿我亲爱的小甲虫打赌，我们的顾客会让所有朋友赶紧去买一台！”

杜疮小姐解释，她会把所谓的“捕歌机”和蜡质圆筒免费送给孤儿院和济贫院。但她最大的心愿是把它们销往世界各地。她要彻底消灭音乐，同时赚大钱。还有什么能比这更美妙？

“现在，我只需要一点点资助，”她对戴白手套的男人说，“就能完成我已经开始做的事。一笔用来造假捕歌机的资金，还有一些制造它们的混血种。我已经有足够的圆筒和甲虫了，但没有那些机器和更多的混血种，就没法儿继续推进。现在，设计图纸就搁在我的柜子里落灰。我需要奴隶劳工，很多很多劳工。”

“但你已经有混血种了啊。”男人说，“老天在上，你不是开孤儿院的吗？”

“大人，请恕我直言。”杜疮小姐说，“这个计划太庞大了，我现有的人手远远不够。而您呢，尊贵的阁下，您亲口告诉我，你希望减少人口。要是 D.O.G.C. 能把更多的小杂种送进我的孤儿院，光明镇大街小巷上的混血种就会大大减少。从阴暗镇抓人最方便了，因为这里的混血种没戴号牌，也没做登记。更何况，”她补充说，“您的投资对我们双方都有好处。我向您保证，好处大大的。这个计划妙不可言，不但绝对安全，而且有利可图。我就说这么多，就不占用您更多的时间了。”

“少胡说，”男人尖刻地说，“别以为你觉得妙不可言、有利可图，我也会这么认为。”

“可是大人……”杜疮小姐想要解释。

男人钢灰色的眼睛瞪着她："安静！"亚瑟听见他抽着长长的烟管，在房间里踱来踱去。最后，他说："看看沙漏，说好的时间到了，院长。下次再见吧，再会。"

"拜托了，大人，请等等。"杜疮小姐恳求说，"阁下远见卓识，大权在握，请想想这个计划的无限潜力。您要用混血种尽管用，剩下的交给我，就能分到丰厚的利润。我那个白痴姐姐打算制造更多捕歌机，免费送给穷人——不管是混血种还是人类——起码她那个天真的笨女儿是这么说的。这只会让那些……您所说的'害虫'心存希望。但想象一下，只要一台机器，就能碾碎那些杂种最宝贵的东西。我们能把他们碾得粉碎。想想它能做些什么！要是碾碎了他们的希望和梦想，哎，请相信我，他们什么事都肯做的。"

亚瑟听见杜疮小姐感谢男人拨冗接见，起身准备告辞。她和歪尔刚走到门口，男人就叫住了他们。"等等，也许……也许我有点操之过急了。你的计划似乎的确可行，有我们所谓的'未经开发的潜能'。我会考虑你的提议的，杜疮小姐。我和兄弟们下周一要见面。我会把我们的决定告诉你。回程愉快，女士，日安。"

"日安，尊贵的阁下！"杜疮小姐说，"谢谢！太感谢了！"

"好了，好了。"戴白手套的男人不屑地挥手让她离开，然后回到办公室，关上了门。

亚瑟觉得胸口像被人狠狠揍了一拳。一台能抹掉世上所有音乐的机器？它能粉碎每个人心中的希望，不管他渴望的是什么——是奇迹，是美，还是爱，还能抹掉那首一直深藏在他心底的摇篮曲？

他想起了神奇的捕歌机，还有所有美妙的声响。他面前只有一条路可走。

他必须回孤儿院，想办法阻止她。

亚瑟径直跑回自己住的窟窿，敲了敲墙角，轻声呼唤皮维尔。几秒钟后，皮维尔灰色的小脸就从墙洞里冒了出来，接着身子也钻了出来。

亚瑟连珠炮似的说了起来，上气不接下气，好不容易才讲完。“好了，皮维尔，你觉得呢？”

“亚瑟，你该怎么做还不明显吗？你得出去历险！我会帮你的。每只老鼠都得出去历险，这回轮到我了。”

皮维尔庄严肃穆地把右爪按在胸口，跪倒在亚瑟面前。在阴暗寒冷的窟窿里，小老鼠向亚瑟郑重宣誓。“我们要拯救世上的音乐！”皮维尔大声说，“我们得马上出发！”

亚瑟感动极了，一时不知该说什么才好。最后，他终于开了口：“有个小问题。”

“什么？”

“我们不知道怎么才能离开这里。”

“噢，这个呀，”皮维尔说，“确实是个问题。嗯……怎么办呢？

怎么办？”

小老鼠踱来踱去，过了好一会儿才停下脚步，捻着自己的胡须，飞快搓动前爪。“我觉得点子快有了。”他说。

“好吧，”亚瑟说，“请快点儿，反正我是想不出了。我们肯定不能走官方通道——坐夜间班车去光明镇。他们不许我这种人上车。再说了，D.O.G.C. 还在通缉我。我只要在上面一露面，他们就会把我扔进关混血种的监狱。听说那里比这里还糟糕，要是你想象得出来的话。”

“还真挺难办的。”小老鼠又开始来回踱步，接着一屁股坐下来，“有了！有人也许能帮我们。她肯定能带我们出去，去我们要去的地方。”

“太棒了！是谁呀？去哪儿能找到她？”

“呃，”皮维尔说，“情况有点复杂。”

“什么意思？”亚瑟问。

“她很可能不想帮我们，”小老鼠说，“再说了……其实我跟她也不熟。我只是给认得她的家伙办事……不过我知道，她体型巨大、拥有魔力、脾气不好、讨厌旅行，也不信任狐狸——事实上，除了同类，她谁也不喜欢——她以‘善变’闻名。噢，她要是发起脾气，会把你的眼睛啄出来。我想差不多就这样了。”

“就这样了？”亚瑟一屁股坐在阴冷潮湿的岩石上，双手抱头，发出阵阵呻吟。

“噢，有小道消息说，几年前她吃掉了整整一窟窿混血种，不过那可能只是传闻。除此之外，她完美极了！”

“什么？”

“我不该说的，忘了我刚才说的吧，我——”

“皮维尔，听着，你是只乐观的小老鼠……英勇的小老鼠，是我见过的最勇敢的老鼠。但我觉得，这个……这个生物，不管她是谁，听起来都挺麻烦的。照我说，大概不值得一试。我们应该找别人。”

“不——我觉得就是她了，我有种预感。你得相信我，亚瑟。你是相信我的，对吧？”

“对，可是——”

“那就行了，拜托，照我说的做吧，会一切顺利的。”

“那我们该怎么做？”

“去求她帮忙之前，你得尽可能多了解夜鸦。”

“为什么？”

“因为贝莱沙——她叫这个名字——是夜鸦的守护者。相信我，惹她生气可不是什么好主意。”

经过一番打听，他们才发现，原来“夜鸦守护者”贝莱沙早就听说过皮维尔，因为他提供的保洁服务相当出色。双方的会面定在了当天晚上。他们要在阴暗镇入口附近的墓地门前跟她碰头。剩下的时间里，小老鼠把自己知道的关于夜鸦的一切统统教给了亚瑟。

首先，夜鸦来者不拒，什么都吃。不管是可以食用的东西，还是别人难以下咽的玩意儿。夜鸦对蜈蚣、象鼻虫和蛆虫特别感兴趣。

所以，皮维尔提议在晚上见面前尽可能多找些虫子。

亚瑟还了解到，夜鸦是一种极其古老的鸟类，遵循的法则跟人类和混血种都不一样，甚至跟地面上的乌鸦也不一样。皮维尔说，贝莱沙这个名字意为“灯塔”。她是所有夜鸦的头领，拥有光明和黑暗两类魔法。

“高帽族喊他们‘耗子鸟’，要不就是‘飞天耗子’。”皮维尔说，“这显然是种侮辱。”他解释说，人类和混血种都害怕夜鸦，因为有传闻说，他们能随意变形，变得巨大无比，对人类造成威胁。他们的巨眼还会放光，把人刺瞎。”

“噢，我差点儿忘了，”皮维尔说，“还有一件事。夜鸦喜欢音乐，歌声能让他们平静下来。有时候，要是两只夜鸦打架，别的夜鸦就会唱起歌来，让他们和睦相处。他们还会多重唱呢！夜鸦是非常优秀的歌手。”

皮维尔告诉亚瑟，夜鸦甚至会用歌声在地底下导航。“这样他们就知道该往哪儿飞了。对他们来说，歌曲的旋律能在看不见的地图上标出航线。”

幸运的是，亚瑟还记得去阴暗镇入口的路。跟小老鼠沿着遍布污水的街道一路走去时，亚瑟想起了自己到地下头一天晚上嘎法说的话。当时，獾指着墓地说：“不想干活的人嘛……朝右边瞧。不是啥好去处，全是活活饿死的，嘿、嘿、嘿。”

他们走到墓地入口。那是一扇黑漆漆的大门，上面挂了把大铁锁，比孤儿院的大门还要壮观。亚瑟听见，墓地里某个空旷阴暗的地方，有鸟儿在凄婉啼鸣。夜鸦的歌声在倾颓的墓地中回荡，有颤音，有大笑，有讥讽，有怒叱，有华丽的装饰音，也有钟声般的循环往复。接着，无数鸟儿齐声唱起了同一首歌。

亚瑟环顾四周，只见门边环绕着成百上千棵黑乎乎、光秃秃的大树，看起来像白桦树，只是漆黑如夜。它们还没有死去，但也算不上活着。亚瑟只觉得脖子后面的汗毛都竖了起来。

“我不喜欢这地方，皮维尔。”

墓地大门后埋葬着成千上万的生灵，全都是底层贱民——没有号牌、受人追捕、迷失方向的混血种。亚瑟看见，有些墓上立着黑石头或破木片做成的简易墓碑。那些是幸运儿，至少有亲朋好友为他们哀悼。

雾气渐渐弥漫开来，在墓地周围盘旋萦绕。亚瑟打起了寒战。皮维尔坐在亚瑟肩头，浑身打抖，猛拽胡须。

“瞧上面！”皮维尔嚷起来。只见上空投下两束光。随着一阵嘈杂的振翅声，浓雾中浮现一个巨大的黑影。她猛地俯冲下来，落在墓地里靠近大门的地方。

那只鸟有马那么大。

“皮维尔，”亚瑟低声说，“我不喜欢这个。我们该回去了，就现在！”

“这是我们唯一的机会，”小老鼠说，“我们得试试看。”

“你让我想起了一个朋友，她会说一样的话。”亚瑟边说边摇头，“反正我要走了。这里太吓人了。”

但他还没来得及逃跑，夜鸦的视线就锁定了他。他想抬起头，但那双巨眼射出的光实在太强，就像两颗炽热的小太阳。

接着，大夜鸦把目光投向挂锁的大门，门轻轻松松地开了。亚瑟倒抽了一口凉气。皮维尔轻轻捏了他一把，坚定地说：“我们得进去。”

“希望你知道自己在做什么。”亚瑟小声嘟囔。他和皮维尔走了进去，大门在他们背后“砰”的一声关上了。

大夜鸦眯起双眼，示意他们上前。亚瑟把皮维尔放到地上，两人一起向“夜鸦守护者”贝莱沙鞠躬致敬。

“把虫子给她。”小老鼠吱吱叫着提醒说。

“好。”亚瑟应了一声，掏出他能找到的所有虫子。他把一大堆白白嫩嫩、肥胖多汁、不停蠕动的蛆虫摆在夜鸦面前，后退了两步，膝盖直打战。

“如果您不介意的话，女士……最最尊贵的万鸦之王……我们是来求您帮忙的。”

“我为什么要帮你？”贝莱沙边说边大嚼一只肥嘟嘟的蛆虫，“我同意见面，完全是看在老鼠的面子上。他的名气很响，很招夜鸦喜欢。没人告诉我还会来个混血种。”她的嗓音低沉洪亮，隆隆作响，就像从地心深处传来的，“我不信任上面来的人，也不信任混血种。”

“如果您不介意的话……您介意吗？”亚瑟迟疑了片刻，因为他不想冒犯巨鸟，“您不也是混血种吗？我是说——不是所有人都能听懂您说话吗？”

夜鸦愤怒地眯起眼睛。“你跟上面的高帽族一样无知。你以为世上只有人类、混血种和所谓‘天上、地下、海底下的蠢畜生’？还有别的生物呢，小狐狸。古老的生物。我就是其中之一。”

“亚瑟！”皮维尔急得吱吱直叫，“说正事，快点儿！直接问她！”

但亚瑟没有理会，因为他虽然害怕，心中仍然充满好奇。“抱歉，我想请问……那您是什么呢？”

“我们是聆听者，是夜之眼。即使在梦里，我们也在戏耍生者，守护死者。简单来说，他们是夜鸦，而我是守护者。至于我们的事，你知道这么多就够了。小狐狸，这里的神秘之处远远超乎你的想象。”

皮维尔捏了捏亚瑟的脚趾，亚瑟又朝夜鸦鞠了一躬。

“很……很抱歉打扰您。其实，我们来是为了告诉您，我们得离开阴暗镇，去离这儿很远的一家孤儿院，而且马上就得走。”

“我跟你说过了，我不信任上面来的人。”

“为什么呢？”亚瑟问，“我是说……陛下……至高无上的，尊贵的……女士……守护者……噢，不好意思，我不知该怎么称呼您，抱歉。”他一脸尴尬地低下头。

“贝莱沙，”她的声音震耳欲聋，“我叫贝莱沙。我不信任上面来的人，因为在那里，我们夜鸦受人欺负，不受尊重。”

“您说这话是什么意思？”亚瑟问。

“我们聚在一起的时候，你知道上面的人喊我们什么吗？就是夜鸦聚在一起聊天、吃东西、唱歌的时候。”

“不知道……”

“杀人犯。对，没错，上面的人会说：‘噢，瞧瞧那群吃死松鼠的杀人犯’，要么就是‘噢，瞧瞧那群偷咱们玉米的杀人犯’，等等。你明白了吧，为什么我们中的一些会到下面来。至少在这里，我们受人尊重。对，受人尊重。再说了，我不会帮你的，因为狐狸跟夜鸦一贯合不来，以前就合不来，以后也不可能合得来。”

“您这话是什么意思？”

“小狐狸，我们打交道的时间可长了。你们狐狸和我们夜鸦，总是想用聪明才智胜过对方，或者说，给对方下绊子。”她笑了起来，完全不像她一贯的风格。她的笑声听起来像短促的呱呱叫，接着是“咯咯咯”。

皮维尔上前一步，拉开嗓门大声说：“拜托了，贝莱沙，我们要去历险。我们真的需要您帮忙。”

“对啊，拜托了！”亚瑟苦苦哀求，“要是您不帮忙，再过几个月，世界上所有的音乐都会消失。想想看——再也没有歌唱，再也没有美妙的曲子。所有这一切都会消失。”

“什么？你说什么？”夜鸦的巨眼光芒四射，亚瑟和皮维尔不得不扭头避开，“真的吗？还是你想骗我，小狐狸？”

亚瑟把杜疮小姐的计划一五一十告诉了她。他给她描述了神奇的捕歌机，还有它是怎么被偷走的。他说，要是贝莱沙不帮他们离开阴暗镇，音乐不但会从地上世界消失，也会从地下世界消失。

“只是个时间问题。”亚瑟说，“我们得抓紧，现在就得走了。”

贝莱沙陷入了沉默，周身羽毛在墓地的寒风中摇曳。她摇了摇蓝黑色的大脑袋。“这太可怕，太可怕了。”她说，“真是太阴险了。”

亚瑟能感觉到，贝莱沙听完他们告诉她的事后，陷入了深深的悲伤。

她过了好一会儿才开口，嗓音中充满愤怒和悲伤。“我明白了。我们夜鸦热爱音乐，犹如热爱生活本身。那个可怕的家伙，那个杜疮小姐，我们必须阻止她。好吧，小狐狸，我会帮你的。我会把你们带去那里的。”

就这样，亚瑟、皮维尔和夜鸦达成了协议。首先，他们要去松果家，可以在那里弄些吃的，说不定还能得到更多帮助。然后，他们要借助夜色的掩护前往孤儿院。

“不过，有件事得告诉你们。”亚瑟和皮维尔正要离开，贝莱沙突然说道。

“什么事？”亚瑟问。

“帮你们是有代价的。”

亚瑟现在什么也不剩了。“我没法儿付钱给您，”他说，“我没钱，但可以给您弄些蛆虫来，好多好多！肥嘟嘟的！还有象鼻虫，您想要哪种都行。”

乌鸦又大笑起来："咯咯咯，呱呱呱，咯咯嘎嘎，嚯嚯嚯！"

"什么事这么好笑？"亚瑟天真地问。虽然发生了那么多事，他的心还是无比纯净。

"我会从你身上取走一些东西。"贝莱沙说，"好东西，或者坏东西。夜鸦从不妄加评判。"

"那会是什么呢？"亚瑟问。

"咯咯咯！到时候你就知道了。"

亚瑟和皮维尔打算第二天走，等亚瑟结束矿坑的轮班，这样至少能赚到一份面包，留着路上吃。他已经一天没吃东西了，饥肠辘辘，浑身乏力。但他和皮维尔回到窟窿时，惊讶地发现有三只黄鼠狼混血种在洞里打扑克。

“呃，打扰一下，”亚瑟很有礼貌地说，“我——我觉得，你们大概是走错地方了？也许我能帮你们指个路？”

“这里是不是一三一三一三一三一三号？”个头最大的黄鼠狼说。

“是呀。”亚瑟说。

“那我们就没走错。獾说住在这里的混血种没上工，就是这样。现在这个窟窿归我们了。你还是快走吧，行不？要是你不介意的话，我们想要点隐私。我们明天一早就得去矿上了。”

“可是……”亚瑟刚要开口，三只黄鼠狼就龇牙咧嘴，发出威胁的嗞嗞声。亚瑟和皮维尔连忙逃出洞，爬了下去。

他们俩无计可施，只好返回墓地，希望贝莱沙当天晚上就能带他们走。但等他们赶到墓地时，她已经飞走了。他们只好一屁股坐在大门口阴冷潮湿的地面上。

“我想我们只好在这里过夜，等明天再说了。”亚瑟说。

“我可以背《永恒之鼠王》给你听，要是你想听的话。”皮维尔说，“现在可以开始吗？”

“等等，我好像听到了什么。”

亚瑟竖起耳朵，左转右转。他听见了拍翅膀的声音，但声音十分微弱，不可能是贝莱沙的。他在黑漆漆的墓地里四处打量，寻找她的踪迹，但只看到几百只小黑鸟，眼睛闪闪发亮，在墓地上空盘旋。他们在唱一支令人毛骨悚然的歌，歌里的和声极其繁复。亚瑟听不太懂歌词，那仿佛是用一种他早已遗忘的外语写成的。

“要是她不来怎么办？”亚瑟问。

“你是说明天晚上？”皮维尔问。

“我是说永远不来。你说她很善变，要是她永远不来怎么办？”

但贝莱沙确实来了，一大团黑羽和亮光从天而降。

“您怎么知道要回来？”亚瑟问。

“你没听见他们在唱歌吗？”贝莱沙说，“他们在呼唤我。他们这么做是为了你的小伙伴。”她补了一句，冲皮维尔努了努嘴。

他们又把计划过了一遍。接着，贝莱沙说：“好了，你现在可以爬上来了。但千万别用脚踢，我可不是马，你懂的。”

大夜鸦俯下脑袋，尽可能伏低身子，让亚瑟和皮维尔爬到她背上。亚瑟把皮维尔搁在衬衫口袋里，紧紧抓住贝莱沙的脖子，上面覆满了柔软的羽毛。夜鸦嘎嘎尖叫，然后起飞了。

亚瑟生怕皮维尔掉下去，叫他乖乖待在口袋里，但小老鼠不停探出头来，欣赏天上的风光，享受夜风拂面。他告诉亚瑟，在他们三个进入光明世界的那一刻，他想要保持清醒。

“当心点，听到了吗？”亚瑟冲小老鼠大喊，因为皮维尔显然很享受飞行过程。

“耶！”皮维尔高声呼喊，小爪子紧紧抓住亚瑟的口袋边缘。

他们飞过光明之城底下的黑暗世界，飞过地下隧道和矿坑，飞过黑漆漆的岩洞，飞过冒着浓烟的工厂。他们在通往外界的迷宫中迂回盘旋，夜鸦的双眼射出光束，在黑暗中指出一条明路。

他们顺着一堵高墙，飞进一个高约十五米的岩洞。洞顶由立柱、拱门和扶壁支撑，四角各有一尊滴水石像鬼。这是一座地下大教堂，显然曾经宏伟壮观。它有点像阴暗镇入口处的大拱门，但规模较小，保存更完好。亚瑟能听见藏在大教堂深处的蝙蝠，嗡嗡振翼，像在唱歌。他们三个穿越大教堂的时候，贝莱沙双眼射出的光照亮了满是兽类神祇的褪色壁画，还有刻满奇鸟异树的木雕。

他们从蜿蜒的黑水河上方呼啸而过。贝莱沙告诉他们，那条河叫“蛇行河”。亚瑟从上往下俯瞰，能看出它有多长多宽。这让他回想起了臭水河，还有他到光明镇后头一次跟老五过桥时的情形。随后，他的思绪又飘向了廷塔杰尔十七号。他对自己说，瞧瞧，我现在不在那里，而在这里，准备回那个可怕的地方。

但他不得不回去，这一点儿他很清楚。因为如果他不回去，那世上所有的歌儿怎么办?

连续飞了几个钟头后，亚瑟紧紧抓住贝莱沙的脖子，打起了瞌睡。一股气流袭来，把他惊醒了。他感觉周围刮起一阵疾风。他扭过头去，发现风来自贝莱沙的翅膀。她不停拍打翅膀，搅动空气，飞得越来越快。亚瑟怕皮维尔身子太轻，会飞出去，就把手伸进衬衫口袋，摸了摸小老鼠的脑袋。皮维尔蜷在口袋底下，咬牙坚持着。

“我没事，”皮维尔说，“不过请她飞慢点！”

“贝莱沙！”亚瑟大喊，“麻烦飞慢点！现在太快了！”

但她一言不发。

她飞得更快了。气流在她身旁呼啸，仿佛她在风暴之眼中飞行。

亚瑟感觉大风在使劲拉扯他的衬衫。疾风就像一只看不见的手，正从他口袋里掏东西——对他来说极其珍贵的东西，他非常珍惜的东西。但那不是皮维尔，而是别的——蓝色的宝宝毯残片和小小的金钥匙。

他现在明白了，那不是风，而是夜鸦有意的。她在夺走他仅剩的东西。亚瑟一只手拽着贝莱沙的脖子，另一只手捂住衬衫口袋。但风力实在太强，他惊恐万状，眼睁睁看着自己的手被风吹开，衬衫口袋里的蓝包袱飞了出去。

绣有褪色金线、脏兮兮的蓝布一下子敞开了，它和金钥匙在空中盘旋了片刻，然后被风卷走了。

“快停下！拜托了！”亚瑟冲贝莱沙大喊，但贝莱沙无动于衷。他又想伸手抓住它们，但差点儿从她的背上滚下去。金钥匙和毯子残片随风飘荡了一会儿，接着落进了底下的深渊。

亚瑟像被扼住了咽喉，绝望地把头埋进了贝莱沙颈部的羽毛里。他能感觉到，皮维尔躲在他胸前的口袋里，隔着衬衫用小爪子安抚他。

最后，贝莱沙终于放慢了速度，风力也渐渐减弱。

贝莱沙终于开口了。

“这是这趟旅程的代价，小狐狸。你的债还清了。”

“但是为什么？你为什么要拿走那个？”亚瑟痛苦地呜呜直哭，泪水随风而逝。

“因为，小家伙——你已经有你需要的一切了。”贝莱沙停顿片刻，然后近乎亲切地说，“除了一样东西。但那个我给不了你。”

他们飞呀飞，一直飞到黎明将至，穿过一条甬道，飞进了一座巨大的地下洞穴。亚瑟现在明白了，地下世界要比他想象的大得多——不仅仅是一座地下城，而是一整个地下国度。

亚瑟能闻到头顶苔藓湿润的气息，能听见小虫在古树虬结的树根间蠕动。

“就送你们到这儿了。”夜鸦说，“你们一直往前走，会看见一个兽窝，从那里出去就行。我得走了。天很快就要亮了，白天我可飞不了。再说了，我也不知道怎么从地底下飞去你说的那个地方。

我得回头了。”

“可……可你说会帮我们的！”亚瑟说，“我还以为你会送人送到底呢。你说会带我们去那里的，你说……”

“我说过会带你们去那里，但没说过那里是哪里，对吧，小狐狸？我的眼睛适应不了上面的光。对夜鸦来说，连月光都太亮了。”

“可是，拜托了，贝莱沙，我们没法儿及时赶到。从那里走过去，至少也得花上两天，你明白吗？”

“对不起，小狐狸。我从来没在大白天飞过，也不打算这么做。我们是地下世界的灯塔，到上面会变得又瞎又无助，那可行不通。再见了，亚瑟。再见了，皮维尔。祝你们好运。”

他们别无选择，只好继续往前走。说不定松果一家会知道该怎么办。他们穿过洞穴，走了不到一个钟头，就来到一个兽窝，跟贝莱沙说的一模一样。

“该上去了，”皮维尔说，“我想靠自己的四条腿爬上去，如果你懂我意思的话。”

“我懂。”亚瑟说。

他靠耳朵找到了出路——他听见一滴清新洁净的水珠，从上方的圆洞滴进了兽窝。

“找到了，走这边。”亚瑟说。他们刚攀着老树根朝圆洞爬去，身后就传来抽鼻子的声音。亚瑟扭头望去。

那是一只狐狸。

“它”实在太美了，让他一时忘记了呼吸。

狐狸浑身火红，耳朵又大又尖，时刻保持警醒，跟他唯一的一只耳朵一模一样。狐狸先是试探着走近了几步，然后停在一米开外，与亚瑟四目相对。

亚瑟慢慢朝“它”伸出手去。狐狸嗅了嗅，最后瞄了他一眼，就逃进了黑暗之中。

亚瑟深吸一口气，转过身去，继续往上爬。

在夜幕笼罩下，黎明到来前，亚瑟和小老鼠脱离了黑暗世界，来到了月光皎洁、繁星点点的光明世界。

兽窝离松果家不远，亚瑟轻松找到了那棵老橡树。他摸到藏在常春藤后面的橡果木雕，满心感激地揿了一下。“到了，”他对皮维尔说，“外面天还黑着呢。我也不想吵醒他们，可是没办法。”

他托起小老鼠，放进口袋里，敲了敲树干。

来应门的是个有着精灵尖耳、乌黑长发的妇人。她笑容满面，显然清楚他是谁。过去的三个星期里，她的儿子一直把一只耳的探险家和他的小鸟朋友挂在嘴边。“你肯定是亚瑟！”妇人热情地请他进门，“我是橡利[1]太太，不过你可以喊我凯瑟琳。我丈夫已经起了，但阿婆和孩子们还在睡呢。快请进，哎呀，你是自己一个人来的？”

亚瑟点点头：“凯……凯瑟琳？我还以为……我是说——你的名字跟树没关系？”

橡利太太哈哈大笑。“大家都这么问。我和马库斯——也就是我丈夫——早就知道我们跟森林有缘分。我们搬来这里，组建家庭

① 姓氏 Oakley 中“Oak”意为“橡树”，为强调松果一家住在橡树里，此处意译加音译为“橡利”。

的时候，就决定给每个孩子取跟树有关的名字。不过，要我们自己也改名，似乎就有点犯傻了。我们一直都是我们，你明白吗？所以，我还是凯瑟琳，他还是马库斯。还有阿婆，呃，阿婆永远是尤尼斯阿婆，提议她改名可不是什么好事。不过话说回来，名字到底意味着什么呢？”

就在这时，皮维尔从亚瑟的衬衫口袋里探出头来。“噢，这是皮维尔，”亚瑟说，“您说的话他都听得懂。不过，他说的话别人听不懂，所以我来翻译。”

“明白了。”松果的母亲眉毛一挑，“你能听懂老鼠说话，对吧？真有意思，真的。”她朝皮维尔伸出一根手指，小老鼠捧起轻轻吻了一下。“噢，天哪！”她说，“你真是只勇敢的小老鼠，是吧？”

皮维尔的耳朵都羞红了。

亚瑟环顾温馨舒适的圆形房间——树皮墙壁、发光的小灯、绿衣孩子和树木的画、火炉上的水壶，还有壁炉架上挂的手工制作的厨具。“噢，能来这里我真高兴。”亚瑟说。他第一次来的时候那种熟悉又安心的感觉回来了。他愉悦地长出一口气，闻到了迷迭香和新出炉面包的香味，接着一下子瘫倒在椅子上。直到这时，他才意识到自己有多疲惫。

“瞧瞧你！肯定又困又饿。”凯瑟琳说，“不过凡事有先后！这里有个人，你肯定想马上见。再说了，你可能还想顺便洗个澡。不是一定得去……只是个建议，不过……你闻起来有点‘熟’过头了，你懂我的意思吧？”

亚瑟笑了。他都不记得自己上一次觉得某件事好笑是什么时候了。“我知道，我闻起来跟我过去两周待的地方一样。”他说，“也就是下水道里。我很想洗个澡，橡利太太。当然啦，我也很想见松果。”

“太好了。但请叫我凯瑟琳。我丈夫会领你过去的。”她把头伸进一个小树洞，大喊，“马库斯，你穿好衣服了吗？快出来，领我们的客人过去。吃早饭之前他们得好好梳洗一下。你也知道‘那谁’急着见亚瑟。快点儿呀，老公！”

“来了！”话音刚落，门帘后面就冒出一个矮矮胖胖、满头红发的男人，“不介意的话，请跟我来。噢，对了，喊我马库斯就好。在老橡树客栈，谁也不许正经八百的！”

橡利先生领亚瑟和皮维尔来到离大橡树不远的一处温泉，泉水还在咕嘟咕嘟冒泡泡。“水浅得很，别担心，”松果的父亲说，“你们不会沉下去的。毛巾在这里，还有干净衣服，都是松果的，你穿应该正合适。慢慢洗，不着急。等你们洗好回来，正好吃早饭。”

天快要破晓了，可外头还很黑。不过，夜间最后一批萤火虫和发光的飞蛾萦绕盘旋，将温泉四周照得透亮。有人在水里丢了几束薰衣草，闻起来香极了。但对亚瑟来说，最棒的还是看见在水里扑腾的“那谁”。那不是一个穿拼布绿衣的小男孩，而是一只没有翅膀的褐色小鸟，张着嫩黄的尖嘴，兴奋得叽叽直叫。

“小可！”亚瑟边喊边冲向水边，跳了进去，连衣服都没顾得上脱，忘了皮维尔还在衬衫口袋里。

“哎呀！”亚瑟尖叫一声，连滚带爬地逃回岸上，“好烫！”

“对呀！”皮维尔也大叫起来，“快放我下来！我的尾巴着火了！”

“噢，抱歉，皮维尔！”亚瑟把小老鼠轻轻放在地上。

“亚瑟！”小可说，“真不敢相信是你！你做到了！”她又补了一句，“慢慢来，你会习惯这温度的，别担心。等你习惯了，就会觉得很舒服！你还弄了只宠物！多可爱的小老鼠！”

“她以为我是……我是宠物？还可爱？我要给她点颜色瞧瞧，让她知道我有多可爱！”皮维尔火冒三丈。

“多好玩呀！还在吱吱叫！”小可开心地说，“我喜欢他。你还带着梅林吗，就是我给你做的那只发条老鼠？”

“说来话长，等会儿再跟你说。”亚瑟说，“但首先，皮维尔不是我的宠物。他是只非常英勇、非常高贵的老鼠。要知道，你说的每句话他都听得懂。”

“我当然听得懂啦！”皮维尔插了一句。

“她不是故意的，”亚瑟对皮维尔解释，“真的。”

“噢，老天啊！请告诉他，我真不是故意的！”小可说，“非常抱歉。”

亚瑟正式介绍他的两个朋友互相认识，表示很高兴为他们翻译，免得造成更多误会。

皮维尔还在生闷气，不肯下水。他坐在岸边，用一片湿润的蕨叶和一把松针清理皮毛。随后，他仰面躺下，望着满天繁星。这让他的心情好了不少。

“你怎么过来的？”亚瑟边问边慢慢滑进咕嘟冒泡的温泉里，“你怎么知道我会来？”

“这还得从你的朋友老五说起。”小可说。

“老五？”

“我收到了你的口信，知道你住在哪里——对了，亚瑟，你觉得那个发明怎么样？我觉得我和舅舅做的那只鸽子棒极了，你觉得呢？总之，我先去了迷失庄园，然后到阴暗镇找你。”

“你去了阴暗镇？”

“当然啦，我肯定不会让我最好的朋友困在下水道里，对吧？那是天底下最糟糕、最恶心的地方！我都不知道你是怎么熬过来的。”

亚瑟聚精会神地听小可说她的经历。讲到激动的地方，小可猛拍小残翅，搞得水花四溅。

老五告诉她，歪尔和他的跟班毁了菲比·南丁格尔的家，偷走了捕歌机，却让亚瑟背了黑锅。“到处都是你的通缉令！”小可说，“他们说你是狂暴的罪犯！真是太可怕了。总之，老五告诉我，去阴暗镇只有两条路。我是坐地铁过去的。我才不要从排水管道飞下去呢！他们觉得我不过是只普通的小鸟。其实挺简单的，因为我现在有新飞行服了。我都等不及要展示给你看了！

“我找到了你以前住的那个可怕的地方——对了，我不得不贿赂了一只长相挺吓人的獾——可洞里只有三只黄鼠狼，你早就走了。

我不知道还能做些什么，就到这里来了。我觉得值得一试。”

离开阴暗镇后，小可用机械鸽子给迷失庄园送了信。“我告诉老五我打算去哪里，还答应告诉他我有没有找到你。他很担心你。我还把杜疮小姐的阴谋告诉他了，那是住你隔壁的袋熊告诉我的。幸好他喜欢偷听邻居讲话！总之，老五用鸽子回信说，如果这件事能真相大白，随时欢迎你回迷失庄园。他感觉糟透了，因为他不得不让你走。我知道他是只耗子，但他心肠很好。”

“我知道。”亚瑟说。

“要是你洗好了，我们就进去吧。”小可说，“我已经泡了好久了，感觉好像快被炖成汤了。皮维尔，我们走吧？真的很抱歉，我刚才说你是亚瑟的宠物。”

皮维尔点点头，表示不计前嫌。

擦干身子后，亚瑟躲在灌木丛后面，换上了松果的衣服。他喜欢衣服上斑斓的色彩。跟他毛糙扎人的灰衣服比起来，新衣服贴在身上柔软极了。但他得穿旧衣服回孤儿院，这样才能融入周围的环境。

天已经破晓了。走回松果一家住的大橡树时，亚瑟看见金灿灿的霞光穿过树梢，照得整片树林闪闪发亮。

桌上已经摆满了丰盛的早餐：炒鸡蛋、炸蘑菇、抹上黄油和醋栗酱的吐司、山羊奶酪馅饼、切好的苹果片——还有一小碗给小可准备的瓜子。橡利太太在厨房里忙得团团转，松果和家里其他人坐在大圆桌旁——他的哥哥白蜡、漆树和沙棘（昵称小沙），他的姐姐栗子和榛子，还有他的爸爸马库斯和“头儿”尤尼斯阿婆。

松果抑制不住激动的心情，从椅子上蹦了起来，挥舞着想象中的宝剑，大声宣布：“听着，听着，圆桌骑士！听好了，听好了！”

大家都抬起头，望向穿绿衣的小男孩。他挥动那把看不见的宝剑，在头顶打着圈儿。

“听什么呀，小松果？”他最大的哥哥小沙问，“赶紧宣布吧，我们就能吃饭了。”

“噢，好的。”松果清了清嗓子，“欢迎，从……远道而来的英勇骑士！在出发历险之前，让我们先共进早餐！”

松果坐回椅子上，抓起一大把苹果片，统统塞进嘴里。大家纷纷鼓掌，开始用餐。

“我喜欢这个小家伙，”皮维尔对亚瑟说，“他的点子很靠谱。”

吃完早饭后，小可向大家展示了她的新飞行服。

连接尾翼的双翅非常轻巧，便于拆卸。她保留了带螺旋桨的头盔，但沉重的机械盔甲不见了。“要是有风的话，都用不着螺旋桨。等会儿我可以展示一下怎么用，但现在该讨论计划了，我都等不及了！”她原地蹦跶了好几下，“亚瑟，说说计划吧？”

“呃，好吧。计划嘛，”亚瑟犹豫了，“其实嘛……呃，其实我也没计划。根本就没计划。”他低头盯着自己的脚尖。

“没计划？”

“对不起，小可。我只想到怎么来这里，这就够难的了。”亚瑟环顾四周，望向屋里的每个人，“有人知道我们接下来该怎么做吗？反正我是不知道。”

经过短暂的沉默，大家七嘴八舌，纷纷献计献策。关键是怎么从松果家去孤儿院，及时阻止杜疮小姐——如果他们真能阻止她的话。没有贝莱沙帮忙，他们就没了交通工具。橡利先生说：“我们有辆小贩用的车，以前拉车的是头老山羊，但现在只能靠我自己拽了。”

接下来的问题是怎么才能阻止杜疮小姐。大家一致同意，他们必须偷走捕歌机和设计图纸，然后离开那里。

亚瑟和小可发现，有个问题是绕不过去的——他们得一路走回“家”。不过说不定，也只是说不定，路上碰到坐马车或赶驴车的好心人，能顺路捎他们一程。

小可说，等他们到了那里，她至少能带亚瑟和皮维尔飞过墙去。只要进到院子里，他们就能去找捕歌机和图纸了。

“我有种预感，它们不是在她的办公室，就是在地下室。”亚瑟说，“那么，怎么才能不被抓住？谁有好点子？”

大家都陷入沉默，等别人开口。这时，站在桌子中间的皮维尔吱吱叫起来。

“等等，皮维尔，”亚瑟说，“你说得太快了。你说什么呢？”

“让我想想……我得要一把剑，这是肯定的。”皮维尔说。

亚瑟给大家翻译的时候，松果兴奋得上蹿下跳，大声疾呼：“这是圆桌骑士的大会！我是……我是……加拉哈德爵士！万岁！”

“好的，”亚瑟说，“一把剑，明白了。”他转头对其他人说，“皮维尔需要一把剑。有人能帮忙吗？”

“我会帮你的，英勇的骑士！”松果说，“为了吾国吾王！”

“松果，安静点。”他妈妈说。她看着小老鼠，“皮维尔，我正好有样东西，可以给你当剑用。你还需要什么？”

“告诉她，还要头盔。我绝对需要一顶头盔。”

“一顶头盔，好的。剑和头盔。”亚瑟说，“等这边商量好了，我们再准备那个。那么，还有别的点子吗？谁有点子？我们怎么才能溜进‘家’里，不被人瞧见？”

“挡路者死！”松果大声宣布。他绕着圆桌跑动起来，假装在以一敌众。

“松果，”他妈妈严肃地看着他，“要是你管不好自己，就回屋里去。”

“打扰一下，”皮维尔忍不住插嘴。虽然他扯着嗓门大喊，但在其他人听起来，那更像是惨遭猫咪折磨的老鼠叫唤。“我显然还得有块盾牌，还有……”

“皮维尔，”亚瑟说，“你没看见我们这边忙着吗？我们还没拿出靠谱的计划。能稍微等一下，等我们这边商量好了，你再一口气说完吗？”

“我可以写下来，列个清单吗？”皮维尔显得有点恼火。

“老鼠会写字？”亚瑟惊讶万分。

“当然会啦，我们又不傻。”

最后，只有一件事是大家一致赞同的，那就是三名旅人该赶紧上床睡觉，虽然新的一天才刚刚开始。他们都疲惫不堪，前方还有漫漫长路。橡利太太答应到时候会提前叫醒他们，让他们离开前跟松果玩一会儿。她向皮维尔保证，他们离开之前，她就会备好全套骑士行头。橡利先生负责物资和装备。亚瑟、皮维尔和小可上路后再弄清接下来该怎么办。

他们三个将在夜幕降临后踏上旅程。

“好了，你们该去睡了。”橡利太太说。松果把三名骑士领进了他的小隔间，让他们好好休息。

晚些时候，松果的妈妈像说好的那样叫醒了三名旅人，让他们在踏上艰难旅程前先玩一会儿。松果和哥哥姐姐教亚瑟和小可玩松果最喜欢的树林游戏——“找橡子”“设树标”“抓松鼠”和“抛木棍”。随后，亚瑟自豪地教了大家几个他在迷失庄园学会的游戏。

不过，皮维尔告诉亚瑟，现在可不是想那些幼稚游戏的时候。接下来的时间，皮维尔一直在想自己该用什么剑招。因为他确信，在那个叫“杜疮小姐”的暴虐怪物统治下，在那座叫作“家”的森严堡垒里，等待他们的将是一场恶战。

当天晚上，一轮金黄的圆月高悬夜空。

皮维尔、亚瑟和小可本打算吃完晚饭就走，但他们终于准备出发的时候，已经快要九点了。橡利夫妇想说服他们第二天早上再走，但他们已经下定决心要踏上旅程。

亚瑟穿回了自己灰扑扑的旧衣服，不过它们现在已经被洗得干干净净。他讨厌穿那套衣服，但在他们要去的地方，他可不能因为穿衣打扮惹人注目。

橡利太太帮皮维尔穿上她亲手做的皮甲，里面有软软的衬垫。她用橡子壳给他做了一顶头盔，还用法式古董怀表的表盖做了一面盾牌。“看见上面那些小钩子了吗？”她说，“如果你的胸口需要保护，就把钩子挂在皮甲上。”

至于宝剑，她给了皮维尔一根怀表的指针。指针优雅锋利，造型完美，皮维尔把它别在了腰带上。他很高兴自己的剑和盾牌都是法式的，兴奋得吟起了他最喜欢的一首诗。那首诗是大文豪维克多·雨果写的，开头是“Demain，dès l’aube，à l’heure où blanchit la campagne, Je partirai[①]”。

亚瑟复述皮维尔从法语翻译过来的诗句时（他不敢尝试复述小老鼠吟诵的法语原文），橡利太太深受触动，捂着心口大声说：“噢，皮维尔！”小老鼠郑重其事地亲吻她的手指，躬身行礼。

老鼠骑士让所有人都刮目相看。

松果跪在皮维尔面前，说：“我，加拉哈德·松果爵士……来自……来自橡树军团……愿为您效犬马之劳，至死不渝。是的！没错！还有……还有……万岁！”

“噢，松果，”他的妈妈边说边拍了拍他的脑袋，“真是个好孩子。”

橡利一家跟三名探险家依依惜别。松果号啕大哭，央求他们带上自己，说他已经有剑了，更何况他生来就是个骑士。但橡利先生为他擦干眼泪，说总有一天他会出门历险的，但现在还不是时候，他还太小。父亲抱起他，架在肩头，这样似乎让他冷静了不少。

皮维尔对亚瑟说：“请告诉那孩子，总有一天我们会并肩作战的，我保证。”亚瑟翻译完这句话，松果勉强挤出了一丝微笑。

松果的父亲把准备好的食物和装备递给亚瑟，还送给他一个背包。因为，不久前在渡河的时候，亚瑟把自己的背包给了诺亚客。

“谢谢！”亚瑟感激万分。

“亚瑟，”橡利太太说，“别忘了这个。”她递给他一幅详细的地

① 法语，意为“明日拂晓时，当天光照亮村野，我就将离去”。

图，画在一大块桦树皮上。“别忘了，你们仨——我们家的大门永远为你们敞开。”她拥抱了亚瑟，亲吻了他的头顶心。从来没有人这么亲吻过他，亚瑟感觉舒心又温暖。“祝你们平安归来。”橡利太太说。

就这样，三名旅人动身启程，消失在茫茫夜色之中。

他们离开了松果家所在的森林，朝南边的山谷进发。那是个晴朗而美好的夜晚，本该是一趟令人愉快的远足之旅，可惜他们急着赶路，而且没有一辆马车经过（就连驴车也没有），提议捎他们一程。前方的道路空荡荡的，向着无边的黑暗延伸。

“照这个速度，圣诞节才走得到。”一口气走了四个多钟头后，亚瑟说。他疲惫不堪，站都站不稳了。“要是我们到得太晚了怎么办？要是她已经复制了图纸怎么办？哎，要是那样，我们该怎么办呀？”

“亚瑟，我真心觉得，我应该先飞过去。”小可说。

“你说什么呢？”亚瑟不高兴了。

“咱们不能分开。我为人人，人人为我，是吧？”皮维尔从亚瑟的口袋里探出头来，“我是说真的，”他说，“咱们要么一起去，要么干脆别去了。”

“他在说什么呢？”小可问。亚瑟做了翻译。

“这只小老鼠还挺霸道的，是吧？”小可低声说。

“我可听见了！”皮维尔嚷嚷起来。

“拜托，你俩别吵了，行吗？这一夜还长着呢。”

“抱歉。”小可说。

“我也很抱歉。”皮维尔说，虽然有点不情愿，“噢，顺便一说，这一夜其实挺短的，一点儿也不长。今天是六月二十一，夏至，一年中最短的一个晚上。”

就在这时，亚瑟听见一个熟悉的声音。

在他头顶上方，有一对巨大的羽翼在空中扑腾。他感到一阵疾风袭来，接着一束亮光从上方照下来。他们三个抬头望去。只见大夜鸦在空中盘旋了片刻，接着俯冲下来，落在他们跟前不远处。

“贝莱沙！”亚瑟大喊着跑向她身边。要是他个头够高的话，准会伸出双臂，搂住大夜鸦的脖子。他激动得大声嚷嚷：“你回来了！”他突然想起了规矩，恭恭敬敬地朝她鞠了个躬。小可也躬身行礼，皮维尔则举起宝剑向夜鸦致敬。

贝莱沙冲三个小伙伴点头致意。“小狐狸，我在回去的路上想了想你说的话——那个叫杜疮的家伙想偷走世界上所有的音乐，我想，要是她能偷走我们的歌，也会夺走我们的梦想。要是没有梦想，我们就一文不值了。”

“但你不会有事吧？”亚瑟问，“我是说，要是我们到天亮还没弄好，那可怎么办？”

“我得在那之前离开。”夜鸦说，“你们地上的家伙不是有个说法吗——‘船到桥头自然直’？”她发出了一阵“咯咯咯”的声音，把小可吓得魂不附体。亚瑟赶紧解释说，夜鸦只是在大笑。

贝莱沙带着他们三个展翅高飞，不到一个钟头就抵达了“杜疮小姐的顽童与弃儿之家”。亚瑟主要靠地图和他记忆中的路线给夜鸦指路。随着离“家”越来越近，他看见了月光下建筑物的轮廓，感觉后背汗毛倒竖。他必须鼓起勇气才行。

他们决定先停下来，再过一遍计划。贝莱沙静静降落在车道上，三个小伙伴爬了下来。

“首先，我们得让狗别叫，”亚瑟说，“然后绕到后面去。贝莱沙会带我们飞过墙，进到红隼庭院。她得藏在阴影里，等我们回来碰头。”他停顿片刻，然后补了一句，“我还是不知道，要是我们被抓住了怎么办。”

“吾将血战到底！”皮维尔把剑高高举过头顶。

“你是只非常英勇的小老鼠，”亚瑟说，“但恐怕你的剑打不过杜疮小姐的手杖，也打不过蓬嚏先生的板子。”

“哼！等着瞧吧。”皮维尔说。

“记住，”贝莱沙说，“时间是最关键的。要是你们天亮前回不来，我就不得不抛下你们，赶紧找路回地下去了。不然，我的眼睛会瞎的。要是那样的话，我在地上、地下就都一文不值了。”

“我们明白。”亚瑟说。他和其他人一起爬回贝莱沙的背上。

“大家都准备好了吗？”贝莱沙问，“坐稳了，要起飞了。”夜鸦的守护者拍打着巨大的翅膀，腾空而起。

大夜鸦在孤儿院黑乎乎的大门上空盘旋。亚瑟看见在风中吱呀作响的旧门牌，只感觉脊梁骨一阵发凉。

“疮小姐 顽 与弃 家”

两条看门狗感觉头顶有奇怪的东西，开始嗷嗷狂吠。亚瑟扔下一袋骨头，那是橡利先生为此特意准备的。大狗马上安静下来，兴致勃勃地啃起了骨头。

“我说，”皮维尔赞道，“真准！”

“多……多谢，”亚瑟有点魂不守舍，“真——真不敢相信！太不可思议了！”

“怎么了？”小可有些担心地问。

“我能听懂那些狗说的每个字！我是说，以前我只能听懂老鼠和耗子说话，也跟一只青蛙说过几句。可是刚才，那两只狗说的话我全听懂了！”

“哎，亚瑟，真是太棒了！”小可说，“它们在说什么呀？我猜，肯定很可怕。”

“不，小可！它们只是说‘小鸟？不。小老鼠？小老鼠！吃老鼠！好饿！人家饿！挠屁股？不，你去！’差不多就是这些。真搞笑！”

“你就不觉得‘吃老鼠’很可怕？”皮维尔问。但亚瑟还没来得及道歉，也没来得及翻译给其他人听，贝莱沙就不满地大叫一声，表示现在不是聊狗的时候。她拍打着翅膀，飞到了孤儿院后面。

然后“呼”的一声降落在红隼庭院里。

院墙里像往常一样下着雨。三个小伙伴躲在贝莱沙的翅膀下面，又把计划过了一遍。

亚瑟环顾四周，审视着这个禁锢了自己那么久的地方。院墙仍将美好的世界隔绝在外，唯一例外的只有他的老朋友——那棵高大的白桦树。一切还是那么悲惨、凄凉、阴暗。他能看到的唯一变化是，庭院另一头的乱石堆不见了，很可能石堆后面的墙洞也被封死了。他原本指望那个洞还在，以防他们完工前贝莱沙就不得不先飞走。

他们头顶上方，雨水从石像鬼眼中滚滚而下，水帘倾泻在泥泞的院落中。亚瑟很感激它们的泪水，因为飞溅的水花掩盖了他们三个溜进红隼长廊后门时的动静。

亚瑟想起，杜疮小姐告诉那个戴白手套的男人，捕歌机设计图纸“就在她的柜子里落灰”。但“家”里到处都是柜子，所以这个信息帮不上忙。至于捕歌机，亚瑟有种预感，觉得它不是藏在组装车间，就是藏在地下室。

“别问我为什么，但我觉得捕歌机和图纸放在不同的地方。”亚瑟压低声音说，“我想把它们都弄出去。我觉得‘假发’把捕歌机藏在她的一家工厂里了，就是放其他机器的地方。不过，图纸可能在随便哪个柜子里，甚至可能在她的办公室或者卧室里。”

皮维尔自告奋勇，说要从办公室门底下钻进去，到杜疮小姐的密室里搜一搜。“我能溜进你们去不了的地方。”他大声宣布，“更何况，我虽然是个骑士，但能像老鼠一样安静，就像俗话说的那样。”

“他说什么呢？”小可悄声问。

亚瑟做了翻译。

“但他本来就是只老鼠啊。”小可说。

“恕我直言，我是外出历险的老鼠骑士，”皮维尔说。“我觉得这个很显然吧？”

“别吵了，你们俩！”亚瑟说，“我们不能再浪费时间了！皮维尔——这是个好主意。你确定不会有事吧？这么做很危险的。”

皮维尔郑重其事地点点头。亚瑟转身面对夜鸦，抬头望着她那圆溜溜的大眼睛。“您在外面淋雨没事吧？”

“我是夜鸦，”贝莱沙说，“用不着你担心。小狐狸，你根本不知道我的能耐。说到这个，我想帮你们一个忙。要是我遇上了你们说的那个杜疮，我能轻轻松松啄出她的眼珠，掏出她的肠子。大概两分半钟就足够了。”

“谢谢这个……呃……慷慨的提议。”亚瑟说，“但我觉得，如果您遇上杜疮小姐——她这人很显眼：人高马大的女士，戴着巨大的橘色假发——也许您可以把她叼起来，扔到某块空地上，然后飞回来找我们。这样就够了，非常感谢！”

亚瑟检查了一下口袋，里面是橡利先生为他准备的东西：蜡烛、火柴、绳索和其他杂七杂八的小玩意儿。“我想我准备好了。小可，你能赏个光，宣布开始吗？”

小可兴奋得上下蹦跶。“好的！游戏开始！”

三个伙伴走到门边，亚瑟把小可托起来，好让她施展手艺。小可穿上了全新的飞行服，但大家一致决定，要把它留到关键时刻再用，因为它发出的噪声有点大。

“你知道的，”亚瑟说，“要是你有心的话，能当个出色的小偷。”

小可心情颇佳，叽叽叫了两声，把长嘴插进锁孔。但让他们惊讶的是，门根本没上锁。

“我敢打赌，它从来就没锁过。”亚瑟说，“如果你让大家都害怕离开，还锁门干吗？”

小可在亚瑟身边快步前进，皮维尔则紧紧跟在后头。沿着红隼大厅静谧的走廊，昏暗的煤气灯投下了恐怖的阴影。

“凡事有先后。”亚瑟小声说，“我们先把护士丽奈特叫醒。我敢肯定，她会帮我们的。跟紧我，小声点儿，蓬嘘就在那扇门后头！”

蓬嚏的房间就在红隼庭院的入口旁边，隔着红隼大厅，对面就是宿舍。医务室在他隔壁，旁边是丽奈特的房间。他们三个轻手轻脚地攀上丽奈特的房门。亚瑟伸出手去，试了试门把手，看有没有锁住，但房门直接开了。

三个不速之客偷偷往里瞧，发现屋里空无一人。

他们又去了医务室，里面同样空荡荡的。

“真奇怪。”亚瑟说，“也许她去度假了，可我也说不好，感觉不大对头……”

“我也是，亚瑟。”小可说，“但我们最好继续前进。”

他们匆匆沿着红隼大厅走向正厅，也就是四座大厅交会的地方。他们刚走到布谷鸟钟和杜疮小姐办公室附近，大钟就当当敲响了两点。发条小鸟从小门里弹出来，叽叽喳喳地唱着欢快的歌曲。突然，黄色大鸟嘴冒了出来，一口把小鸟吞了下去，发出可怕的“咕嘟”一声!

亚瑟的耳朵忍不住直打抖。他伸手拍了拍它。以前，每当他感到害怕的时候，就会用这种方法安慰自己，还会伸手摸摸宝宝毯残片和金钥匙。可是如今，它们已经躺在地下世界某个不知名的角落了。

小可用尖嘴碰了碰亚瑟的脚。“你还好吗？”她问。

亚瑟低头冲她微笑。“我很好，真的。我们得快点儿了，跟紧了。”

他指了指大钟后面。“有一回，我看见修理工走进了钟里面，后头应该有扇门——啊，在这儿呢，进来吧。”他们三个钻进钟里，关上了门。令人惊讶的是，里面还挺宽敞的，至少藏两个小混血种和一只小老鼠还绰绰有余。

“皮维尔，”亚瑟说，“我很确定捕歌机在地下室，但万一它在办公室里，也很容易认出来——它看起来像方盒子上面加了个大喇叭，侧面有个摇柄。至于设计图纸嘛——我从来没见过，但我猜它们是像卷轴一样卷起来的，上面扎着蓝丝带。拜托了，别做傻事。要是你发现其中任何一样，就回来告诉我们。接下来的事就交给我们好了，你听明白了吗？”

“保证完成任务，尽快汇报情况，陛下。听候差遣！”

“我勇敢的小伙伴。”亚瑟的眼睛湿润了。

亚瑟决定，大家一个钟头后在大钟里碰头。要是遇上麻烦，或者有人没法儿回大钟这边，就回红隼庭院，跟贝莱沙一起等其他人。

“亚瑟，”小可悄声说，“你真觉得在她办公室旁边碰头安全吗？我觉得挺疯狂的。”

“要是杜疮小姐醒了的话，怎么也不可能到这里找人。现在是凌晨两点，她肯定睡了吧？再说了，要是皮维尔在里面找到了图纸或者捕歌机，我们也方便进去拿。希望它们在她办公室里，不在她楼上的卧室里。”

“别忘了，”小可说，“她的办公室和卧室都是隔音的，就算是你也听不见里面的动静。她很可能还醒着呢。”

“我们得冒这个险。”

他们三个从布谷鸟钟里的藏身之处蹑手蹑脚地走出来。

“祝你好运，皮维尔，”亚瑟说，“你是我认识的最英勇的骑士。”

披盔戴甲的小可赞同地点点头，冲小老鼠深深鞠了一躬。

皮维尔已经准备就绪，就等出发了。他把用表盖做成的盾牌绑在胸前，爪子搭在剑柄上。“吾将勇敢前进，不负使命。”说完，他大踏步朝办公室走去，一转眼就消失了。

“希望他平安归来。”亚瑟绞着双手，深吸了一口气，“我们先去猎鹰大厅的组装车间找找。她可能把东西藏在那里了。要是没有的话，我们再去地下室找。好了，走吧。”

在楼上的卧室里，杜疮小姐确实还醒着。马多克刚用乌黑的尖嘴帮她修剪了头顶上柔软的羽毛。不难想象，这项任务相当艰巨。

“下回真不该隔这么久。”蝎尾狮说，“您懂的，等羽毛重新长出来，您头上会有多痒！”

敲门声打断了他们的谈话——三声轻，一声重——那是歪尔的标志。院长急忙把剪下的小绒毛扫到梳妆台底下，戴上橘色假发，马多克则赶紧钻回手杖里。

她在老鹰大厅给耗子安排了独立的房间，作为他提供帮助的奖励。在那之后，耗子有好几次半夜里突然造访。这相当让人不爽，而且很烦人。但出于某些令人费解的理由，歪尔颇能影响她的决定，虽然他不过是个底层贱民，还有啮齿动物的特有天性。

杜疮小姐打开房门，让歪尔进来。“最好是急事，耗子。”

“非常抱歉，女士。小的看见楼上的灯亮着，而且事态紧急。”

“就不能等明天吗？”杜疮小姐说，细细的眉毛颦成愤怒的“V”字形。

“怕是等不到了，”歪尔说，“是蓬嚏。恐怕他是个叛徒。不仅如此，他还在传播关于您的恶毒谣言。还用小的继续说吗？”

“叛徒？你说什么呢？坐下，把你知道的事统统告诉我。不过要快点！我要睡了。”

零件组装车间的门上了锁，但小可很轻松就撬开了。亚瑟点起一根蜡烛。烛光洒在屋子中央的巨型“怪兽”身上，在它身后的墙壁上投下恐怖的阴影。

“想想呀，”亚瑟低声说，“我们以前在这里干活，是帮她实现计划。我一想到这个就受不了。”

“那就别想了，”小可说，“我们赶紧搞定，然后赶紧离开。”

他们忙活了将近一个钟头，在废弃的甲虫堆里翻来翻去，搜查桌子底下和传送带下面，还闯进了瓦骨先生凌乱不堪的办公室——里面塞满了空酒瓶、白菜帮子、啃了一半的成袋的猪皮，还有堆到天花板的各式文件——只可惜什么也没找着。他们匆匆跑回正厅，钻进布谷鸟钟里，打算告诉皮维尔，他们要去地下室找找。

但皮维尔不在大钟里。已经快要凌晨三点了。要是小老鼠不赶紧出现，他们就得启用后备计划，回院子里等他了。

“我到底在想什么呢？”亚瑟说，“就像一个钟头能找到什么东西似的。我真蠢！可怜的皮维尔！”

“亚瑟，我确定他没事。别人不会发现他的。我跟你说过，我们这些小家伙能溜进别人去不了的地方。”

“小可！我听见有人往这边走，先别管什么后备计划了，我们去地下室吧。”

“好的，走吧，往哪边走？”

“只有一个问题，”亚瑟低声说，“我也不知道怎么下去。”

“什么？”小可说，“那我们要怎么找捕歌机？”

亚瑟还没来得及回答，大钟就当当敲响了三点。

对于两个躲在钟里的小家伙来说，钟声简直是震耳欲聋。小可头晕目眩，全身上下跟着晃。她蜷成一团，活像个颤抖的小毛球，滚进了大钟的犄角旮旯里。亚瑟彻底晕了，跌跌撞撞地靠在一组齿轮上，被钟声摄住了心神。

就在这时，有个鼻涕哧溜的男人一瘸一拐地走了过来。他刚好在巡夜，听见大钟里有响动，就过来看看是怎么回事。由于那起不幸的驴车事故，他的脚现在还打着石膏，走路时敲在地上砰砰响。

“是你！”蓬嘘大吼一声，一把抓住亚瑟的脖颈儿。“跑回来折磨我了？想家了是吧？咱们来瞧瞧看，你喜不喜欢你的新住处，十三号。”他一脸厌恶地喊出亚瑟的旧名字，“不用走太远——门就在我脚底下。”

蓬嘘后退一步，揿下右边墙上的一个按钮。就在他刚才站着的地方，突然弹开了一扇秘密活板门。他把晕头转向的亚瑟一把推了下去，自己紧随其后。

亚瑟踉踉跄跄地往前走，蓬嚏推搡着他走下陡峭阴暗的楼梯，楼梯从大钟一直通向地下室。亚瑟听见耗子和老鼠在台阶上和墙后面抓挠聊天，心想：要是它们能帮我一把就好了！

下完楼梯后，他们朝右转，沿着一条狭长的通道往前走。通道尽头有一扇锈迹斑斑的铁门，门里是个阴森恐怖、犹如洞窟的房间。那是一间巨大的工厂，比楼上的组装车间足足大了二十倍。

不过，他们俩都没发现，有只小鸟一蹦一跳地跟在后面。

房间里摆满了吞噬甲虫的机器，比楼上的“怪兽”还要丑陋古怪。另外，还有一排其他机器，同样丑陋古怪，旁边是一堆堆褐色的蜡制圆筒。亚瑟心想，她现在只剩按图纸造出捕歌机了。两人穿过工厂走向另一个房间时，亚瑟瞥见了一个巨大的铜喇叭。

捕歌机!

它就摆在房间正中央的桌上。

蓬嚏拖着亚瑟穿过一扇门，进了一个小房间。天花板低矮逼仄，布满蜘蛛网和生锈的水管，水滴滴答答往下流。

屋里只点了一盏油灯，发出黯淡的红光。空气浑浊发臭，几乎跟阴暗镇一样糟糕。亚瑟感觉自己像回到了地下城，正朝黑石墙上狭窄的窟窿走去。

蓬嚏把亚瑟推进一间牢房，锁上牢门，再把钥匙挂回铁钩上。“你会付出代价的，你这臭烘烘的小虫子。”他说，“为你害我跌面子，为飞走的假发，为那头驴子和两条狗，为我摔伤的脚，还有我在野外喂虫子的那个晚上。等杜疮小姐知道我把谁关进了地牢，她就会把你做成‘爪哇汤’，喂给耗子吃。晚安！”

冷冰冰的石头地板和脏兮兮的工厂墙壁之间有道裂缝，“喷嚏”经过的时候，小可就躲在里面，屏住了呼吸。

皮维尔在杜疮小姐的办公室里翻找了半天，可惜一无所获。于是，他爬上螺旋楼梯，溜进了院长的卧室，顺着卧室的墙根一溜小跑，冲向床和梳妆台对面的两个壁橱。他不得不特别当心，因为要是盾牌碰到地板，发出声响，他就彻底完蛋了。

歪尔跟杜疮小姐说话的时候，皮维尔从左边壁橱门底下钻了进去。经过一番粗略的搜索，显然橱里只有几十顶帽子和滑稽的假发。

他在两人眼皮底下溜进了另一个壁橱。

这个看起来似乎有点希望。每层搁板上都摆着蒙尘已久的纪念品，就像院长把一大堆照片、信件、旧玩具和往昔的小玩意儿胡乱塞进橱里，然后关上了门。

皮维尔得特别当心下脚之处，因为地下扔了个破镜框，散落着不少碎玻璃。旁边有一幅画，画上是两个头戴无边软帽的小女孩，站在一棵苹果树下，但其中一个女孩的脸被刮花了。好奇怪，小老鼠心想，真奇怪。

皮维尔从一层搁板蹦到另一层，敏捷地越过成堆的照片。照片上有杜疮小姐和另一个人，看上去跟她应该是双胞胎——她们参观动物园，打槌球，在花园里摘花，站在一艘巨轮的船头挥手。这里没啥有用的东西，皮维尔心想。直到他爬上最顶层搁板，情况才有所好转。在一排古董瓷娃娃后面，塞着长长一卷羊皮纸，上面扎着蓝丝带，纸卷外面有三个潦草的大字：捕歌机。

皮维尔难以抑制激动的心情，做了他一激动就会做的事：扯胡子，拽耳朵，吱吱叫。

“什么声音？”杜疮小姐问，“那个……听起来像……像是老鼠！在我橱子里！”

“别怕，女士！小的这就去瞧瞧。”歪尔说。

皮维尔听见橱门嘎吱打开的声音，但已经来不及躲起来了。他低头打量胸前的表盖盾牌，喃喃自语：真是棒极了！接着，他用两条后腿直立起来，一只爪子搭在剑柄上，另一只搁在身体旁边，尽可能屏住呼吸。

歪尔扫了一眼充满昔日回忆的壁橱——“真是个有趣的发现。”他喃喃自语。有待归档的信息又多了一些。但现在，他得找出老鼠，然后灭了它。不过，歪尔放眼望去，只看见蒙尘已久的旧东西，还有些愚蠢的童年玩具。

他关上橱门，回到杜疮小姐身边。感情用事会是她的软肋，他心里这么想，脸上却挂着最谦卑的微笑。

与此同时，皮维尔突然冒出了一个不切实际、相当疯狂的点子。他打算靠一己之力把纸卷从壁橱里拖出去。眼下最大的问题是怎么打开橱门，更别说打开杜疮小姐的房门了。他一屁股坐下来，思考这个轻率计划的利弊。

“呃，有没有老鼠？”杜疮小姐问。

“没有，女士。没有真老鼠，只有一只傻乎乎的发条老鼠——大概是儿童玩具吧？”

“一只什么？”

“某种发条玩具，”歪尔说，“一只穿盔甲的小老鼠。大概可以说是老鼠骑士。”他嗤笑了一声。

“我从来没有，我重复一遍，从来没有发条老鼠！我讨厌所有老鼠，包括玩具老鼠。”

“噢，明白了，”耗子说，“小的马上处理。”

橱门第二次打开时，皮维尔换了个姿势。歪尔拽过一把椅子，摆在搁板前面，踩了上去，刚好能够到顶层。大耗子眯缝着眼睛打量小老鼠，他俩几乎是鼻子碰鼻子。“嘿，小老鼠，”歪尔咧嘴一笑，露出满口利齿，“游戏结束。”

说时迟那时快，皮维尔拔出宝剑，刺中歪尔的尖嘴，然后迅速窜下搁板，冲出壁橱，朝房门跑去。

“弄死它！”杜疮小姐站在床上尖叫。

皮维尔就快跑到门口了，突然被歪尔一脚踩中尾巴，不禁痛苦地尖叫起来。歪尔捏着被踩扁的尾巴尖，把皮维尔头朝下、脚朝上地拎了起来（不难想象，对小老鼠来说，那是世界上最丢脸的姿势）。

“这个脏东西就交给我吧，女士。别担心。抱歉这么晚还来打扰您。晚安！”

“让它死翘翘！晚安！”

歪尔前脚刚走，杜疮小姐就低声召唤蝎尾狮。她发现手杖上的鹰眼已经连续闪烁了好几分钟，意识到有哪里不对劲。

房门刚关严，马多克就跳进了杜疮小姐怀里，低声咆哮，显得烦躁不安。

“怎么了，我的小乖乖？冷静点，跟我说说吧。”

“这里有东西，”蝎尾狮说，“我们得马上找到他，杀了他！”

“什么东西呀，小乖乖？”

“来自地下世界的东西。某种远古生物，拥有古老的魔法，就跟我一样。咱们得灭了他。马上！”

“我们会的。”杜疮小姐说，“那将是你的荣耀时刻，我的小乖乖！我答应你，我们会杀了他的！他在哪里？我们该去哪里？”

“在院子里，主人。红隼庭院。他在那里等着。他知道我在这里。咱们得抓紧了。”

歪尔走出杜疮小姐的办公室，拎着皮维尔的尾巴，让它保持倒挂金钟。他正思考该怎么折磨并处置这只戴橡子头盔的小老鼠——这也是他最爱思考的东西——不小心跟急匆匆赶来见院长的蓬噎撞了满怀。蓬噎傲慢地抚弄着鼻子底下的小绒毛，一脸自鸣得意。

“哎哟，这不是耗子吗？”蓬噎说，“我看见你抓了个小毛贼嘛。”他瞄了一眼歪尔毛茸茸的灰爪子捏着的小老鼠，嗤笑了一声，“真巧啊，我也抓到一个。不过我确信，我那个比你这个有价值。”

“你说什么呢，你这蓬烂稻草？”歪尔问。

“等她知道我把谁关进了地下室，瞧瞧她会更喜欢我们哪个。”蓬噎掏出手帕，擤了擤鼻涕，然后接着说，“你还记得上个月逃跑的那个不听话的小狐狸不？跟他那只怪模怪样的小鸟朋友一起逃跑的那个？嘿，我单枪匹马逮到了他！就在这里找到的。”他指了指布谷鸟钟。“我把他关进了地牢。他在找什么东西。那么，你觉得他在找什么呢？我敢拿一年的薪水打赌，是找底下那台机器。他是怎么知道的？嗯，让我想想呀。杜疮小姐告诉了一只耗子混血种。那小毛贼也是个混血种。照我看，这实在挺可疑的，你觉得呢？”

“你怎么这么蠢？”歪尔说，“老子都不懂你在说什么。坦白讲，我也不在乎。已经很晚了，我要灭了这老鼠，然后上床睡觉。你爱咋想就咋想吧，反正老子无所谓。”

其实，对歪尔来说，这件事非常“有所谓”。不是蓬嚏怀疑他跟一只耳的白痴小狐狸内外串通，而是他发现了一件很有意思的事：有只身披盔甲的小老鼠形迹可疑，似乎打算偷走设计图纸，现在那只泥巴脑袋小狐狸又在探头探脑。他们肯定在谋划什么，歪尔对自己说，我要弄清到底是怎么回事。这种事能让她完全信任我。他打算去找那个傻蛋十三号聊两句。

就在这个时候，院长突然冲出了办公室。“你还没弄死那玩意儿？”她问歪尔，然后扭头望向蓬嚏，“你就不能别碍手碍脚……去做点有意义的事吗？”

歪尔还没来得及说“遵命，女士”，杜疮小姐就沿着走廊朝红隼庭院跑去。蓬嚏先生一瘸一拐地跟在后面，歪尔则钻进大钟，朝地下室进发。

在地下室，小可离开阴影，发动飞行服，从铁钩上取下钥匙，扔进亚瑟的牢房里，让他自己开门脱身。

“谢谢，小可！幸好他没抓到你！小可，听着，我看见了！捕歌机就在这里，就在隔壁！”

“我也看见了！”小可说，“我们拿上它，离开这里。没时间找图纸了，天快亮了，我担心贝莱沙，还有皮维尔。但首先，我们得帮帮其他人！那些牢房里关了好多混血种，他们都睡着呢。”小可冲墙边的一长溜牢房努了努嘴。

亚瑟瞄了一眼隔壁的牢房。“噢，不！ 小可，你说得对。我好像听见了呼吸声。”亚瑟说，“但我好害怕。我害怕的时候就听不大清楚。”

在那些黑黢黢的小牢房里，混血种躺在潮湿的地面上，蜷在阴暗的角落里。亚瑟指着一个在睡梦中啜泣的爬虫混血种，低声说："我还记得她！她就是去年把杜疮小姐的办公桌点着的那个。”他停顿了片刻，“她有名字的。她叫……我想是南希。对，就是南希。”

旁边一排牢房里关的全是“嘟囔鬼”——那些年纪较大的孤儿，亚瑟还以为他们一到年纪就离开孤儿院了呢。随后，在另一间牢房里，他们发现了老朋友内斯比、奈杰尔和史努克。他们酣睡的小脸上写满悲伤，看起来比实际年龄老了不少。

“咱们得帮帮他们！”小可大声说。

“我知道，”亚瑟说，“先把他们三个放出来。我们去拿捕歌机的时候，他们可以帮其他人脱身。只要几秒钟就行。说不定附近就有通往红隼大厅的出口。我看见蓬噎是从另外一条路过来的，红隼大厅就在我们头顶上。”

牢门开了，他们的三个朋友也醒了。“亚瑟！小可！”三名囚犯嚷嚷起来，大家搂作一团。

“护士丽奈特！”奈杰尔说，“她也在这里！在那边！快！”

奈杰尔的牢房对面还有许多牢房，包括关丽奈特的那一间。亚瑟朝里望去，小护士就躺在那儿，胎儿似的蜷成一团，简直看不出是谁。她的一头红发脏兮兮、乱蓬蓬的，脸色苍白，活像个幽灵。牢房对她来说实在太挤了，似乎有人一把她塞进去就把钥匙扔了。

“丽奈特！”亚瑟喊道，“醒醒！”

丽奈特睁开双眼，虚弱地微微一笑，用几乎听不见的声音念着亚瑟和小可的名字。

亚瑟打开牢门，丽奈特爬了出来。

她的声音微弱极了，他们几乎听不清。她告诉他们，一天夜里，她发现歪尔和蓬嘘抬着捕歌机，沿着红隼大厅走向储物间，然后消失在了里面。她悄悄跟在后面，发现了工厂、牢房和其余的一切。她去找姨妈当面对质，杜疮小姐却扬起手杖，狠狠砸在她脑袋上。“我第二天早上醒过来，就被关在这里了。”丽奈特说，“从那以后，我就一直被关着。其他事稍后再说，但现在我们得帮所有人离开这里。马上！”

“我觉得，出口是通道尽头的另外一扇门。”亚瑟说，“你们快去红隼庭院，然后大家一起找出去的路。我们就跟在后头。别怕夜鸦，她会帮我们逃出去——我知道她会的。”

丽奈特和另外三个人放出了其他囚犯，亚瑟和小可则冲进工厂去取捕歌机。

* * *

屋外的庭院里，夜鸦一直在守望。

她栖在院角的高墙上。再过不到两个钟头，天就要亮了。她开始有些担心了。

就在这时，杜疮小姐冲进雨里，像疯子一样朝夜鸦挥舞手杖。贝莱沙低下头，闪闪发亮的双眼盯着她，发出“咯咯咯咯”的大笑。“你肯定就是我早有耳闻的杜疮了。嘿，杜疮，那根小手杖能对我这样的大夜鸦做什么？”

“我会让你瞧瞧它能做什么！”

“我才不怕你那根傻棍子呢！”

不过，夜鸦确实有点怕。这个地方存在某种黑魔法，她也搞不清到底是什么。那个戴橘色假发的女人出现时，黑魔法就在她周围隆隆作响。贝莱沙能从环绕此处的院墙中感觉到那种魔法。她能感觉到，黑魔法在古老的石头建筑乃至地下深处轰鸣。

但她只是仰天大笑。

杜疮小姐对藏在手杖的生物低声说：“我们的荣耀时刻到了，我的小乖乖！我们会让他们大吃一惊的！”

她按照离开房间前马多克告诉她的，闭上双眼，默念他教给她的古老黑暗咒语。紧接着，她将手杖举过头顶，释放出她的宠物。伴随一阵青烟，蝎尾狮从他的木头监牢里破壳而出。

歪尔拎着皮维尔的尾巴，穿过布谷鸟钟，走进地牢。下楼后，他径直走向蓬嚏关小狐狸的牢房。但他惊讶地发现，他的仇敌并没有跟其他几十个混血种一起待在铁栏杆后面，眼前只有一排排空荡荡的小间。

与此同时，混血种们正悄悄逃跑，从另一个出口爬出去，奔向红隼大厅。

歪尔狠狠掐了一把皮维尔的尾巴，小老鼠绝望地吱吱大叫。“闭嘴，你这臭烘烘的小浑蛋。”耗子说，“我知道你的朋友在这里，你会帮我找到他们的。等着瞧吧。”

在隔壁的工厂里，亚瑟艰难地抱着沉甸甸的捕歌机，小可在前面引路。

亚瑟突然停下脚步。“小可，”他压低声音说，“是歪尔！我听见他的声音了！皮维尔在他手里！我们先躲起来，看他接下来会做什么。一有机会，我们就打他个措手不及。来吧！”

他笨手笨脚地把捕歌机摆在一张工作台上，跟小可一起迅速躲到台子底下。

“出来吧，出来吧，不管你在哪儿。”歪尔嚷嚷着，“你的小朋友在我手上呢。他玩得可开心了，是不是呀，小老鼠？”他捏着皮维尔的尾巴，抡着转起圈来。皮维尔痛苦地大声尖叫。

“嘿，这只小老鼠得来点特别的享受。”

歪尔扳动开关，一阵可怕的轰鸣声响起。伴随蒸气和汽笛的尖啸，“怪兽”的齿轮咔嚓作响，开始转动。

亚瑟从台子底下爬出来。“快飞出去，找人帮忙！”他冲小可大喊。

但小可怎么也没法儿启动机械翅膀，有什么东西卡住了。亚瑟和小可惊恐万状，眼睁睁看着歪尔把皮维尔丢到传送带上，向“怪兽”的血盆大口进发。

宽大的传送带吱嘎作响，缓缓向前挪动，然后速度越来越快。皮维尔想要逃脱，可他竭尽全力，最多也只是原地蹦跶，离死神越来越近。

亚瑟想去救他，但被歪尔挡住了去路。歪尔左蹦右跳，一边讥讽嘲弄，一边发出威胁的嗞嗞声。亚瑟环顾四周，想找个东西对付耗子。他看见“怪兽”背后有一整车甲虫零件，就往那边猛冲过去，使出全身力气把小车推向歪尔。但耗子蹦到一旁，小车径直冲进了“怪兽”的大嘴。只见“怪兽”浑身剧烈摇晃，冒出一串刺眼的蓝火花。

歪尔后退几步，瞥了一眼“怪兽”，眼看它随时可能爆炸，赶紧脚底抹油逃跑了。

亚瑟向前冲去，及时救出了朋友。“快跑，皮维尔！去帮其他人！快去！我们就在你后头。”

亚瑟两手各抓捕歌机一边，正准备把它抱起来，“怪兽”突然发出了野兽般的咆哮。那低沉的吼声犹如滚滚惊雷，震得地面颤抖不已。“怪兽”的玻璃“眼睛”闪烁着泛蓝的白光，头顶蒸气直冒，火花飞溅。

然后，“怪兽”就炸开了。只见火舌乱窜，甲虫、齿轮和金属片四处乱飞，有些径直飞向亚瑟的脑袋。他被一只甲虫砸中面门，颓然倒在摆捕歌机的工作台底下，顿时人事不省。小可蹦来蹦去，左躲右闪，生怕被乱飞的碎片砸中。不出几秒钟，火势就蔓延到了整间厂房。

地牢陷入了一片火海。

在庭院里，杜疮小姐担忧地盯着蝎尾狮。他正在空中跟夜鸦搏斗，离墙头不远。贝莱沙个头大得多，两眼发光能分散蝎尾狮的注意力，还能用尖嘴和利爪发起攻击。但马多克也有自己的优势。

他的尾巴尖有致命的毒素。再说天也快亮了。

贝莱沙朝蝎尾狮俯冲下来，巨爪钳住他的身体中段，试图用尖嘴扭断他的脖子。但马多克收起背上的尖棘，摆脱束缚，竖起蝎尾，一次又一次向夜鸦发起攻击，逼得她离院墙越来越近。

他们在倾盆大雨中搏斗。院长冷得瑟瑟发抖，但还是放声高喊，为心爱的宠物加油，对夜鸦破口大骂。

马多克想把夜鸦逼进角落，然后用尾部的毒刺发起致命一击。看起来，他的设想马上就要成真了。

但他刚把夜鸦逼到墙角，也就是亚瑟过去的藏身之处，悲伤垂泪的滴水石像鬼底下，歪尔突然出现在了庭院里。

这到底是怎么回事啊？耗子心想。他目睹了令人震惊的一幕：两只怪兽在空中对决，院长在为其中之一加油鼓劲。但没时间想这个了，因为大家都身处险境。

他告诉杜疮小姐地下室着火了，还有几个不速之客试图偷走捕歌机。“那个胆小鬼蓬嚏逃跑了。我就说他不靠谱吧，院长大人。”

杜疮小姐还没来得及开口，头顶上就传来了噗噗的喷气声。

“是 D.O.G.C.！”院长大声说，“帮忙的来了！”

她朝天上大喊。空中是三名 D.O.G.C. 警官，戴着标志性的黑色圆顶帽，跨着蒸气驱动的飞行车，其中一个背上似乎趴着只白猫。“贼在地下室！每座大厅尽头都有路下去！”

三名警官降落在门口，骑着车就往楼里冲。杜疮小姐在他们身后大喊：“通知消防队！孤儿院着火了！”

“已经通知了，”一名警官回头大吼，“我们来的路上就看见烟了，女士。”

雨势渐渐变小，化作沥沥细雨，地平线上透出霞光。歪尔和杜疮小姐紧紧盯着那两只缠斗的生物。黎明将至，他们的身影越来越清晰。

蝎尾狮逼得夜鸦退守墙角，就在那尊古老的石像鬼跟前。马多克咧嘴大笑，小而尖的利齿闪闪发亮。“我要杀了你，夜鸦，噢，你会死得又慢又痛苦。真是太妙了！”

贝莱沙不停扭动身体，试图避开蝎尾狮的毒尾。

就在这时，一轮红日缓缓升起。

“杀了她！”杜疮小姐大喊，“现在就杀了她！这是我们俩的胜利！”

马多克在空中盘旋，一甩尾巴，毒刺向夜鸦逼近。“等我杀了你，”他轻弹乌黑的舌头，发出威胁的嗞嗞声，“就会吃了你。从头到尾，一点儿不剩！你的朋友也逃不了。今晚，我就拿他们填肚子。”

嘀嗒，噼啪，啪嗒。在贝莱沙身后，最后几滴雨点从屋顶和扶壁上落下。接着，嘀嗒，噼啪，啪嗒，眼神悲伤的石像鬼停止流泪。

最后一滴泪水从石像鬼眼中滑落。

冬至的太阳一跃而起，光芒万丈，直刺夜鸦的双眼。贝莱沙紧紧闭上眼睛，发出一声凄惨悠远的哀号——既像夜鸦的啼鸣，也像野狼的长嚎。她扭头避开阳光，又发出一声哀号。

夜鸦扭过了头，马多克正好跟石像鬼四目相对。

他们看起来一模一样。

石像鬼眨了眨眼睛。根据“孪生兄弟相遇”的古老魔法，蝎尾狮开始石化。

他的毒刺和长尾首当其冲。院长眼睁睁看着他在空中颤抖，发出痛苦而愤怒的尖叫。“我的小乖乖！怎么了？出什么事了？”

这么多年来，她一直让心爱的宠物远离镜子，免得他看见自己的影像。但如今，蝎尾狮看到了那尊眼神悲伤、跟他活像孪生兄弟的石像鬼——石像鬼一直在那里等候，等候兄弟的到来。

他的四条腿也开始石化，变得极为沉重，片片剥落。紧接着，他的躯干，他背上乌黑的尖棘，还有他的脸——鸟喙般的尖嘴，耷拉着的双眼，先是左眼，再是右眼——最后是他皮膜状的大耳朵，全都化作大理石。最后化为石头的是他叶绿色的双翼。

他跌落在地，摔成了无数片。

“不！”杜疮小姐哭喊着跑到他身边，趴在他支离破碎的身体上。如今，那里只剩下一堆碎石。这是院长三十年来第一次伤心落泪。

耗子把毛茸茸的灰爪子搭在她肩头，用丝般柔滑的嗓音说：“好了，好了，女士。一切都会好起来的。歪尔会帮您搞定的，别担心。”

耗子安慰他的人类同伴时，地底传来一阵雷鸣般的轰隆声。歪尔和杜疮小姐失去平衡，跌倒在地。就在这时，院墙微微颤动了一下。

亚瑟悠悠醒转，发现自己身处地牢，孤零零一个人。他大喊小可，但没人回答。他确信，小可已经被肆虐的大火吞噬了。四周浓烟滚滚，看不到出路。他被困住了，也吓坏了，忍不住哭了起来。

接着，他开始哀号。

亚瑟冲着舔舐厂房墙壁的火舌哀号，冲着已是烟雾缭绕的地牢哀号。他痛苦的哀号化作“为什么”三个字——他内心一直备受这三个字的煎熬。为什么他要来到人间？为什么他想不起自己到底是谁？为什么他会被送到这个可怕的地方，先是逃出去，然后又跑回来？为什么，噢，为什么，他明明有天赋，却又被夺走？因为他今晚死定了，而且是孤独地死去。

“为什么”这三个字化作一声悲哀悠长的乐音，接着又化作一首无言的歌，从他焦渴痛楚的喉咙里奔涌而出。那是一首哀叹失落的歌，歌声清亮悦耳，在火光熊熊的屋中回荡。

那首歌极其悲伤，极其古老，也极其疯狂。他用身上流逝的每一滴生命力，全心全意地唱出那首歌，唱呀唱呀，直到再也发不出声音。

他一曲唱毕，所有的事都想起来了。

他的妈妈，她的声音，还有满天繁星。那天晚上，妈妈对他哼歌，把他高高举起，骄傲地轻声说："你这个奇迹小子。我们等你好久好久了。"

他想起，许多飞禽走兽聚在他身旁。他也想起了它们的声音。他能听懂它们说的每个字。

他还想起了家。他的家。妈妈，爸爸，还有三个姐姐。

接着，他想起，人们高举火把走上前来，将一栋白色大宅后面的小树林烧成一片焦土。还有那些聚在一起的飞禽走兽——他想起了它们是怎么四散逃窜，逃离熊熊燃烧的火焰。有一棵大树火势特别猛，在殷红的火光中轰然倒地。那就是他梦中巨大的火焰怪兽，但那根本不是什么怪兽，只是一棵大橡树。他们一家人就住在树里。

随后，他又想起了一只盒子，一只插着小小金钥匙的音乐盒。那是只简单的小盒子，带着一股玫瑰的香味，盒盖上刻着个"W"——代表"奇迹小子"[①]，看起来跟蓝色宝宝毯上用金线绣的"W"一模一样。过去，他一直误认为那个"W"是"M"。

大火烧起来前不久，他妈妈把钥匙插进音乐盒，转了几圈，盒中飘出一段美妙的旋律。那就是他记了一辈子的摇篮曲。"总有一天，你会唱出来。"妈妈边说边吻了吻他的头顶心，接着又亲了亲

① "奇迹小子"的英文是 Wonderling，所以打头字母是"W"。

他的耳朵，因为他生来就只有一只耳朵（这是个特殊标志，就像他胸前叶子形状的白斑，还有他的顺风耳和通晓兽语的天赋）。

在那之后，妈妈的脸凑上前来，显得格外美丽动人。当她唱起那首轻快的歌儿，他能感觉到自己与妈妈心心相印。

他在烟雾弥漫的房间里拼命挣扎，想要呼吸新鲜空气。就在这时，他脑海里响起了妈妈的声音。那是大火摧毁他的家园、吞噬他的家人之前，妈妈对他说的话："你是个奇迹，这是你命中注定的。你要为寂寞的人高歌，抚慰担惊受怕的人，唤醒沉睡心中的爱。"

一转眼，她就消失了。

现在，他什么也没有了，只剩下往昔的回忆和那首歌。对他来说，这些东西又有什么用呢？他命中注定要唱歌。这一点他非常确定，就像他知道自己的双手既像人类，也像狐狸。这就是他的宿命。

可现在说什么都太晚了。一股浓烟滚滚而来，世界从他眼前消失了。

一样东西摔进他怀里，把他砸醒了。

“小可！”亚瑟惊喜地大喊，“我还以为再也见不到你了！”

小可从捕歌机的大喇叭里滑了出来。她之前钻进了喇叭里，躲避到处乱飞的碎片。正巧有个甲虫小零件撞上了手摇柄，启动了捕歌机和造梦仪。她听着同样的军队进行曲循环往复，不知不觉进入了梦乡。“谢天谢地，那个像喇叭一样的玩意儿越来越烫。”小可说，“不然的话，我还在里面呼呼大睡呢。那些进行曲真要把我逼疯了！”

屋里浓烟滚滚，温度越来越高，小可和亚瑟同时咳嗽起来。

“我们得离开这里，”亚瑟大声说，“你能飞吗？”

“不行！我的翅膀坏了，”小可说，“螺旋桨也不转了。”

“好吧——那我们试试冲出去。我会抱上捕歌机，也许它能挡挡火。你先躲进我的衣服里。我们出发吧！”

亚瑟把沉甸甸的机器抱在面前，踉踉跄跄地穿过乱窜的火焰。屋里热得叫人难以忍受，但他们还是安全抵达了隔壁房间。两人正朝通往红隼大厅的出口走去，亚瑟突然听见一个声音。

在一间牢房里，两个小个子混血种蜷在角落里，保护一个个头更小、吓得走不动路的小家伙。那是蒂泽尔宝宝，就是不肯长得比刺猬大的那个。

亚瑟死撑着不让捕歌机滑下去。他紧紧抱住那台精美的机器，它曾带给他那么多美妙的声音和歌谣。这台机器是个奇迹，他必须把它救出去。

可是……

如果他这么做的话，他的朋友们肯定活不了。

说到底，做抉择其实一点儿也不难。

亚瑟撒开手，任由捕歌机滑落在地，抱起三个小混血种就跑。他一边跑，一边气喘吁吁地告诉小可，他终于想起了妈妈，还有她去世前说的话。

“你命中注定要唱歌，亚瑟！这一直都是你的宿命！”

“我知道！”亚瑟说。此时此刻，他百感交集——高兴自己终于揭开了真相，但也害怕自己和其他人会葬身于此。

他们终于爬上了楼梯。亚瑟猛地推开大门，大伙儿贪婪地呼吸新鲜空气。幸运的是，火势还没有蔓延到楼上。

“亚瑟，快看！”小可大喊。三个骑飞行车的身影朝他们猛冲过来。亚瑟能看见他们头上的黑色圆顶帽中间有一只巨大的独眼。

“噢，不，”亚瑟大喊，“那是 D.O.G.C.！”

他们还没来得及逃跑，飞行车就喷出一股蒸气，降落在他们面前。接着，亚瑟听见一个熟悉而友善的声音。“哈啰，尖牙，我的好孩子！”

老五、骨头和斯奎（戴着白猫面具）一个摞一个骑在第一辆车上，外面裹着一件超大的外套，宽大的帽檐遮住了老五的半张脸。第二辆车上是刺头和掐脖。最让亚瑟和小可惊讶的是，在第三辆车上，跨在兔子混血种嘎吱肩头的，竟然是个头发乌黑、长有精灵尖耳的小男孩，腰间挎着一把木剑。

“松果！”亚瑟和小可齐声大叫。小男孩笑得合不拢嘴，看上去一点儿也不害怕。

“哎哟，”老五说，“那可真是只大鸟！”

“你们怎么会来的？”亚瑟惊讶地问，“还有松果？怎么会？”

“听着，”老五说，“简单说吧，你的伙计传了口信来，说有个婆娘要毁掉世上所有的音乐。照我说，要是没有音乐，我还活个什么劲儿呢？所以，我就弄了这些车来。至于接下来的事嘛，不用说你们也知道了。咱们到这小伙子家的时候，”他指了指松果，“发现他在林子里哭，说你们抛下了他。我自然得带上他喽，对吧？好了，咱们这就把你俩救出去！咱们是从另外一头进来的——就是着火的那栋楼前头。”

亚瑟看着小可，知道她心里在想什么：他们怎么可能救出所有人？但没有时间多想了。他们爬上摩托车，骑着闯出大门，冲进红隼庭院。

庭院里乱成一团。护士丽奈特先把囚犯们引到楼外，然后回去叫醒睡在宿舍里的孤儿，现在正给贝莱沙的眼睛蒙上布条，以免她被阳光刺瞎。蓬噻被囚犯们五花大绑，坐在地上的一个水坑里，拿着手帕擤鼻涕，车轱辘话来回说：“不是我的错！不是我的错！”在他身边，大部分时间都在呼呼大睡的马格和奥立克嘟囔着：“不管是咋回事，反正不是我干的！”当地警察已经赶到现场，正在努力维持秩序。志愿消防员在院墙上架起云梯，正把水桶和水管从上面拖下来。可惜杜疮小姐封死了四座庭院的出口，老鹰大厅里唯一的出口现在也没法儿走了。

然而，火势还在继续蔓延。

杜疮小姐和歪尔站在院子中央。院长呆若木鸡，直勾勾盯着马多克化作的那堆碎石。她难过又震惊，完全没意识到周围已经乱成一团。最后，还是歪尔轻轻推了推她，低声说：“瞧那边，院长大人，咱们被耍了。”他指着老五、亚瑟和其他人。

老五正在跟几个警察说话，伸手指向院长和她的同伙。警察朝他们走来，手里挥舞着警棍。“还有别的路可走吗？”歪尔压低声音问。

“有！但得回楼里才行。”

显然，如果他们想要逃跑，就得正对警察冲过去，这样才可能跑到门口。

“跑‘S’形，”歪尔说，“这样就能甩掉他们。快跑！”

歪尔是只追求卓越的耗子，一直想要一只自己的宠物猫。两人跑过老五和警察身边时，歪尔一把抓住斯奎（他现在还假扮成白猫）。

与此同时，一位身披靛蓝斗篷的红发女士爬下消防员的云梯，冲进院子，疯狂地大喊女儿的名字。“丽奈特！丽奈特！你在哪儿呀？”

“在这儿呢，妈妈！我没事。”丽奈特边喊边挥手。女人朝女儿跑去，但突然停下脚步。她看见自己的亲妹妹和一只体型硕大的耗子正冲向大门。

菲比·南丁格尔张开双臂，泪流满面，奔向三十年不见的妹妹，斗篷在身后猎猎飘扬。

“克拉米！停下！拜托了！克拉米！”

然而，杜疮小姐并没有回头。她和歪尔（拽着可怜的斯奎的衣领）一头冲进了熊熊燃烧的楼里。

接着，亚瑟惊恐万状地看着一只头戴橡子头盔、手握宝剑的小老鼠紧随其后冲了进去。

“皮维尔！”亚瑟放声大喊。他想要跟进去，但一名身材魁梧的消防员把他拽了回来。

“这地方要塌了，”消防员说，“得赶紧送你们上梯子，到墙那边去。”

在红隼大厅里，杜疮小姐领着歪尔冲向她的办公室。“我知道出去的路，但先得拿上图纸！”她大喊。可是，他们刚跑到正厅，火舌就从大钟里地下室的入口窜了出来，周围陷入了一片火海。火焰开始朝杜疮小姐的玻璃办公室蔓延。“我得拿上那些图纸！”她又尖叫了一声，伸手到口袋里摸钥匙，竭尽全力想把锁弄开，但烧得滚烫的门就是不肯开。她踹了一脚又一脚，想把门踹倒，接着又用已是空心的手杖砸门，可房门立场坚定，绝不屈服。

杜疮小姐怒火冲天，把手杖高高举过头顶，扔向烈火熊熊的大钟。它猛地燃烧了一阵子，冒出点点红光，接着被大火吞噬了。

歪尔冲她大喊，叫她跟紧，然后硬生生把她拽走了。

就这样，戴橘色假发的女人和黑眼睛的耗子消失在一条只有她知道的秘密通道里。这条通道通往一条比燃烧的地牢还要深、远离孤儿院的隧道。

几个世纪前建成、俯瞰是十字架的孤儿院，曾经扮演过那么多不同的角色——修道院、监狱、工坊、顽童弃儿的悲伤之家——如今化作了一片火海。

红隼庭院烟雾弥漫，令人窒息。就算蒙住双眼、疲惫不堪的贝莱沙能背一些人出去，老五和其他人也能用飞行车搭一些人出去，但院墙上总共只有一架云梯，能否让所有人及时翻过墙去还是未知数。

但大家都尽力了。消防员和警察、老五和朋友们、丽奈特和菲比，都投入了救援行动——帮助孤儿们爬上梯子，骑上飞行车，爬到贝莱沙背上。

亚瑟和小可紧盯大门，全心全意祈祷皮维尔会出现。火舌已经开始舔舐医务室的窗户。亚瑟竖起耳朵听小老鼠的声音，但只听见烈火在楼里咆哮。

“亚瑟，”小可说，“瞧呀！”

她朝聚在一起的孤儿们努了努嘴。人数大约一百，实在太多，根本救不过来。大家似乎注定要丧命于此了。

“我们能做什么呢？”亚瑟心中一沉。

“我也不知道，亚瑟！瞧瞧他们，可怜的小家伙。他们都怕会死在这里。”

亚瑟望着坐在地上的孤儿们。他们身穿破破烂烂的灰睡衣，彼此依偎，抱头痛哭。凄惨的哭声让他心中一阵绞痛。

他不知该做些什么，只能站在原地摇头。

突然，他冒出一个点子——简单得近乎可笑，肯定谁也救不了——他没有那么自命不凡，觉得自己能拯救别人。但他想，这么做也许能有点帮助。

他暗下决心，即使他不得不死，也要唱着歌去死，实现他的宿命——为寂寞的人高歌，抚慰担惊受怕的人，唤醒沉睡心中的爱。

于是，亚瑟放声高歌。就是那天晚上，在满天繁星之下，妈妈给他唱的摇篮曲。那首歌抚慰了他，这么多年来一直激励他活下去。

“每棵树上，每片林中，

小鸟齐唱希望之歌……”

孤儿们都抬起头，望着他们称为“十三号”的狐狸男孩，望着他那红彤彤、毛茸茸的脸庞，还有那点缀着金色斑点的栗色双眸。正如美妙的万物之声从捕歌机流进他的心田，他的歌声如今也淌进了大家的心田。听着他那纯净甜美的歌声，大家的精神为之一振，不再那么害怕，心情也放松下来。他的歌声越过庭院，越过院墙，飘向墙那边高大的白桦树。不久，墙头响起一阵叽叽喳喳的鸟叫声，栖息在白桦树上的鸟儿开始婉转啼鸣。它们的歌声飘向其他树木，很快，墙那边的山谷中也响起了歌声。随着乐声在空中回荡，源自地底深处的黑暗力量渐渐消逝。片刻之前还在吞噬建筑的大火开始减弱，然后熄灭了。

院墙开始颤抖，就像蝎尾狮化为石头时那样。地底冒出一股黑雾，将高墙团团包裹。转眼之间，浓雾突然飘起，升上澄澈无云的天空。

“快看呀！”小可和其他人都大声嚷嚷起来。他们指着院墙，指着曾是古老拱门的地方。杜疮小姐三十年前用来封门的石块纷纷跌落，他们眼前出现了一扇精美的橡木拱门，门上雕刻着一棵栖满鸟儿的大树。现在用不着钥匙了，因为大门自动敞开了。

大家都被这个奇迹惊得说不出话来。老五、小可和亚瑟连忙带着小家伙们走向敞开的大门。这时，亚瑟听见一声喜气洋洋、凯旋的吱吱叫。从烧得面目全非的建筑物里，冲出了最英勇的骑士皮维尔，还有五十多只小老鼠和大耗子，背上扛着捕歌机的设计图纸。亚瑟热烈欢呼起来，大家也加入进来，向皮维尔和他的帮手们高呼“万岁！万岁！”

“呃，我从没想过能这样。”老五对亚瑟说，“要是耗子和老鼠都能齐心协力，我觉得咱们所有人都有希望。”

圣诞前夜，在菲比·南丁格尔的大宅里，所有人都在欢庆节日。菲比和好友皮特先生一起包装礼物，丽奈特在做最后的装饰。厨子在厨房里忙得热火朝天，为亚瑟在新家过的第一个生日准备饕餮盛宴。亚瑟、小可和菲比·南丁格尔暂时收留的孤儿们在装点圣诞树。皮维尔站在他的新家门口吱吱直叫，给大家指示方向。他的新家是一栋设施齐备的玩偶屋，经过全面翻新，足以住进一只老鼠——或者说，一位老鼠骑士。皮维尔希望一切完美无缺，因为他终于找到了家人，他们会来跟他一起过圣诞节。

距离“杜疮小姐的顽童与弃儿之家”的大火已经过去六个月了。菲比撤销了对妹妹的指控，但杜疮小姐至今在逃。没有人知道她的下落，也没有人知道她同伙的下落，就是那只人称“歪尔”的耗子。而斯奎，亚瑟在迷失庄园交的朋友，歪尔在院子里掳走的那个，同样踪迹全无。

不过，让亚瑟心存感激的事情实在太多了。

首先，多亏了弗洛普警官和菲比小姐，他不再是通缉要犯了。

城里所有的通缉令都被撤了下来。其次，他现在除了“亚瑟”，还有了一个新名字。他怎么也想不起妈妈给他取的名字，但菲比小姐已经正式收养了他，他现在是“亚瑟·南丁格尔”了——再也不是过去颈中锡牌上那个晦气的数字了。

为了正式收养他，菲比小姐托了不少关系，因为人类通常不许收养混血种。不过，最后一切都搞定了。负责收养事宜的官员恰好是她的铁杆粉丝。虽然亚瑟还得去有关机构注册登记，但他现在已经拥有过去难以想象的自由。

更棒的是，菲比小姐计划翻修孤儿院被火烧毁的部分，要把它变成一座免费寄宿的艺术院校。过去受她妹妹暴虐统治的孤儿们将接受真正的教育。等那栋建筑翻修完毕，他们就能唱歌跳舞，尽情玩耍，想画什么画什么了。

另外，亚瑟要有家庭教师了！很快，一名野兔混血种就将乘船抵达。他名叫伊拉斯塔·哨笛，是一位杰出的学者。正如菲比小姐所说，经过六个月“亚瑟式的休闲娱乐”——跟小可一起在城里闲逛，玩各种桌面游戏，顺着扶手滑下楼，读他能找到的所有关于亚瑟王和圆桌骑士的书——亚瑟终于要有一位真正的老师了。他不仅会得到音乐方面的指导（在菲比小姐看来，这是天底下最重要的科目），还会学习哲学、语言学、考古学、古希腊语、拉丁语、炼金术、数学、植物学、天文学、文学，也就是天底下的每一门科目。

小可现在也住在菲比家，当然也能接受哨笛教授的指导，但她一口回绝了。“家庭教师？”她说，“我明明可以去发明没人发明过的东西，为什么要花时间学古希腊语、拉丁语还有其他白痴玩意儿？抱歉，菲比小姐，我不是有意冒犯。谢谢您的好心提议，但我还是不用了。”

客厅里，温暖的火光在炉膛中跳跃。南丁格尔之家的蓝色百叶窗外，天上飘起了细雪，朵朵雪花飘落街头。亚瑟坐在窗前，眺望窗外宁静祥和、白雪皑皑的街道。他很好奇，不知院墙里面是否也在飘雪，还是说孤儿院里还是阴雨连绵。他有种预感——从现在开始，天气会越来越好。

他想起了，那扇神奇的大门出现后，贝莱沙在红隼庭院里对他说的话。当时，他问贝莱沙，是不是因为有蝎尾狮在，“家”才会变得如此邪恶。贝莱沙像典型的夜鸦那样作答：“既是，也不是。”她说，有时人类有种怪毛病，要是得不到自己想要的东西，或是受了别人的伤害，就会把憎恨和怨气请进自家门。“小狐狸，永远别让那种事发生在你身上。”她说。亚瑟紧紧搂住她的脖子，向她保证，自己绝不会这么做。

亚瑟简直不敢相信自己的运气。此时此刻，他所有的朋友都在他身边——至少大部分都在。他看着小可在绚烂无比的圣诞树旁忙个不停，做着最后的装饰，包括往树顶插上一只金灿灿的小鸟。小可发明了一款非常实用的圣诞蔓越莓装饰彩灯，蒂泽尔宝宝负责确保圣诞树上有足够的地方挂。亚瑟站起身来，把七彩金箔条挂得到处都是。皮维尔（那场大火后，他就坚持让别人喊自己“勇士皮维尔”）主动提供建议，叽叽呱呱说个不停，亚瑟还得帮他翻译。现在，小可在菲比小姐家有了自己的工作室。她答应亚瑟，等过完圣诞节，她就会发明一款翻译工具，方便皮维尔跟大家沟通。

门口突然响起了“笃笃”的敲门声，丽奈特跑过去开门。过了一会儿，她走回屋里，说：“亚瑟，你绝对猜不到是谁来了！给你个小提示：他吹着口哨，还戴了顶漂亮的红帽子。”

亚瑟冲向门厅，张开双臂，搂住了他的老朋友。他的老朋友打扮得优雅极了，身穿红色棉绒燕尾服，头戴高礼帽，外披黑大衣。

“老五！好久不见！你怎么不早点儿过来？快进来，快进来！我把热水烧上吧？你能留下来喝茶吗？”他大声问丽奈特，还有没有多余的饼干。

“有的，亚瑟。”她从客厅冲他大喊，“你的朋友能留下喝茶吗？”

老五压低声音说：“听着，小子，我没法儿留下喝茶，但咱俩能私下聊两句不？有件事得告诉你。我来是有任务的，有件事早就该做了。”

“当然可以啦。”亚瑟请丽奈特不用准备茶点了，然后转身面对老朋友，有些担心地抬头望着他，“什么事，老五？怎么了？”

“我答应过你的，小子，老五说到做到。但首先，这个给你。这本来就是给你，不是给我的。其实早就该给你了，可我一直不好意思。”

老五递给他一张小纸片，显然经常被折起又打开。纸片皱巴巴的，沾满油渍和污垢。亚瑟打开它，读了上面写的内容。那是某人在他和小可从孤儿院逃走的那天匆匆写下的：

亚瑟——如果你能顺利进城，就去我妈妈菲比·南丁格尔家吧。六月第二周前她都不在城里，但钥匙就在后门边的石鸟底下。请自便，别拘束。我会告诉她你会去的。

结尾处提供了简单的路线指引，还有“爱你的——丽奈特。又及：祝你好运！”

“我不值得原谅。”老五说，“可说不定……说不定有一天，你可能会觉得我没那么龌龊。咱们还是有过好时光的，是吧，尖牙，我的好孩子？”

亚瑟惊呆了。这就是为什么老五会选择偷菲比家——他偷看了丽奈特的字条，所以知道屋里没人。只有骗子才会这么做，而老五就是个骗子。可他也是亚瑟的朋友。要是没有他和帮里的其他人，他和小可可能早就葬身火海了。

“噢，老五，”亚瑟说，“我当然会原谅你啦！”他再次拥抱了他的朋友。

“呃，我……呃……”老五哽咽得说不出话来。接下来好一阵子，两人都陷入了沉默。过了一会儿，老五才说：“我今天就不进去了，尖牙，也许下回吧。要是你不介意的话，可以告诉丽奈特和菲比，我很抱歉做了那些事。要不我下回过来，再亲口告诉她俩。但你现在得跟我走一趟，尖牙，有样东西要给你看。出去走一圈吧，我会送你回来的。其实，那里离迷失庄园不远。”

老五和亚瑟走过光明镇白雪皑皑的街道，经过有高大立柱和彩绘玻璃窗的豪宅，经过或嫣红或雪白的塔楼和露台，经过修剪成猫咪形状、覆满白雪的灌木丛，经过集市和红砖公寓楼，经过咖啡馆、酒馆和小店，经过在寒风中弹奏竖琴和手摇风琴、吹长笛和拉小提琴的街头艺人。

亚瑟在每个人跟前都停下脚步，往面前的杯子里投下一枚硬币。

漫天飞舞的雪花和祥和的假日气息盖过了街头喧嚣。每个人，就连看起来脾气暴躁的高帽族，在这天高气爽的冬日里，心情似乎都挺不错。

两人走到河岸边，亚瑟在一大群聚在码头上烤火的抱团族跟前停下脚步，让老五先稍等片刻。“一会儿就好。”他说。

他离开家前往兜里塞了些东西，现在掏出来分给每人一点儿。其中有几块面包卷，还有一小块奶酪，全是他在匆忙间胡乱抓的。“圣诞快乐。”他对他们说。接着，他想起了自己和小可分开的那一天，当他感到孤独迷茫的时候，小可对他说的话。“勇敢点儿，”他说，“永远别失去希望！”

“你真是个好人，真的。”老五说。他挽起亚瑟的胳膊，两人继续前进。

他们走到臭水桥桥头，亚瑟很高兴看到弗洛普警官已经官复原职。

“节日快乐呀，欢呼呐喊呀，那些废话还是省省吧。”警官还是一脸严肃。但老五试着把一枚硬币塞进他手里时，他摇了摇头：“直接过去吧。祝你俩圣诞快乐。”

过河后，他们经过了“天鹅与哨子”酒馆。亚瑟暗下决心，他很快就会回来，要向那些乐师学一两首歌。现在，他知道自己能唱歌了——而且命中注定要唱歌——所以，他想多学些歌，越多越好。

他瞥了一眼河岸。说不定，只是说不定，诺亚客就藏在某处，等待夜幕降临。他们接下来会送谁渡河呢？那个可怜迷茫的家伙又会有什么样的奇遇？

亚瑟和老五穿过繁华镇。在刚刚飘落的白雪覆盖下，就连那些年久失修、摇摇欲坠的公寓楼看起来都洁净又温馨。

最后，他们走到了廷塔杰尔路十七号。

“就是这里了，孩子。”老五捏了一下亚瑟的胳膊，“我敢说，这地方十年前有栋房子。你那时候大概一岁吧，对不？”

亚瑟一时语塞。现在，他终于来到这里了，却不知该有什么感觉。他望着曾经是温馨家园，如今只剩残垣断壁的地方。它看起来很像老五住的那条街上的废墟，而且离那里只有一步之遥。附近的一些宅子已经重建，翻修成了给人类住的廉价住宅。

“我到附近打听过了，”老五说，“那栋房子，还有这条街，以前是个好地方。但在……在他们说的那场‘驱邪仪式’以后，哎……我也遇上过一模一样的事。”

“驱邪仪式？”亚瑟问。“我还以为——呃，至少我记得的——是场大火。”

“‘光明日’，高帽族都爱这么叫。简单来说，就是每隔五年，他们都要‘清理’掉一些东西。但对混血种来说，那可不是什么光明日，完全不是。你瞧——最糟糕的是，他们会烧掉混血种的家，还有帮助他们的人的家。都是随便挑的。我家住在迷失庄园——当时叫威尔弗雷德庄园。噢，那是三十年前的事了。我当时还是个小娃娃。威尔弗雷德一家，他们都是好人，对我爹妈都很好。他们保护了我们一家，不肯送我们去混血种的济贫院。阴暗镇建好以前，D.O.G.C. 就把咱们这种人送去那个鬼地方。结果，威尔弗雷德一家死了——全都死翘翘了，跟我四个哥哥一起，还有我家里的其他人。”

老五摘下帽子，垂下头：“老大、老二、老三、老四——伙计们，你们安息吧，安息吧。”

亚瑟想起，老五说过，一到四号都有人占了，他只能是十三号，因为那些号码永远属于老五的哥哥们。现在他明白为什么了。

老五抽了抽鼻子，用袖子抹了一把，然后伸手搂住亚瑟，说：“你大概也遇上了一样的事。你说的那条街——廷塔杰尔路——我打听过了，他们说也搞过驱邪仪式。你那时肯定还是个小宝宝呢，可怜的小家伙。我猜，住在这里的人，肯定也像威尔弗雷德一家保护我一样保护过你。他们肯定是好人，很勇敢。”

他们两个站在原地，默然不语。过了好一阵子，亚瑟才开口：“老五，我们能去后面看看吗？我想，我们一家住在那边，在这房子后面。我不确定，可……可我想，我们住在一棵树里。”

他们绕到废墟后面。皑皑白雪之下，有许多烧焦的树桩，其中有一棵歪倒的老橡树。

两个伙伴没有说话，只是默默站在那儿。

亚瑟想春天再来，到时候大地就解冻了。如果他四下挖挖看，说不定能找到埋在地下的音乐盒。

但也许贝莱沙说得对。他想起了飞越地下迷宫时夜鸦说的话："你已经有你需要的一切了。"

她说过："除了一样东西。但那个我给不了你。"

他现在知道了，贝莱沙说的是他的歌声。

亚瑟挥别了廷塔杰尔路十七号，挥别了他早已失去的家人，挥别了勇敢保护他们的人类一家。

"你能陪我过桥吗？"亚瑟问。他浑身发抖，只想回菲比家，跟小可和其他人一起待在壁炉边。因为他知道，现在菲比小姐家就是他的家了。他希望能一直这么继续下去。

"我会陪你回去的，小子，走吧。"老五说。

回到菲比家后，亚瑟再次邀请他的朋友留下喝茶，可老五急着回迷失庄园。他说，吃圣诞大餐之前，他还有好多事要做。"下回吧，伙计。我喜欢串门、喝茶聊天。"

亚瑟问他圣诞夜准备做什么大餐，但老五还没开口，他就知道答案了。除了国王汤，还能有什么呢？

"对了，尖牙——噢，我是说亚瑟——那只大夜鸦后来怎么样了？"

“我都忘说了。贝莱沙，就是那只夜鸦的守护者，回到了她住的地方。你知道的，她负责守护阴暗镇的墓地。她的视力得过一段时间才能恢复，但丽奈特说她现在应该已经好多了。”

“她是怎么回去的？”老五问。

“这才是最棒的部分。”亚瑟说，“她是唱着歌飞回去的！我猜，夜鸦就是这么找路的。对他们来说，天空就像一幅看不见的地图，由歌曲编织而成。至少她是这么告诉我的。我们还用小可的信鸽保持联系——噢，对了，它现在好用多了。贝莱沙说，从现在开始，她也会试着守护生者，而不仅仅是死者。老五，地底下有好多混血种，希望有一天他们也能重获自由。”

“希望吧，”老五说，“那样确实不对。”他们俩又陷入了沉默。过了好一会儿，老五才开口：“孤儿院里的那些小家伙呢？他们都还好吗？”

“噢，他们都挺好的。当地的农夫收留了他们。还有菲比，她也收留了好几个。”

“那是皆大欢喜喽，就像俗话说的那样。”老五说，“有件事差点儿忘了告诉你。”他咯咯一笑，“我打算去找那个橘色头发的婆娘，还有那只绑走我伙计的臭耗子。我搞了个新业务——老五私家侦探社。听起来咋样，小子？我的第一个案子就是找斯奎。他现在不知在哪儿，我打算找到他，带他回家。老天保佑，说不定咱们还能找到哥布林呢。”

亚瑟脸色一黯。每次想起哥布林，他心里还是不好过。

“别哭丧个脸嘛，小子！咱们会找到他的，我肯定。给我打打气，行不！这才乖嘛。”

“我当然会啦。”亚瑟露出微笑，“等下次见面，我们再好好干杯，敬全新的开始！真的，我觉得你的计划棒极了，老五！还是应该叫你大侦探老五？最棒的私家侦探老五,万岁！”

两个朋友又拥抱了一下，戴高礼帽、穿燕尾服的耗子就转身回家了。

光明镇的夜幕降临后，亚瑟和朋友们一起围坐桌边，其中既有新朋友，也有老朋友：菲比小姐、她的好友皮奇先生——一位年届四十、彬彬有礼的男士，肤色黝黑，留着短短的黑胡子，丽奈特、小可和皮维尔——他晚饭吃得太饱，正蜷在亚瑟的衬衣口袋里打盹呢，还有鲁弗斯、史努克、奈杰尔、内斯比、蒂泽尔宝宝和不少来自孤儿院的混血种。屋里挤得满满当当的，不过第二天还会更满，因为松果一家和皮维尔一家都会来过节。

大家刚刚吃完圣诞大餐，亚瑟帮丽奈特收拾桌上的碗碟。忙完后，他就坐在了皮奇先生身边。屋里的一切都是那么温馨，那么舒适。壁炉中火光熊熊，房间里烛光点点，头顶上的水晶吊灯也洒下柔和的光芒。

菲比望着窗外，叹了口气，“噢，克拉米！我可怜的克拉米。”她边说边用餐巾的一角按了按眼睛，“过节总是让我伤感。”

亚瑟还是很难接受她跟杜疮小姐长得那么像——尽管过了这么多年，杜疮小姐的脸变得越来越尖酸刻薄、暴躁易怒。亚瑟很感激菲比没有戴高耸的橘色假发。跟她妹妹不一样，菲比不是光头，而是满头红发，虽然如今已经掺杂了缕缕银丝。

菲比站起身，走到窗前说：“她在哪儿呢？我好担心她被烧死了！她那天都没回头看我一眼。我也许再也见不到她了！噢，我真难受！”

“阿门。”皮奇先生说。他双手交叠，搁在桌上，转起了大拇指。亚瑟从来没有见过像他那样修长而优雅的手指。“阿门。”他又说了一遍。

菲比转过身，紧紧盯着他，“怎么了，皮奇先生？我知道你有话要说。这样拐弯抹角的最烦人了。”

菲比坐下来，双臂交叉，抱在胸前。亚瑟早就习惯了两人互相抬杠，还觉得挺有意思的，因为菲比和皮奇先生相识多年，显然是非常亲密的好友。

“恕我直言，亲爱的。”与菲比隔桌相望的皮奇先生说，“我只是不大明白你为啥要说‘可怜的克拉米’。我是说，你妹妹折磨了那些可怜的小家伙那么多年，嫉恨你的时间比那还要长。她派小流氓进到你家，偷走了你最心爱的东西——你爸爸的天才发明，还毁掉了其他东西——然后跟那只坏耗子一起逃跑了。我倒要问问你，她有什么好同情的？当然了，我不是有意冒犯。”

菲比换了个姿势，又抱起双臂，脸涨得通红：“皮奇先生，有时候我都不懂你是怎么想的，什么事都需要我解释吗？好吧。”她摇了摇头，接着说，“首先，我们不知道亲爱的克拉米是死是活。她是我的亲妹妹，如果你忘了这一点的话！其次，你看不出这有多悲哀吗？真是太悲哀了！”

“我当然看不出。事实上，就算那女人被送上绞架，我也不会觉得难过。”

“皮奇先生！你怎么能这么说我的小妹妹！我的双胞胎妹妹？我的小克拉米？”

亚瑟无法想象杜疮小姐是任何人的“小克拉米”，但他又努力想了想。杜疮小姐曾经是小小的克拉米。对他的监护人菲比小姐来说，她至今还是那个小克拉米。亚瑟清了清嗓子，轻声说：“如果您不介意的话，菲比小姐……我能插句话吗？”

菲比伸出一只手，越过桌面，亲热地拍了拍亚瑟毛茸茸的小手。“当然了，亲爱的，在南丁格尔家，你随时可以有话直说。”

桌边所有人，包括还在啄瓜子的小可，都扭头望向亚瑟。其他孤儿发出鼓励的哼哼声，催他接着往下讲。

“谢谢。”亚瑟抬头看着坐在他右边的皮奇先生，说：“皮奇先生，我想菲比小姐说得是。要记住，就算是庞然大物，也曾是无名小卒。这才是最重要的。”他看见丽奈特在桌子对面冲他微笑，便报以一笑，一字一顿地说，“也许——在她心里——杜疮小姐还是个小宝宝。”

菲比热泪盈眶，离开座位，绕过桌子，张开双臂，搂住了受她监护的小家伙。

皮奇先生说：“就你的年纪来说，你真是个聪明的孩子，南丁格尔师傅。我敢说，比我这个老笨蛋聪明多了！”

“敬年轻的亚瑟！”丽奈特大声说。

“生日快乐，亚瑟！”大家都欢呼起来。接着，丽奈特跑进厨房，端出一块巨大的黑莓馅饼，上面插着十二根点燃的蜡烛。

“但明天才是我的生日呀。”亚瑟说。

“在南丁格尔家，我们不总按规矩来。”菲比说，“我们想什么时候过节，就什么时候过节，想什么时候过生日，就什么时候过生日。再说了，这样的话，你可以今天先吃生日馅饼，明天再吃生日蛋糕！”

“哎呀，”亚瑟说，“我刚想起一件事。过了这么久，我竟然还没吃过馅饼呢！”

“择日不如撞日！”小可说，在桌面上兴奋地蹦跶起来。

随后，大家齐声为亚瑟唱起了生日歌——就连皮维尔也跟着旋律吱吱叫——每个人都吃了好多好多馅饼，一直吃到肚子再也塞不下。

那天晚上，亚瑟先拆了礼物——其中有菲比从“齿轮蜜蜂儿童火车与玩具店”买的音乐盒，也就是亚瑟到光明镇头一天就想进的那家玩具店——然后上楼进了自己的卧室，里面有张暖和的羽绒大床。

他想起了很久以前的那个夜晚——对他哼歌的轻柔女声，将他搂住的温暖怀抱。那个声音说：“你这个奇迹小子。我们等你好久好久了。”虽然亚瑟还是想不起自己生在何方，但他现在知道有人深爱自己。

那个圣诞前夜，在进入梦乡之前，他打开窗户，呼吸夜晚的清新空气。接着，他唱起了一首甜蜜、温柔的儿歌。歌声飘出大敞的窗户，飘向繁星点点的夜空，沿着光明镇白雪皑皑的街道越飘越远。

这一回，他唱歌的时候是清醒的——面朝外面的世界，睁大双眼，敞开心扉。

大魚讀品

A
BOOK
MUST
BE
THE
AXE
FOR
THE
FROZEN
SEA
INSIDE
US

所谓书，必须是砍向我们内心冰封大海的斧头

–

卡夫卡

KAFKA

THE UNLIKELY PILGRIMAGE OF HAROLD FRY

一个人的朝圣

[英] 蕾秋 · 乔伊斯 著 黄妙瑜 译

欧洲首席畅销小说，热销 5 年不衰，入围 2012 年布克文学奖。全球销量过 4,000,000 册，简体中文版销量过 1,500,000 册。

这一年，我们都需要他安静而勇敢的陪伴。

一个人的朝圣（精装版）

[英] 蕾秋 · 乔伊斯 著 黄妙瑜 译

80 万册精装纪念版，收录作者长篇专访、原版木刻插画、作者给中国读者的信，赠英文别册。

献给每一次对生活的胜利，对悲伤的疗愈，对爱的唤回。

THE LOVE SONG OF MISS QUEENIE HENNESSY

一个人的朝圣 2：奎妮的情歌

[英] 蕾秋 · 乔伊斯 著 袁田 译

布克奖入围作品《一个人的朝圣》相伴之作。

献给每一次对生命微小瞬间的朴素歌唱，对自我的照见，对爱的唤回。

RACHEL JOYCE

PERFECT

时间停止的那一天

[英] 蕾秋·乔伊斯 著 焦晓菊 译

触动万千读者的全球热销书

《一个人的朝圣》作者口碑新作。

别害怕失去生活的勇气，因为它一刻也未曾离开过我们。

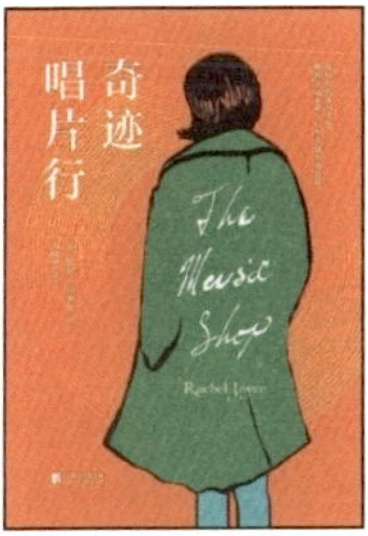

THE MUSIC SHOP

奇迹唱片行

[英] 蕾秋·乔伊斯 著 刘晓桦 译

全球热销 5,000,000 册、感动 38 国的口碑之书

《一个人的朝圣》作者蕾秋·乔伊斯沉淀三年重磅新作

你所有的烦恼忧愁，都能在这家唱片行得到倾听和治愈。

TATIANA DE ROSNAY

SARAH'S KEY

莎拉的钥匙

[法] 塔季雅娜·德·罗斯奈 著 余小山 译

连续156周盘踞《纽约时报》畅销榜

平均每年销量100万册，持续畅销11年！

一个女人和一个小女孩，跨越60年的生命相连，

触动你心灵的一生之书

FREDRIK BACKMAN

EN MAN SOM HETER OVE

一个叫欧维的男人决定去死

[瑞典]弗雷德里克·巴克曼 著 宁蒙 译

畅销44国，全球销量超过730万册。
第89届奥斯卡最佳外语片提名电影同名原著。
来，认识一下这个内心柔软、充满恒久爱意的男人。

BJÖRNSTAD

熊镇

[瑞典]弗雷德里克·巴克曼 著 郭腾坚 译

全球热销1300万册的瑞典小说之王
弗雷德里克·巴克曼
《一个叫欧维的男人决定去死》《外婆的道歉信》《清单人生》之后超越式里程碑新作

读第一遍，有100处细节征服你；读第二遍，又有100处

我们守护什么，我们就成为什么

AND EVERY MORNING THE WAY HOME GETS LONGER AND LONGER

长长的回家路（中英双语版）

[瑞典]弗雷德里克·巴克曼 著 余小山 译

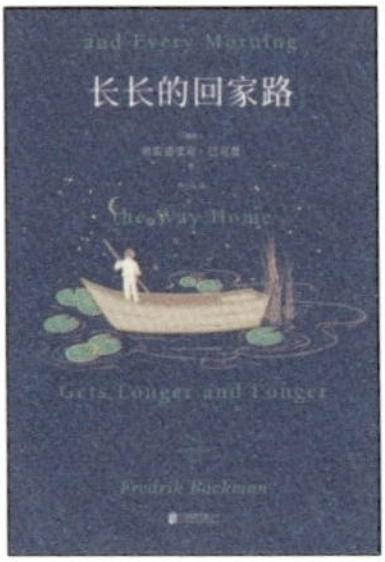

瑞典小说之神巴克曼口碑绝佳私小说
车银优一口气读了三遍的人生之书
男孩和祖父、父亲和儿子之间缓慢的告别和无尽的爱

DANIEL WALLACE

BIG FISH

大鱼

[美] 丹尼尔·华莱士 著　宁蒙 译

出版 20 周年修订典藏版，
豆瓣电影总榜 TOP100 口碑神作原著！
精彩程度不输电影！

不要相信所谓真的，相信你所爱的。

MATT HAIG

HOW TO STOP TIME

时光边缘的男人

[英] 马特·海格 著　侯茜 译

2017 英国读者与书店联名票选最爱小说。
“卷福”本尼迪克特·康伯巴奇出版前夕火速抢下电影版权，亲自主演、制作。

我写下这个故事，
是希望能让人们感觉不那么孤单。

THE HUMANS

我遇见了人类

[英] 马特·海格 著　李亚萍 译

英国文坛公认超会讲故事的当红小说家！
《别相信任何人》作者盛赞！
《卫报》直言此书将整个人类送上了靶场！

如果能让一颗心免于破碎，我就不算虚度此生。

ANTOINE DE SAINT-EXUPÉRY

LE PETIT PRINCE

小王子（中法双语版）

[法] 安托万 · 德 · 圣埃克苏佩里 著　胡博乔 译　卤猫 绘

留在地球上的小王子
卤猫倾心绘制 30 幅插画
翻译家胡博乔原汁原味译自 1946 年法国首版
献给小王子诞生 75 周年

JÚLIA SARDÀ

ALICE IN WONDERLAND

爱丽丝漫游奇境（中英双语版）

[英] 刘易斯 · 卡罗尔 著
[西班牙] 茱莉亚 · 桑卓 绘 里所 译
一本真正适合成年人的爱丽丝。
每个女人都曾经是爱丽丝。

WENDELIN VAN DRAANEN

FLIPPED

怦然心动（中英双语版） [美] 文德琳 · 范 · 德拉安南 著　陈常歌 译

豆瓣130万读者共同认可，
电影原著双语纪念版。
斯人若彩虹，遇上方知有。
韩寒、卢思浩、《中国成语大会》嘉宾郦波教授推荐电影原著小说。

GUNVOR RASMUSSEN

MONSTERBOKA　EVENTYRBOKA

怪物书　精灵书

[挪威] 龚沃儿 · 拉斯姆森 绘著　宁蒙 译

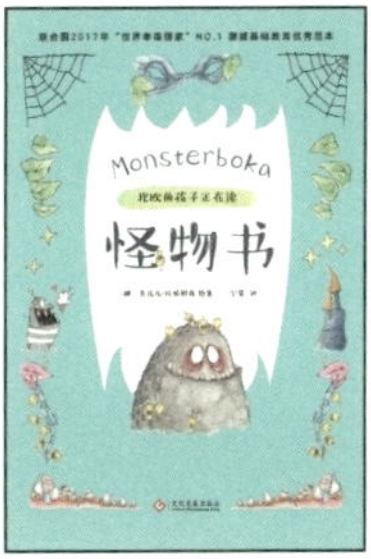

北欧童话之乡作家、画家、作曲家、心理学家等20位想象力大师献给孩子的礼物。
让想象力醒来，让快乐爆表，在笑到岔气中增长智慧，学会爱与温柔。

JÓN KALMAN STEFÁNSSON

HARMUR ENGLANNA

天使的忧伤

[冰岛] 约恩 · 卡尔曼 · 斯特凡松 著 李静滢 译

冰岛桂冠级小说家 ‖ 诺贝尔文学奖实力候选！
英、法、西、德、冰、丹、挪等权威媒体盛赞本书“天堂般美妙”“每一段都像诗”“不可替代的光芒”“美的奇迹”
无尽的风雪、海浪群山，一个男孩和一个邮差的奇异之旅。

HIMNARÍKÍ OG HELVÍTI

没有你，什么都不甜蜜

[冰岛] 约恩 · 卡尔曼 · 斯特凡松 著 李静滢 译

冰岛值得阅读的桂冠级诗人小说家，入围 2017 年布克文学奖。
一场大风雪，一个男孩的三天三夜，那个古老迷人的冰岛世界。

MARTHA HALL KELLY

LILAC GIRLS

失去名字的女孩

[美] 玛莎·霍尔·凯莉 著 高心悦 译

守护好心中小小的火种，它将伴你度过艰难时刻。
美国豆瓣13万读者评分4星半，出版两年仍位居美国亚马逊总榜第646位。

根据真人真事改编，它让你相信，即使在极端绝境，人依然可以战胜恐惧，依然可以拥有纯净美好的友谊。

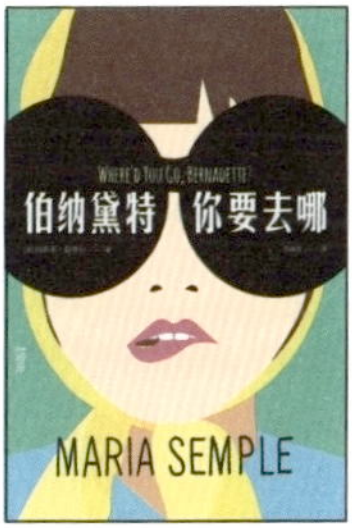

WHERE'D YOU GO, BERNADETTE

伯纳黛特,你要去哪

[美] 玛利亚 · 森普尔 著 何雨珈 译

“大魔王”凯特 · 布兰切特被小说折服，主演同名电影
席卷46国，全球销量超过700万册！
蝉联《纽约时报》畅销榜、美国国家公共电台畅销榜
长达88周Goodreads 超过30万读者打出满分好评，
136家媒体“年度图书”推选！

TODAY WILL BE DIFFERENT

今天将会不一样

[美] 玛利亚 · 森普尔 著 傅仪嘉 译

《伯纳黛特，你要去哪》 作者肆意天才新作
出版即被朱莉娅 · 罗伯茨抢下影视版权并亲自出演女主！
《卫报》年度图书 《华盛顿时报》杰出图书 美国国家公共电台年度图书
美国亚马逊 《纽约时报》《柯克斯书评》《美国娱乐周刊》“不可不读的100本书”

NICOLA YOON

EVERYTHING, EVERYTHING

你是我一切的一切

[美] 妮古拉 · 尹 著　王思宁 译

连续盘踞《纽约时报》排行榜 53 周！全球售出 41 国版权！
Goodreads 超 15 万人五星盛赞！
因为这本书，全球 7,000,000 读者
重温了希望、梦想和爱情。
你那么好、那么好，爱上你，是我这一生至美的冒险。

ANTOINE PAJE

ET ELLE ME PARLA D'UN ÉRABLE, DU SOURIRE DE L'EAU ET DE L'ÉTERNITÉ

她跟我聊到枫树、水的微笑以及永恒

[法] 安东尼 · 帕耶 著　高原 译

一年有 525600 分钟，有哪些分钟你真正地活过？

法国版《遇见未知的自己》
一本带领你从困顿走向澄明的诗意之书
有多少岔路，就有多少转机。

ET IL ME PARLA DE CERISIERS, DE POUSSIÈRES ET D'UNE MONTAGNE

他跟我聊到樱桃树、灰尘以及一座山

[法] 安东尼 · 帕耶 著　高原 译

法国备受瞩目的心灵小说作家黑马处女作。
我不再害怕，我大步向前，我好好生活。

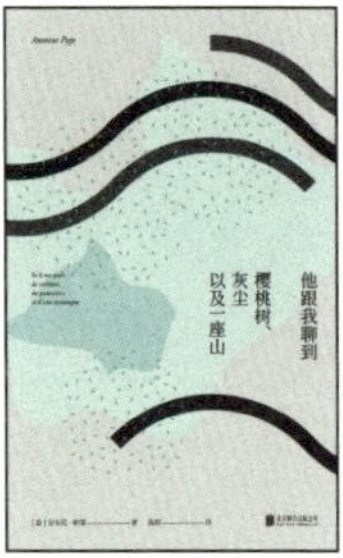

ROLAND MERULLO

BREAKFAST WITH BUDDHA

与佛陀一起吃早餐

[美] 罗兰 · 梅鲁洛 著　袁田 译

以阳光般的治愈力及启发性席卷全美和欧洲。
与《禅与摩托车维修艺术》并称为美国 10 年来
深刻而重要的心灵小说双雄。
如果购物 / 吃 / 结婚 / 放假也无法令你真正快乐，请读本书。

GARTH STEIN

A SUDDEN LIGHT

穿过森林的男孩

[美] 加思 · 斯坦 著 袁田 译

全球热销 4,000,000 册，感动 35 国的超级畅销书。
《我在雨中等你》作者睽违 6 年重磅新作。
爱不是握着拳，而是松开手。

PASCAL RUTER

BARRACUDA FOR EVER

爷爷一定要离婚

[法] 帕斯卡 · 鲁特 著　黄可 译

一经出版即空降欧洲 28 国文学榜单的奇迹之书。
我的爷爷 85 岁，他是一个退役拳击手，刚和奶奶离了婚。
生命中最重要的东西并不复杂，
只不过是和你爱的那些人好好度过时光而已。

JONAS GARDELL

TORKA ALDRIG TÅRAR UTAN HANDSKAR

戴上手套擦泪（三部曲）

[瑞典] 乔纳斯 · 嘉德尔 著 郭腾坚 译

头脑可以接受劝告，心却不能。
北欧版《霍乱时期的爱情》，**瑞典每 8 人手中就有 1 人观看并为之落泪。**
作者因此书获年度风云人物，瑞典王储亲自颁奖！
同名影集击败《权力的游戏》荣膺欧洲电视大奖，豆瓣 9.0 高分！

MILENA BUSQUETS

TAMBIÉN ESTO PASARÁ

这也会过去

[西班牙] 米莲娜 · 布斯克茨 著 罗秀 译

2016 年全球文学事件，触动千万人心。
我恐惧你的离开，内心的一部分将变为空洞，然而生活即是不停的告别，我们由此得以顿悟和成长。

DORIT RABINYAN

ההיח רדגיח רדג

爱的边境

[以色列] 朵莉 · 拉宾雅 著　杨柳靖 译

爱情没学过地理，所以不识边境。
伯恩斯坦奖等 10 项大奖加冕，20 余国版权售出，全球超过 260 家媒体争相报道 。
宁愿冒着生命危险，也要展示爱的微小与伟大。

SHELLY KING

THE MOMENT OF EVERYTHING

二手书店情书

[美] 谢利 · 金 著　苏涛 译

没有不可治愈的伤痛，没有不能结束的沉沦，
在这家二手书店，**所有失去的都会以另一种方式归来。**

MIRA BARTOK

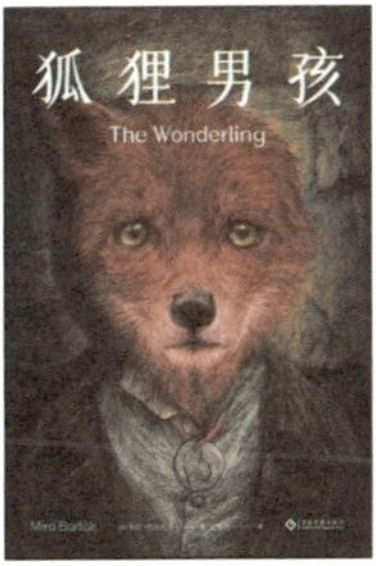

THE WONDERLING

狐狸男孩

[美] 米拉 · 巴尔托克 著　王岑卉 译

仅凭剧情大纲，即在出版前以百万美金售出电影版权！
即将被《朗读者》《时时刻刻》导演
史蒂芬 · 戴德利搬上大银幕！

被《卫报》《出版周刊》誉为“现代狄更斯”的纸上奇迹，不会让你失望哪怕一秒钟！

他能洞悉世间万物的秘密，却找不到爱他的人。

武志红

WHY FAMILY HURTS

为何家会伤人（百万畅销纪念版）

武志红 著

知名心理学家武志红
从业 25 年来公认口碑代表作！

1,000,000 册畅销纪念版，
中国家庭问题第一书！

家是港湾，爱是退路。

CHARLOTTE SLEIGH

PAPER ZOO:500 YEARS OF ANIMALS IN ART

纸上动物园：大英图书馆 500 年动物图志

世界文明的诺亚方舟，荡气回肠的自然史诗！
穷尽大英图书馆馆藏，从 1.5 亿件手稿、印刷品、珍本书中甄选出 350 帧稀有画作！
自然艺术奇书，视觉上的一次豪餐盛宴！

NICHOLAS D. KRISTOF & SHERYL WUDUNN

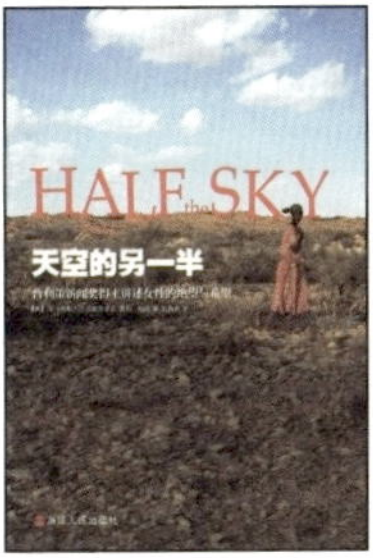

HALF THE SKY

天空的另一半

[美] 尼可拉斯 · D. 克里斯多夫 雪莉 · 邓恩 著
吴茵茵 译

每一个地球公民的必读书。——比尔 • 盖茨
普利策新闻奖得主讲述女性的绝望与希望。

A PATH APPEARS

走的人多了，就有了路

[美] 尼可拉斯 · D. 克里斯多夫 雪莉 · 邓恩 著
张孝铎 译

普利策新闻奖得主、美国畅销书《天空的另一半》作者重磅新作。
讲述微小个人也能让世界变得更好。
帮助他人所带来的力量，最终也能帮助我们自己。

ROBYN DAVIDSON

TRACKS

我独自穿越沙漠，领略了安全感和自由

[澳] 罗宾 · 戴维森 著 袁田 译

一个女人 9 个月穿越 2700 公里沙漠的史诗般旅程。
“我要剥除所有的社会支撑，不要被保护，学着依赖大地，学会尘土飞扬地玩耍和响亮地放屁。”

ELEANOR ROOSEVELT

YOU LEARN BY LIVING: ELEVEN KEYS FOR A MORE FULFILLING LIFE

生活教会我

[美] 埃莉诺·罗斯福 著　唐磬 译

美国前第一夫人埃莉诺·罗斯福写给年轻人的生活之书
恐惧、时间、女性、教育、独立、内心建设、自我实现，字字质朴，句句有声，影响五代美国年轻人。

CLARE CONVILLE & LIZ HOGGARD & SARAH-JANE LOVETT

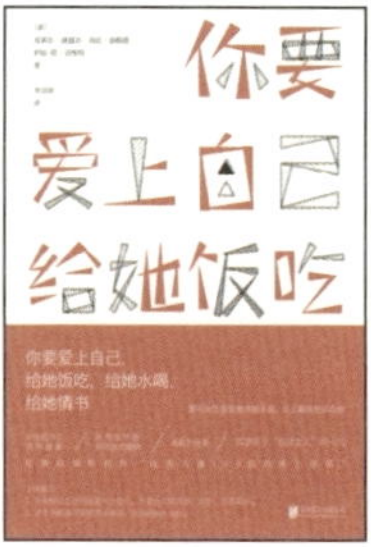

THE BOOK FOR DANGEROUS WOMEN

你要爱上自己，给她饭吃，给她水喝，给她情书

[英] 克莱尔·康威尔 萨拉·简·洛维特 利兹·霍格德 著
李亚萍 译
伦敦白领称其为“比男人强 100 倍的床上伴侣”。

CHERYL STRAYED

WILD

走出荒野

[美] 谢丽尔 · 斯特雷德 著

靳婷婷 张怀强 译

连续 126 周盘踞《纽约时报》畅销榜！

仅美国就卖出 300 万册！

罕见地横扫 17 项年度图书大奖！版权售出 40 国！

每个人的生命中，都有一片荒野，

需要你自己探出一条路来。

MARY -LOUISE PARKER

DEAR MR. YOU

亲爱的你

[美] 玛丽 - 露易丝 · 帕克 著

陆茉妍 译

出演《天使在美国》《单身毒妈》，

艾美奖、金球奖得主——

玛丽 - 露易丝 · 帕克首部散文作品。

感谢生命中的他们，让你成为闪闪发亮的你。

CRAIG CHILDS

THE ANIMAL DIALOGUES

遇见动物的时刻

[美] 克雷格 · 查尔兹 著 韩玲 译

2008 年盖伦 · 洛威尔探险艺术奖。2008 年、2013 年西格德 · 奥尔森自然写作奖。

博物学家、冒险家、美国当代最优秀的自然主义作家之一克雷格 · 查尔兹代表作。

给每一个热爱动物的孩子和大人。

KRISTIN KIMBALL

THE DIRTY LIFE

耕种 食物 爱情

[美] 克里斯汀 · 金博尔 著 姜佳颖 译

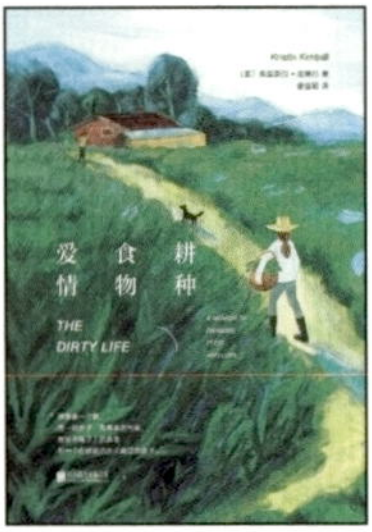

诗意生活的典范、美国极具影响力的
田园生活家克里斯汀 · 金博尔畅销代表作。

"我想要一个家，有一间房子，有青草的气味，有晾在绳子上的床单，有一个在喷洒的水中跑过的孩子。"

大山旬 & 玄长 NAOKO

365日をおしゃれに楽しむ男のワードローブ

日剧男友穿搭圣经

[日] 大山旬 著 金磊 译

365 REAL CLOSET

日剧女主穿搭圣经

[日] 玄长 NAOKO 著 伍佳妮 译

改变亚洲人生活方式的365天穿搭圣经

97%实用度！

衣服是你最重要的人设，
你的穿搭是一切美好生活的开始

365

VIVIAN MAIER: STREET PHOTOGRAPHER

我是这个世界的间谍：薇薇安·迈尔街拍精选摄影集

VIVIAN MAIER: SELF-PORTRAITS

我与这个世界的距离：薇薇安·迈尔自拍精选摄影集

[美] 薇薇安 · 迈尔 摄 约翰 · 马卢夫 编

“她用孤独隐秘的一生，服事了影像的光辉与不朽。”

街头摄影界的梵 · 高 传奇保姆摄影师薇薇安 · 迈尔
隐没 60 年作品 精装、大开本首度原版呈现。

“这些是她最棒的一些照片，也许也是她留下的作品中最有启发性的了。”——《洛杉矶时报》

大魚讀品
big fish studio
磨铁图书旗下品牌

出 品 人 | 沈浩波
主　编 | 冯倩
产品经理 | 魏凡 万巨红 简秋生 任菲
营销编辑 | 张婉希 金颖 黄筱萌 张睿珺
书目设计 | 付诗意 沐希设计

微 信 号 | 大鱼读品 BigFish
微 博 号 | 大鱼读品 BigFish
豆瓣小站 | https://site.douban.com/249541/
联系邮箱 | bigfishbooks@163.com
地　址 | 北京市西城区德外大街 83 号德胜国际中心 B 座 10 层